엔드하우스의 비극

엔드하우스의 비극

2004년 8월 10일 초판 1쇄 발행
2011년 8월 10일 중쇄 발행

지은이 애거서 크리스티
옮긴이 유명우
펴낸이 이경선
펴낸곳 해문출판사

등록 1978년 1월 28일 제3-82호
주소 서울시 서초구 서초동 1328-11 도씨에빛 2차 1420호
전화 325-4721
팩스 325-4725

값 10,000원

ISBN 89-382-0119-8
ISBN 89-382-0100-7 (세트)

※잘못 만들어진 책은 구입하신 곳에서 바꾸어 드립니다.

AGATHA CHRISTIE
엔드 하우스의 비극

애거서 크리스티/유명우 옮김

해문출판사

PERIL AT END HOUSE

Copyright © 1975 Agatha Christie Ltd.

Korean translation edition is published by arrangement with
Agatha Christie Ltd., a Chorion group company.

이 책은 Agatha Christie Ltd., a Chorion group company와
적법한 계약을 통해 출간되었습니다.
저작권법에 의해 한국 내에서 보호를 받는 저작물이므로
무단 전재와 무단 복제를 금합니다.

Peril at End House

늘 내게 우정을 베풀어 주시고,
몇 년 전에 내게 용기를 불어넣어 주신
이든 필포츠 님에게 감사를 드리며
이 책을 바친다.

· 등장인물 ·

닉 버클리 엔드 하우스의 여주인. 검은 머리에 짙푸른 눈을 가진 미인. 요정같이 작고 발랄한 모습의 처녀.
조지 챌린저 퇴역 해군 중령. 불그스름한 얼굴에 기운차고 태평한 모습.
짐 래저러스 훤칠한 키에 다소 섬세하게 생긴 젊은 미남자. 화려할 정도로 수려한 외모에 거만한 태도를 가지고 있다. 약간 큰 코에 싫증날 정도로 느린 말투.
프레드리커 라이스 좀 색다른 데가 있는 여자. 지친 성모 마리아 같은 모습에 거의 색이 없는 머리카락을 가지고 있다. 얼굴은 창백하고 야위었지만 매력적.
버트 크로프트 예순 살쯤 되는 키 185cm의 건장한 노인. 머리카락은 거의 없고, 생기에 찬 푸른 눈을 가지고 있다.
밀리 크로프트 버트의 아내. 아름다운 회색 머리카락을 가진 뚱뚱한 중년 부인.
엘렌 엔드 하우스의 하녀. 검은 옷에다 예의바른 태도를 가지고 있는 중년 부인. 정중하지만 음울한 곳이 있다.
찰스 바이스 닉의 외사촌 오빠이며 변호사. 키가 크고, 약간 창백한 얼굴을 지닌 젊은이. 생김생김이 별로 인상적이지 못하다.
매기 버클리 닉의 사촌. 차분하고 조용한 외모를 지닌 아주 순진한 처녀.
재프 런던 경시청의 경감.
에르큘 포와로 벨기에의 노인. 전직 경찰 출신이나, 지금은 영국에서 노후를 보내고 있다.
아서 헤이스팅스 퇴역 육군 대위. 에르큘 포와로의 친구.

제1장 머제스틱 호텔

영국 남부에 있는 해변 도시들 중 세인트 루만큼 매력적인 곳도 없다고 나는 생각한다. '해수욕장의 여왕'이라는 기막히게 좋은 이름이 붙은 그곳은 리비에라를 생각나게 해주는 것이 있었다. 그 콘월 해안은 어느 모로 보아도 프랑스 남부 지방의 해안만큼이나 매혹적으로 느껴졌다.

내 친구 에르큘 포와로에게도 그렇게 이야기했다.

그랬더니 그는, 「어제 식당차에서 본 메뉴에도 그렇게 적혀 있지 않던가. 여보게, 자네 얘기는 독창적인 것이 아닐세.」 하고 말하는 것이었다.

「그래서 동의하지 않는다는 겁니까?」

그는 혼자 미소짓고 있을 뿐 내 질문에는 아무 대답도 없었다.

나는 다시 물어 보았다.

「대단히 미안하네만, 헤이스팅스, 내 생각은 지금 멀리서 헤매고 있었다네. 바로 자네가 말한 그곳에서 말이야.」

「프랑스 남부 지방이요?」

「그렇다네. 그곳에서 보냈던 지난 겨울과, 그때 있었던 사건들을 생각하고 있었지.」

이제 기억이 났다. '푸른 열차'에서 일어났던 살인사건이었다. 그 불가사의한 사건은 너무도 복잡해서 도무지 이해할 수도 없었는데 바로 포와로가 그 비범하고 정확하며 날카로운 통찰력을 발휘하여 해결했던 것이다.

「나도 함께 있었더라면 참 좋았을 텐데.」

나는 굉장히 유감을 느끼며 이렇게 말했다.

「동감이야. 자네가 있었다면야 두말할 것도 없이 나에게 매우 귀중한 도움을 주었을걸세.」

나는 곁눈으로 그를 슬쩍 보았다. 오랜 경험으로, 그의 찬사를 믿지 못했지만 그는 정말로 진지해 보였다. 아니, 뭐 그래서는 안 된다는 법도 없지 않은가? 나는 그가 늘 구사해 온 방법들에 대해서는 아주 오래 전부터 익히 알고 있는 터이니까.

「특히 그리웠던 것은 자네의 그 생기로 가득 찬 상상력이었다네.」

그는 꿈꾸듯이 계속 말을 이었다.

「인간에게는 어느 정도 가벼운 도움이 필요한 법이지. 내 하인 조지 있지 않나. 꽤 칭찬할 만한 사람이라 가끔 그와 함께 문제를 토론하지만, 그는 도대체 상상력이 없단 말이야.」

말이 영 빗나간 것 같아서 얼른 내가 물었다.

「말해 보세요, 포와로. 다시 활동을 시작할 생각이 전혀 없는 겁니까? 산다는 게 이렇게 무미 건조해서야……..」

「나한테는 꽤나 잘 어울리는 일이지. 가만히 앉아 햇볕이나 쬐고, 이보다 늘어진 팔자가 또 어디 있겠나? 온갖 명예를 한꺼번에 짊어지고, 그것을 바탕으로 해서 한 걸음을 내딛는다는 것. 이보다 더 당당한 일이 어디에 있을 수 있단 말인가, 응? 사람들은 나를 두고 이렇게 말들 하지. '저 사람이 에르퀼 포와로야! 위대하고 유일무이한 존재! 아무도 저 사람을 당해 내지 못해, 아무렴 그렇고말고!' 바로 그거야. 나는 만족하고 있다네. 더 이상 바라는 것도 없고, 난 겸손한 편이거든.」

나는 내 자신에 대해 겸손이라는 말을 거의 사용해 보지 않았다. 이 작달막한 친구는 나이가 들어가면서도 확실히 자기 중심적인 사고 방식을 버리지 못하는 모양이었다. 그는 의자에 기대어 콧수염을 쓰다듬으며 철저하게 자기 만족 상태에 빠져 있었다.

우리는 머제스틱 호텔의 한 테라스에 앉아 있었다. 세인트 루에서 가장 큰 이 호텔은 바다가 바라다보이는 곶(串) 위에 세워져 있었다.

우리들 아래로 펼쳐진 정원에는 야자나무가 여기저기 심어져 있었다. 바다는 깊고 아주 푸르렀으며, 하늘은 더없이 맑은데다, 태양은 8월의 태양만이 지닐 수 있는(그나마 영국에서는 자주 볼 수도 없는) 강렬한 열기를 온누리에 전하고 있었다. 어디에선가 벌들이 윙윙거리는 즐거운 소리. 이보다 더 이상적인 곳은 없으리라.

우리는 1주일간 머무를 예정으로 어젯밤에 도착했는데, 이것이 여기서 맞는 첫 번째 아침이었다. 이런 날씨가 계속되기만 한다면 그야말로 멋진 휴가가 될 것이다.

나는 떨어뜨린 조간신문을 집어들고 계속해서 읽어 내려갔다. 정세는 평온하지도 않았지만, 주의를 끌 만한 것도 없었다. 중국은 좀 시끌시끌했고, 런던의 한 떠들썩한 사기 사건에 대한 긴 기사가 있었으나 뭐 그리 충격적인 기사는 없었다.

「이상한 일도 다 있군요. 이 앵무병(폐렴과 장티푸스 비슷한 전염병) 말입니다.」

나는 한 장을 넘기며 이렇게 말했다.

「정말 이상해.」

「리스에서 두 명이 더 사망했다는군요.」

「정말 안됐군.」

나는 한 장을 더 넘겼다.

「세계일주 비행을 하고 있는 세튼이라는 친구에 대한 소식은 여전히 없군요. 그 친구들, 참 대단해요. 그 친구의 수륙 양용기인 앨버트로스 호는 정말 위대한 발명품이지요. 만일 그가 죽었다면 너무 아까운데요. 아직 수색을 포기하지는 않았다는군요. 그 사람, 어쩌면 태평양에 있는 새로운 섬 하나를 발견해냈을지도 모르잖아요.」

「솔로몬 섬 원주민들은 아직도 식인종이라지?」

포와로가 쾌활하게 물었다.

「정말 훌륭한 친구입니다. 그런 일들 때문에, 나는 영국인으로 태어난 것이 얼마나 자랑스러운지 모른답니다.」

「그렇게 생각하는 것이 윔블던의 패배에 대한 자위가 될걸세.」
「오, 나는 그런 의도로 한 말이 아니었는데.」
나는 이렇게 말을 시작했다.
내 친구는 내가 하려는 변명을 정중하게 물리쳤다.
「나는 말이야. 그 불쌍한 세튼의 비행기처럼 이중 인격자는 아니라네. 나는 세계주의자이지. 또, 알다시피 나는 항상 영국인을 숭배해 마지 않는다네. 이를테면 영국인들이 일간지를 볼 때의 그 철저한 방식 같은 것들을 말이야.」
나는 정계 뉴스로 관심을 돌리고는 낄낄 웃으며 이렇게 말했다.
「내무장관이 아주 곤욕을 치르고 있나 봐요.」
「안됐어. 골치깨나 썩을 거야. 아, 그래! 그 양반은 들어 주지도 않을 도움을 청하느라고 너무 많은 노력을 들였어.」
나는 그를 빤히 쳐다보았다.
가벼운 미소를 띤 채 포와로는 아침에 받은 편지들을 호주머니에서 꺼냈는데, 그것은 고무 밴드로 잘 묶여 있었다. 그는 그중 하나를 뽑아 내게 던져 주었다.
「어제는 우리가 꽤나 아쉬웠나 봐.」
그가 말했다.
나는 흥분에 들뜬 심정으로 그 편지를 읽고는 이렇게 소리쳤다.
「그런데 포와로. 이건 아첨이 너무 심한데요!」
「자네는 그렇게 생각하나?」
「당신의 능력에 대해 너무 지나치게 칭찬했군요.」
「그가 사람 볼 줄 아는 게지.」
포와로는 적당히 눈을 피하며 이야기했다.
「자기를 보아서라도 이 문제를 좀 조사해 달라는 거군요. 이렇게 사적인 부탁으로.」
「그렇지. 그러나 나에게 그런 말을 되풀이할 필요는 없네. 존경하는 헤이스팅스, 내가 이미 그 편지를 읽었다는 걸 자네도 알잖나.」

「그리 반가운 일은 아닌데요.」

나는 울상이 되었다.

「이것 때문에 휴가가 끝장나 버리지 않습니까?」

「아니, 그렇지 않네. 진정하게나. 아무것도 문제될 게 없어.」

「하지만 내무장관이 사태가 긴급하다고 하지 않았습니까?」

「그 양반이 옳을지도 모르지. 어쩌면 안 그럴지도 모르고. 정치하는 사람들은 쉽게 흥분하는 편이라서 말이야. 나는 파리 하원에서 그 양반을 직접 본 적이 있네.」

「그렇습니까? 하여간 말입니다. 포와로, 일단 준비는 해야 되지 않습니까? 런던행 급행 열차는 이미 늦었고, 그것은 2시에 출발하니까요. 다음 열차는……」

「침착하게 헤이스팅스, 침착해. 제발 비네! 항상 그렇게 흥분하고 당황해 하니, 원! 오늘은 런던에 안 갈걸세. 내일도 마찬가지고.」

「그렇지만 이 소환장은……?」

「나와는 아무 상관없는 일이야. 나는 자네 나라의 경찰력에 구속받지 않는다네, 헤이스팅스. 나는 사적으로 조사를 의뢰 받았을 뿐이야. 하지만 거절할 생각이네.」

「거절한다고요?」

「그렇다니까. 아주 정중하게 유감의 뜻을 표하고, 사과의 말과 함께 아울러 이제는 내 몸이 완전히 쓸모 없게 되어 버렸다는 얘기를 써서 보내면 되겠지. 하지만 자네는 어떻게 하려나? 나는 이젠 은퇴했어. 끝난 거야.」

「아직 안 끝났어요.」

나는 흥분하여 외쳤다.

포와로는 내 무릎을 가볍게 두드렸다.

「좋은 친구들은 그렇게 말하는 법이지. 충실한 친구들은. 그러나 자네는 이성을 가지고 있네. 물론 회색의 뇌세포는 여전히 활동하고 있지. 질서라든가 방법상으로는 여전히 돌아가고 있어. 그러나 내가 은퇴했다고 말한다면, 여보게, 그건 정말로 은퇴를 한 거야! 이제는 그런 일은 그만두었다는 말일세! 나는 세상에다 열두 번이나 은퇴를 선언하는 그런 배우 같은 사람은 아니야. 아주 관대하게 말해서, 젊은 사람들에게 기회를 주고 싶네. 그들도 믿음직스럽게 일을 잘해 낼 수 있을걸세. 물론 한편으로는 미덥지 않은 면도 있긴 하지만, 그런대로 충분히 해낼 수 있을 거야. 내무장관이 의뢰한 이런 단조롭기 짝이 없는 문제라면 그런 친구들도 충분히 해결할 수 있을걸세.」

「그나저나 포와로, 이 찬사는 다 어떻게 하고요!」

「그런 거라면 뭐, 내가 그만한 찬사를 받고도 남으니까. 내무장관도 그만한 지각이 있는 위인이라, 내가 손을 대기만 하면 무엇이든 성공적으로 해결되리라는 것을 알고 있는 게지. 자네 생각은 어떤가? 그 사람 운이 좀 없군. 에르큘 포와로는 이미 마지막 사건을 해결하고 떠난 뒤인데.」

나는 그를 쳐다보았다.

진심으로 그의 고집을 한탄하지 않을 수 없었다. 앞에서 언급한 그 사건('푸른 열차의 죽음')의 해결로 인해 그는 그전부터 누려 온 세계적인 명성에 더욱더 많은 숭배자를 얻게 되었다.

그럼에도 불구하고 나는 그의 굽힐 줄 모르는 태도를 존경하지 않을 수가 없었다.

갑자기 어떤 생각이 떠올라 나는 빙그레 미소를 지었다.

「이상하군요. 도무지 두려움을 모르시다니, 그렇게 딱 잘라 말하면 분명히 신들을 거역하는 것이 될 텐데요.」

「불가능해.」

그가 대답했다.

「어떤 사람도 에르큘 포와로의 결정을 흔들어 놓지는 못해.」

「불가능하다고요, 포와로?」

「자네 말대로일세. 물론 함부로 그런 말을 해서는 안 되겠지만, 아무렴 그렇고말고. 내 말은 머리에 총을 갖다 대도 안 하겠다는 뜻은 아닐세! 사람은 결국 사람이니까!」

 나는 미소를 머금었다. 조그만 돌멩이 하나가 우리 옆에 있는 테라스로 막 날아든 참이었는데, 그것에서 얻어낸 포와로의 기발한 유추가 내 상상력을 자극시켜 주었던 것이다.

 그는 몸을 굽혀 그 돌멩이를 집으며 말을 계속했다.

 「그럼, 사람은 사람이고말고. 인간은 잠자고 있는 개야. 팔자 늘어지게 말이야. 그러나 잠자는 개는 깨울 수 있어. 자네 나라 말에 그런 속담이 있더군.」

 나는 이렇게 말했다.

 「내일 아침 당신의 베개 밑에서 단검을 발견하게 되면 그것을 갖다 둔 범인에게 그 속담을 일깨워 주시죠!」

 그는 머리를 끄덕였지만, 좀 멍해 보였다.

 그는 놀랍게도 갑자기 일어나서 테라스에서 정원으로 난 계단을 내려갔다. 그때 우리 쪽으로 급히 오고 있는 한 여자가 시야에 들어왔다. 나는 포와로가 밑을 보지 않고 걷다가 돌부리에 걸려 꽈당 넘어지는 바람에 시선을 돌렸는데, 그녀는 상당히 예쁜 것 같았다.

 포와로는 바로 그 여자 옆에서 넘어졌으므로, 나는 그녀와 함께 그가 일어서도록 부축해 주었다. 나야 당연히 포와로를 돌보는 데 정신을 쏟고 있었지만, 언뜻 그녀가 검은 머리에 크고 짙푸른 눈의 장난스런 얼굴을 가지고 있다는 걸 알 수 있었다.

 「대단히 죄송합니다.」

 포와로가 더듬거리며 말했다.

 「무척 친절한 아가씨로군요. 이런 실례를 하다니. 아이쿠! 내 발이야. 상당히 아픈데요. 아, 아닙니다, 별것 아니에요. 발복이 조금 삐끗한 것뿐입니다. 금방 괜찮아지겠죠. 헤이스팅스, 자네가 나를 도와주기만 했어도……, 아가씨께서 이렇게 도와주시다니, 정말 친절하시군요. 어찌할 바를 모르겠습니다.」

한쪽은 내가, 다른 쪽은 그녀가 잡고서 포와로를 테라스에 있는 의자에 앉혔다. 의사를 데려오겠다고 했더니 이 친구가 완강하게 반대했다.

「아무것도 아니라니까. 발목을 삐끗한 걸 가지고. 잠시 아프다가 곧 가라앉겠지.」

그는 얼굴을 찡그렸다.

「조금만 있으면 금방 나을 테니까. 마드모아젤, 정말 뭐라고 감사를 드려야 할지. 어쩌면 이렇게도 친절한지. 여기 좀 앉으시죠.」

그녀는 의자에 앉았다.

「아무것도 아닌걸요, 뭐.」

그녀가 말했다.

「어떻든 빨리 나았으면 좋겠군요.」

「염려 마십시오, 마드모아젤. 하찮은 겁니다! 당신과 얘기를 나누는 동안 벌써 통증이 사라진걸요.」

그녀가 웃었다.

「다행이군요.」

내가 물었다.

「칵테일 한잔하시겠습니까? 시간이 적당할 것 같은데요.」

「글쎄요…….」

그녀는 망설였다.

「정말 감사합니다.」

「마티니?」

「예, 그러죠. 드라이 마티니로요.」

내가 호텔 안에 들어갔다가 돌아와 보니 포와로와 그 여자는 활발하게 대화를 나누고 있는 중이었다.

그가 말했다.

「이것 보게, 헤이스팅스. 저기 저 집 말이야. 우리가 그렇게 감탄해 마지 않던 저 위에 있는 집이 바로 여기 있는 아가씨네 집이라는군.」

「그래요?」 하고 말은 했지만, 나는 우리가 언제 그 집에 대해 감탄했었는지는 기억이 나지 않았다. 사실 나는 그 집을 본 적도 없는 것 같았다.

「다른 집들과 멀리 떨어져 있어서 그런지, 우람하고도 으스스해 보이는데요.」

「엔드 하우스(End House)라고 부르죠.」

그녀가 말했다.

「나는 그 집을 사랑해요. 하지만 이제는 낡아서 다 무너져 가고 있어요. 황폐해지고 있지요.」

「당신은 전통 있는 가문의 마지막 자손인가 보죠, 마드모아젤?」

「오! 별로 대단한 가문도 아닌걸요. 그렇지만 우리 버클리 가(家)는 200~300년 동안 이곳에 죽 살아왔답니다. 3년 전에 오빠가 죽었기 때문에 이제는 나 혼자만 남았지요.」

「오, 저런! 그럼, 혼자 살고 있는 겁니까, 마드모아젤?」

「오! 나는 대개 나가 있어요. 내가 집에 있을 때면 상당히 많은 사람들이 찾아온답니다.」

「꽤 현대적이군요. 그것도 모르고, 나는 저주받은 암흑의 저택에 사는 당신을 상상하고 있었지 뭡니까?」

「굉장하시네요! 어떻게 그런 재미있는 상상을 다 하세요? 그렇지 않아요, 유령 같은 건 없어요. 설사 그렇다 해도, 그 유령은 자비로운 유령일 거예요. 나는 사흘 동안 갑작스럽게 닥쳐온 죽음의 위협을 세 번씩이나 모면했으니 불사신이기라도 한 모양이에요.」

포와로는 재빨리 바로 앉았다.

「죽음을 모면했다고요? 흥미 있게 들리는데요, 마드모아젤.」

「오! 그렇게 공포스런 일은 아니었어요. 그냥 우연한 사고였을 뿐이에요.」

말벌 한 마리가 지나갔는지 그녀는 머리를 홱 흔들었다.

「이 지긋지긋한 말벌들, 이 근처에 벌집이 있나봐요.」
「꿀벌이나 말벌을 싫어하나 보죠, 마드모아젤? 쏘인 적이 있군요. 그렇죠?」
「아뇨, 하지만 얼굴 앞으로 날아다니는 것은 딱 질색이에요.」
「그야말로 '보닛 모자(턱 밑에서 끈을 매게 되어 있는 챙 없는 여성, 어린이용 모자)속의 벌'이군요.」
포와로가 말했다.
「영어 관용구에도 그런 말이 있듯이 말입니다.」
그때 칵테일이 나왔다. 우리는 모두 잔을 들고 그저 별생각 없이 들여다보았다.
「마침 저도 칵테일을 마시러 이 호텔에 오는 중이었어요.」
버클리 양이 이렇게 말했다.
「모두들 내가 어떻게 된 줄 알고 의아해 하고 있을 거예요.」
포와로는 목을 축인 다음, 잔을 내려놓았다.
「아! 달콤하고 맛있는 초콜릿을 한 잔 마셨으면!」
그는 조그만 목소리로 이렇게 말했다.
「그러나 영국에선 그런 건 만들지 않더군요. 하긴 영국에도 매우 재미있는 풍속들이 많지요. 젊은 아가씨들이 모자를 썼다 벗었다 하는 등의. 아주 아름답다고, 아주 간편하죠.」
그녀는 그를 빤히 바라보았다.
「무슨 뜻이에요? 그래서는 안 되기라도 한다는 말씀인가요?」
「역시 젊은 분이라 그렇게 물어보시는군요, 마드모아젤. 하지만 내게는 머리 장식을 이렇게 높게 고정시키는 것이 당연한 것 같습니다. 그런 다음, 여기, 여기, 여기, 그리고 여기에 핀을 꽂아 모자를 고정시키는 거죠.」
그는 허공에 대고 이리저리 손짓을 했다.
「그렇지만 얼마나 불편한데요!」
「아! 나도 그렇게 생각합니다. 바람이 불면 아주 고역이겠죠. 두통도 생길 테고.」
 버클리 양은 자기가 쓰고 있던 테가 넓은 단순한 모양의 펠트 모자를 벗어서 옆에 내려놓았다.
「이젠 이렇게 해야겠군요.」
 그녀가 웃었다.
「과연 현명하고 매력적이십니다.」
 가볍게 머리를 숙이며 포와로가 이렇게 말했다.
 나는 흥미를 느끼며 그녀를 바라보았다. 검은 머리카락이 흘러내려 그녀는 마치 꼬마 요정처럼 보였다. 사실 어딘지 모르게 그녀에게는 요정 같은 느낌이 풍기고 있었다.
 작고 발랄한 얼굴, 여자 같은 사내애의 모습, 짙은 푸른 빛의 큰 눈 등등……. 어딘가 홀릴 듯이 눈길을 끄는 데가 있었다. 무모한 성격을 가진 탓일까? 눈 밑에는 어두운 그림자가 드리워져 있었다.
 우리가 앉아 있는 테라스는 약간 낡은 것이었다. 사람들이 많이 모여 있는 큰 테라스는 바다 아래로 깎아지른 절벽 위의 모퉁이 근처에 자리잡고 있었다.
 그 모퉁이 근처에 지금 불그스름한 얼굴을 한 남자가 나타났는데, 그는 몸을 뒤로 젖히고 옆구리에 손을 대고 있었다. 기운차고 태평스러워 보이는 모습이 전형적인 선원 출신이었다.
「어딜 간 건지 모르겠군.」
 그의 말은 우리가 앉아 있는 곳까지 쉽게 들렸다.
「닉, 닉!」
 버클리 양이 일어났다.
「나를 찾을 줄 알았어요. 이봐요. 조지, 여기예요.」
「프레디가 마실 것을 달라고 난리입니다. 빨리 와요.」
 그는 닉의 친구들과는 상당히 달라 보이는 포와로에 대한 호기심을 노골적으로 드러내고 쳐다보았다.
 그녀가 소개를 했다.

「이분은 챌린저 중령이시고, 저……」
 그녀는 포와로가 이름을 가르쳐주길 기다리고 있었으나, 놀랍게도 그는 자기 이름을 밝히지 않았다. 다만, 일어서서 매우 정중하게 인사하며 이렇게 중얼거렸다.
「영국 해군이시군요. 나는 영국 해군에 큰 관심을 갖고 있지요.」
 이런 식의 말은 영국인들이 그다지 반겨 듣는 말이 아니었다. 챌린저 중령의 얼굴이 화끈 달아오르자, 닉 버클리 양이 얼른 나섰다.
「빨리 오세요, 조지. 뭘 그렇게 멍하니 계세요. 프레디와 짐을 찾아야죠.」
 그녀는 포와로에게 미소를 지었다.
「칵테일 잘 마셨어요. 발목이 빨리 낫기를 바랍니다.」
 나에게도 가볍게 머리를 숙인 다음, 그녀는 그 해군의 팔짱을 끼고 모퉁이 근처로 사라져 버렸다.
「저 사람이 저 여자의 친구란 말이지.」
 포와로는 생각에 잠겨 이렇게 중얼거렸다.
「그녀 곁에 모여드는 즐거운 사람들 중의 하나라. 어떤가, 그 사람? 나에게 자네의 그 탁월한 견해를 좀 들려주게, 헤이스팅스. 저런 사람이 소위 좋은 친구라는 건가, 응?」
 나는 잠시 뜸을 들이며 포와로가 생각하고 있을 '소위 좋은 친구'의 개념을 점쳐 본 다음, 조금 미심쩍지만 동감을 표시했다.
「괜찮은 사람인 것 같은데요. 아마 그럴 겁니다.」
 나는 이렇게 말했다.
「언뜻 보고 판단하기로는요.」
「좀 의심스러운걸.」
 포와로가 말했다.
 그 여자는 모자를 빠뜨리고 갔다. 포와로는 몸을 굽혀 그것을 주운 다음, 말없이 손가락에 걸고 모자를 빙글빙글 돌렸다.
「저 친구 그녀를 사랑하고 있나 보지? 자네 생각은 어떤가?」

「존경하는 포와로! 내가 그것을 어떻게 알겠습니까? 자, 모자나 이리 주십시오. 그녀가 찾고 있을 겁니다. 내가 갖다 주겠어요.」

포와로는 내 말에는 아무런 관심도 없었다. 그는 모자를 손가락에 걸고 계속해서 천천히 돌리고 있었다.

「가만있어 보게. 이거 재미있는데.」

「아니, 포와로!」

「이 친구야. 나는 늙어가면서 점점 어려지고 있네. 안 그런가?」

그렇지 않아도 무슨 말로 표현해야 할지 몰라 쩔쩔매고 있었는데, 그가 너무나 정확하게 내 느낌을 집어냈다.

포와로는 슬그머니 미소를 띠고 몸을 앞으로 기울이더니, 손가락을 코에 갖다 댔다.

「하지만 그렇지 않네. 나는 자네가 생각하고 있는 것만큼 그렇게 철저한 바보는 아니라네! 모자는 돌려주어야지, 마땅히. 그러나 조금만 더 있다가 엔드 하우스로 가서 돌려주면 그 매력적인 닉 양을 다시 만나볼 수 있지 않겠나?」

내가 말했다.

「포와로……. 사랑에 빠진 것 같군요.」

「그녀는 예쁜 아가씨야. 안 그런가?」

「이거야 원, 직접 보셨으면서 왜 내게 묻습니까?」

「애석하게도 나는 판단력을 상실해 버렸다네. 요즈음은 젊기만 하면 누구나 다 아름답게 보인단 말이야. 젊고, 싱싱한, 내 나이로서는 그게 비극이지. 그렇지만 자네는, 자네에게도 끌리는 점이 있었나? 아르헨티나에서 그렇게 오래 살았으니, 자네의 생각도 뭐 그다지 최신식이랄 수는 없겠지. 자네는 늘 5년 전쯤에 유행했던 것을 좋아하니까. 그래도 어쨌든 나보다는 현대적일 게 아닌가. 그 아가씨, 예쁘지. 응? 남자나 여자나 다 그녀에게 매력을 느끼겠지?」

「남자들이야 충분히 그렇게 생각하고도 남겠죠, 포와로. 말하자면, 아주 예쁘다는 뜻이죠. 그런데 그 여자에 대해서 왜 그렇게 관심이 많습니까?」
「내가 관심이 많다고?」
「그렇지 않고요. 방금 말했던 것을 생각해 보십시오.」
「오해를 하고 있군, 이 친구. 물론 그 아가씨한테 관심을 가지고 있는 건지도 모르지. 사실이야. 그렇지만 나는 그녀의 모자에 더 흥미를 느끼고 있다네.」
나는 그를 바라보았지만, 그는 너무도 진지해 보였다.
그는 내게 고개를 끄덕여 보였다.
「그래, 헤이스팅스, 바로 이 모자 말일세.」
그는 모자를 내게 건네주었다.
「내가 왜 이 모자에 흥미를 느끼고 있는지 알겠나?」
「훌륭한 모자로군요.」
나는 어리둥절해 하며 이렇게 말했다.
「그렇지만 그저 평범한 모자에 불과한데요. 이런 모자를 얼마나 많이 쓰고 다니는데 그러세요.」
「이것과 똑같지는 않을걸.」
나는 그것을 좀더 자세히 살펴보았다.
「알겠나. 헤이스팅스?」
「아주 평범한 사슴털 모자로군요. 모양이 괜찮은데요.」
「자네보고 이 모자를 묘사해 보라고 하진 않았어. 아주 찾기 쉬운 건데 못 보는구먼. 믿어지지가 않는데. 이 한심한 헤이스팅스, 그걸 못 보다니! 아무리 생각해 봐도 정말 놀랄 일이야! 자, 주의해서 보게, 사랑하는 나의 우둔한 친구야. 회색의 뇌세포를 다 움직일 필요는 없어, 눈만 있으면 돼. 자세히, 자세히 들여다보란 말이야.」
그러자 나는 마침내 그가 무엇을 가지고 그토록 야단법석을 떠는지 알게 되었다. 모자는 그의 손가락을 축으로 해서 천천히 돌고 있었는데, 손가락은 모자의 가장자리에 난 구멍에 꼭 맞게 끼워져 있었던 것이다. 내가 알아차린 것을 보고 그는 손가락을 빼고 모자를 내게 주었다.

 그것은 아주 조그맣고 동그란 구멍이었는데, 나는 그 구멍이 도대체 뭐하는 데 사용되는지 상상할 수가 없었다.

「아까 벌 한 마리가 날아갈 때 닉 양이 움찔하는 거 봤나? 그 보닛 모자에 앉았던 벌 있잖나, 바로 그 구멍에.」

「하지만 벌 한 마리가 이런 구멍을 만들 수는 없었을 텐데?」

「그렇지, 헤이스팅스! 과연 날카로워! 벌이 그렇게 할 수는 없지. 그러나 총알이라면 할 수 있을 거야!」

「총알?」

「그렇고말고! 이런 총알이라면.」

 그는 손바닥 위에 조그마한 것을 내보였다.

「발사된 총알이야. 아까 우리가 얘기를 나누고 있을 때 테라스에 부딪쳤던 것이지. 발사된 총알이란 말이야!」

「그럼, 이건……?」

「단 1인치의 오차야. 모자가 아니라 바로 머리를 관통시키려 했던 것이지. 이제는 내가 왜 그렇게 관심이 많은지 알겠지, 헤이스팅스? 여보게, 자네 말이 맞았어. '불가능'이란 단어를 함부로 사용하는 게 아니었는데. 그렇지, 사람은 결국 사람일 뿐이야! 아! 하지만 그 작자가 큰 실수를 저질렀군. 문제의 범인 말이야, 에르퀼 포와로 앞에서 감히 총을 쏘다니, 걸려도 아주 고약하게 걸려들었어. 그건 그렇고, 이제 그 엔드 하우스를 찾아가서 그 아가씨를 만나봐야 하지 않겠나? 사흘 동안 세 번이나 죽음을 모면했다고 그녀가 말했던 거 생각나지? 서둘러야겠어, 헤이스팅스. 위험이 바로 코앞에 닥쳐왔다고.」

제 2 장 엔드 하우스

「포와로…….」
내가 말했다.
「지금까지 줄곧 생각해 보았는데요.」
「그거 좋은 훈련이지. 계속해 보게.」
우리는 창문 옆에 있는 작은 테이블에 마주앉아 점심식사를 하고 있었다.
「이 총알은 아주 가까이에서 발사된 게 분명한데. 우리는 아무 소리도 못 들었잖습니까?」
「그럼 자네는 우리가 잔물결만이 이는 평화로운 정적 속에 있으면서도 그 소리를 못 들었다고 생각하나?」
「아니, 그게 아니라도 좀 이상합니다.」
「아냐. 이상할 거 없네. 소리에 우리가 너무 빨리 익숙해져 버리기 때문에, 어떤 소리가 들린다는 것조차 거의 의식하지 못하는 경우가 허다하지. 오늘 아침 내내, 저 앞에서 고속 보트가 유람하고 있었어. 자네, 처음에는 불평하더니, 금방 그 시끄러운 소리를 잊어버리더군. 내가 알기로는, 자네가 예전에 기관총을 꽤 쏘아 본 것으로 아는데, 바다에 모터보트 한 척이 달리고 있는 가운데서 총소리를 식별해 내기란 여간 힘든 일이 아닐걸.」
「그렇지요. 맞는 말입니다.」
포와로가 중얼거렸다.
「아! 저기. 그 아가씨와 친구들이 있군. 점심 먹으러 온 것 같은데. 지금 이 모자를 돌려주어야겠군. 조금도 이상할 건 없지. 사태가 심각하니만큼 찾아가 보는 것이 당연하지 않은가?」

그는 자리에서 벌떡 일어나, 버클리 양과 그녀의 친구들이 앉아 있는 테이블로 바삐 가로질러 가서 인사를 하며 모자를 건네주었다.

그들은 모두 네 명이었는데, 닉 버클리와 챌린저 중령, 그리고 한 쌍의 남녀가 더 있었다. 그들은 우리가 앉은 곳에서는 잘 보이지 않았다. 가끔씩 그 해군의 웃음소리가 요란하게 들리곤 했다. 그는 단순하면서도 호감을 주는 사람인 것 같았다. 그래서 나는 벌써 그에 대해 친근감을 느끼기 시작했다.

나의 친구는 조용히, 그리고 건성으로 식사를 하고 있었다. 그는 빵을 잘게 부수기도 하고, 작은 목소리로 야릇한 탄성을 지르며 테이블 위를 정돈하기도 했다. 나는 말을 붙여 보려다가 선뜻 용기가 안 나서 아예 포기해 버렸다.

그는 치즈를 다 먹은 다음에 한참 동안이나 테이블에 앉아 있었다. 그러나 그 일행이 방을 나가자마자 그도 따라 일어났다.

포와로가 유난히 군인 같은 태도를 취하며 그들에게 다가가서는 닉 양에게 말을 걸었을 때, 그들은 로비에 있는 한 테이블에 막 자리를 잡고 있던 참이었다.

「마드모아젤, 몇 마디 드릴 말씀이 있는데요.」

그녀는 얼굴을 찡그렸다.

나는 그녀의 심정을 훤히 다 이해할 수 있었다. 그녀는 이 작달막한 수상한 외국인이 일으킬지도 모르는 성가신 일을 미리 걱정하고 있는 게 분명하리라. 잠시 뒤면 그녀의 눈에 확연히 나타나게 될 표정을 생각하니, 나는 그녀를 동정하지 않을 수 없었다.

다소 내키지 않는다는 듯이 그녀는 옆으로 몇 발자국 옮겼다. 나는 그녀의 얼굴에서, 포와로의 나직하면서도 다급한 말과, 거의 동시에 놀라는 표정이 스치는 것을 보았다.

그러는 동안, 나는 다소 어색하고 거북스럽게 느껴졌다. 챌린저 중령은 재빨리 기지를 발휘하여 내게로 와서 담배를 권하며 평범한 말을 건넸다. 우리는 함께 분위기를 깨뜨리지 않으려고 노력하는 동안 서로에게 공감을 느끼게 되었다. 나는 그와 함께 점심을 나누었던 다른 남자보다는 그에게 훨씬 더 큰 호감을 느꼈다.

이번에는 바로 그 다른 남자를 관찰해 보기로 했다. 그는 훤칠한 키에 다소 섬세하게 생긴 젊은 미남자로서, 약간 큰 코에 화려할 정도로 수려한 외모를 지니고 있었다. 그리고 거만한 태도와 싫증날 정도로 느린 말투를 하고 있었다. 그에게는 내가 특히 싫어하는 번드르르한 데가 있었던 것이다.

그 다음으로 나의 관찰 대상이 된 사람은 남아 있는 한 여자였다.

그녀는 내 바로 맞은편에 있는 커다란 의자에 앉아 있었는데, 방금 전에 모자를 벗었다. 좀 색다른 데가 있어 그녀에게는 지친 성모 마리아라는 표현이 꼭 들어맞았다. 금발이라고 하기에는 거의 색이 없는 머리를 한가운데 가르마를 타서, 귀 아래 목까지 곧게 내려 묶어 놓았다. 그녀의 얼굴은 죽은 듯이 창백하고 야위었지만 이상하게도 매력적인 데가 있었다. 커다란 눈동자는 아주 엷은 회색빛이었다.

그녀는 어딘가 초연한 듯한 묘한 표정을 짓고 있었다. 그녀는 나를 가만히 응시하고 있다가 갑자기 말을 꺼냈다.

「앉으세요, 친구 분이 닉과 얘기를 다 끝낼 때까지만이라도요.」

그녀의 목소리는 힘이 없고 기교적이어서 부자연스럽게 느껴졌지만 한편으로는 떨림으로 인한 긴 여운을 남기는 야릇한 매력을 풍기고 있었다. 그녀는 여태까지 내가 만나본 사람들 중에서 가장 지쳐 있는 인상을 풍겼다. 그것은 육체의 피곤이 아니라, 마치 이 세상 모든 일이 공허하고 무가치하다고 느끼는 사람처럼 마음이 지친 느낌이었다.

「버클리 양은 오늘 아침 내 친구가 발목을 삐었을 때 아주 친절하게 도와주었지요.」

나는 자리에 앉으며 이렇게 설명했다.

「닉이 얘기하더군요.」

그녀는 여전히 초연한 눈빛으로 나를 주시하고 있었다.

「발목은 이제 괜찮으신가요?」

나는 얼굴이 붉어지는 걸 느꼈다.

「그냥 삐끗했을 뿐인데요, 뭐.」 하고 내가 말했다.

「오! 그래요? 닉이 한 얘기가 꾸며댄 것이 아니라니 기쁘군요. 그녀는 이 세상 누구보다도 천부적 소질을 가진 깜찍한 거짓말쟁이일 거예요. 놀라워요, 그건 정말 타고 난 재능이라 할 만하죠.」

나는 무슨 말을 해야 할지 몰라 쩔쩔맸다. 그녀는 내가 당황하는 모습이 재미있는 모양이었다.

「그녀는 나의 가장 오랜 친구 중의 하나예요.」

그녀가 말했다.

「나는 착실하다는 것을 고리타분한 미덕이라고 생각하는데, 안 그래요? 근검 절약하고 안식일을 지키는 게 원래 스코틀랜드인의 기질이지요. 하지만 닉은 정말로 거짓말쟁이예요. 그렇죠, 짐? 그 자동차의 브레이크에 관한 얘기를 듣고 나는 얼마나 놀랐다고요. 그런데 짐의 얘기로는 거기에는 아무런 이상도 없었대요.」

그 잘생긴 남자는 부드럽고 굵직한 목소리로 이렇게 말했다.

「나는 차에 대해서는 좀 알고 있지요.」

그는 머리를 반쯤 돌렸다. 바깥쪽의 다른 차들 사이에 길고 빨간 자동차 한 대가 눈에 띄었다. 그것은 다른 차에 비해 유난히 길고 빨간색이었다. 게다가 본네트가 특히 길면서 번쩍거렸다. 참으로 근사한 차였다!

「저것이 당신 차입니까?」

나는 감탄조로 물었다.

그는 고개를 끄덕였다.

「그렇습니다.」

나는 어리석게도 그만, 「그럴 줄 알았지!」 하고 말하고 말았다.

그때 포와로가 왔다. 내가 일어나자, 그는 내 팔을 잡고 그들에게 재빨리 인사한 다음 급히 나를 끌고 갔다.

「약속을 정했네. 6시 30분에 엔드 하우스로 가서 그녀와 만나기로 했어. 그때쯤이면 그녀가 드라이브를 끝내고 돌아오겠다는군. 그럼, 틀림없이 돌아오겠지. 무사하게.」

그의 얼굴은 불안에 가득 차 있었고, 목소리에는 근심스러운 빛이 역력했다.

「그녀에게 뭐라고 했습니까?」

「잠깐 만나 얘기하자고 했네, 가능한 한 빨리. 별로 달가워하지 않더군, 당연하겠지만. 나는 그녀의 마음속을 훤히 들여다볼 수 있지. '도대체 누구지. 이 작달막한 남자는? 무례한 노인네이거나 벼락부자, 아니면 영화 감독?' 만일 그녀가 내 요청을 거절할 수 있었다면,—아마 어려운 일이긴 하겠지만— 순간적 충동에 사로잡혀 나에게 그렇게 질문했을 거야. 그러니 차라리 허락하는 것이 훨씬 쉬운 일이지. 그녀는 6시 30분쯤 돌아올 거라고 말했네, 잘됐어.」

나도 그 때쯤이 좋을 것 같다고 말했지만, 그는 내 말에는 거의 귀를 기울이지 않았다. 포와로는 속담 속에 나오는 고양이처럼 신경이 무척이나 예민해져 있었다. 그는 오후 내내 거실 안을 왔다갔다 하면서 혼자 중얼거리기도 하고, 장식품들을 하나하나 정리해 놓기도 했다. 내가 말을 걸려고 하면 손을 내저으며 고개를 흔들었다.

6시가 거의 임박하여 우리는 호텔을 출발했다.

「믿어지지가 않아요.」

나는 테라스의 계단을 그와 함께 내려가면서 말했다.

「호텔 정원에서 사람을 쏠 생각을 하다니, 미치지 않고서야 어디 그런 짓을 할 수 있겠습니까?」

「나는 그렇게 생각하지 않네. 한 가지 여건만 주어진다면, 호텔은 아주 상당히 안전한 곳이 될 수 있지. 무엇보다도 그 정원은 완전히 무방비 상태이거든. 호텔에 모여드는 사람들은 모두 양 떼와 같은 사람들이지. 대개 바다가 내려다보이는 테라스에 앉게 되는데. 사람들은 하나같이 그런 테라스에만 앉는단 말이야. 그 당시, 나 혼자만

유독 그 정원을 바라보며 앉아 있었네. 그럼에도 불구하고 나는 아무것도 보지 못했단 말일세. 알다시피, 거기에는 숨을 곳이 많아. 나무들, 여기저기 모여 있는 종려수, 꽃이 만발한 관목 등등. 어떤 사람이라도 자기 몸 하나쯤은 간단히 숨길 수가 있었을 거야.

 그리고 그 아가씨가 이리로 오는 동안 몰래 숨어서 기다릴 수도 있었을 테지. 그녀는 이 길로 오고 있었어. 엔드 하우스에서 난 길을 돌아오자면 상당히 시간이 걸릴 테니까. 닉 버클리 양은 항상 시간이 늦어서 지름길로 다니는 사람일 거야.」

「설사 그렇더라도 너무나 위험한 모험이었어요. 누구에겐가 들켰을 법도 한데. 그리고 총격은 단순히 사고였다고 말할 수는 없잖겠어요?」

「사고가 아니지, 천만에!」

「무슨 뜻입니까?」

「아무것도 아닐세. 대수롭지 않은 생각이 떠올랐을 뿐이야. 내가 옳을 수도 있고 옳지 않을 수도 있겠지. 그 문제는 잠시 접어 두고, 바로 조금 전 내가 말했던 단 한 가지의 필수적인 여건에 대해서나 얘기해 보세.」

「무슨 여건인데요?」

「자네라면 틀림없이 말할 수 있을 텐데, 헤이스팅스.」

「나를 희생하면서까지 당신의 그 명석함을 만끽할 수 있는 즐거움을 빼앗고 싶지는 않습니다.」

「오! 저 빈정거리는 것 좀 보게! 풍자 한번 기가 막히는군! 자, 지금 우리의 시야에 들어온 사실은 그 사건의 동기가 명확하게 드러나지 않는다는 거야. 만일 동기가 명확하다면, 그 모험이 아주 큰 위험이 따른다고 해서 저질러질 수 없다는 이유는 또 뭔가! 사람들은 이렇게 말들 할거야. '그것은 이러이러했던 게 아닐까? 그 총알이 발사되었을 때 아무개는 어디에 있었지?' 천만에, 그 살인자, 아니, 살인을 시도했던 범인은—내 분명히 말하지만, 명백해질 수가 없어. 그

제2장 엔드 하우스 29

리고 헤이스팅스, 나는 사실 바로 그 이유 때문에 두려운 거라네! 그래, 이 순간에도 두려움을 금치 못하겠어. 정신을 똑바로 차려야겠어. 미리 말해 두지만 '모두 4명이 있었다.'는 사실과 '그들이 모두 함께 있을 때엔 아무 일도 일어날 수 없었다.'는 거야. '정말 미친 짓이야!' 계속 걱정이 되는군. 이번 사건이 나를 꽤나 사로잡는군!」

그는 갑자기 뒤로 돌았다.

「아직 좀 이른 것 같아. 우리 이 길 말고 다른 길로 가보세. 정원에서는 아무것도 얻을 수가 없어. 엔드 하우스로 가는 정식 길을 조사해 보도록 하세.」

우리는 호텔 정문으로 나와 오른쪽의 경사진 언덕으로 올라갔다. 그 꼭대기에 좁다란 길이 나 있었고, 벽에 엔드 하우스로 가는 길이라는 표지가 붙어 있었다.

그 길을 계속 따라가서 200~300야드쯤 갔더니, 그 골목은 돌연 꺾여져서 다 허물어져 가는 한 쌍의 출입구에서 끝이 나 있었다. 그나마 페인트칠이라도 해서 좀 나아 보였다.

대문 안, 오른쪽으로 조그만 오두막이 한 채 있었다. 그 오두막은 출입구와 잡초가 무성한 길에 비해 두드러진 대조를 이루고 있었다. 오두막 주위의 조그만 정원은 말쑥하게 단장이 되어 있었고, 창틀도 모두 최근에 페인트칠을 했는지 매끈했으며 창에는 밝고 깨끗한 커튼이 드리워져 있었다.

색이 바랜 헐렁한 윗도리를 입은 한 남자가 꽃밭에 몸을 구부리고 있었다. 그는 대문이 삐걱거리자, 허리를 펴고 우리를 돌아보았다. 60살쯤 되어 보이는 그는 적어도 6피트(약 185cm)의 건장한 체격에 햇볕에 그을린 얼굴을 지니고 있었다. 머리는 거의 벗겨졌으며, 생기에 찬 푸른 눈이 반짝반짝 빛났다. 꽤나 온화한 사람인 것 같았다.

「안녕하십니까?」

우리가 지나가자 그가 인사를 했다.

나도 같은 식으로 대답하고 우리는 계속해서 드라이브 길로 올라갔는데, 그 푸른 눈이 우리의 등을 따갑도록 쫓고 있다는 것을 알아차렸다.
「이상한데.」
포와로는 생각에 잠긴 채 이렇게 말했다.
그는 자기가 무엇을 이상하게 여기고 있는지 아무 설명도 없이 계속 걸어 나갔다. 집은 크고 좀 음산한 기운이 돌았다. 나무들로 에워싸여 있고, 나뭇가지들은 지붕까지 닿았다. 정말 지독히도 손질이 안 되어 있었다.
포와로는 감정하듯이 한번 쓱 훑어본 다음 초인종을 울렸다. 소리를 울리려면 굉장한 힘을 요구하는 구식 종인데, 한번 소리가 울리기 시작하니 음울하게 한없이 울려 퍼졌다.
한 중년 여인이 문을 열었다. 그녀는 '검은 옷을 입은 예의바른 여자'라고 표현해야 될 것 같았다. 아주 정중하지만 좀 음울한 데가 있는 완전히 무관심한 여자였다. 버클리 양은 아직 돌아오지 않았다고 그녀가 말했다. 포와로는 우리가 약속을 했다고 설명했다.
그는 자기 말을 통하게 하는 데 약간 애를 먹었는데, 그것은 그녀가 외국인들이라면 어쩐지 의심을 하는 경향이 있는 사람이었기 때문이었다. 그래도 내 딴에는 그 국면을 변화시킨 것은 내가 있었기 때문이라고 생각하고 있었다. 우리는 마침내 들어오라는 말을 듣고서 응접실로 안내되어 버클리 양이 돌아오기를 기다렸다.
방안에는 조금도 음산한 면이 없었다. 바다가 보이는 그 방은 햇빛으로 가득 차 있었다. 낡은 방에 어울리지 않는 잡동사니들이 아무렇게나 놓여져 있었다. 견고한 빅토리아풍 양식에 초현대적인 싸구려 잡동사니들이 첨가되어 있는 것이었다. 커튼은 빛바랜 비단이었지만 소파의 커버들은 새로 장만한 것인지 화려했고, 쿠션은 꽤나 알록달록했다. 벽에는 가족들의 초상화가 걸려 있었다. 그중 몇몇은, 내 생각엔 상당히 훌륭해 보였다. 축음기 한 대가 있었고, 레코드 몇 장이 아무렇게나 널려 있었다. 라디오 한 대에 책은 한 권도 없었고,

신문 한 장이 소파 끝에 펼쳐진 채로 놓여 있었다.
 포와로가 그것을 집어들더니 얼굴을 찡그리며 다시 내려놓았다. 그것은 '세인트 루 위클리 헤럴드 앤드 디렉터리 지(紙)'였다. 무슨 생각을 했는지 그가 그 신문을 다시 집어들고 어떤 난을 죽 훑어보고 있을 때 문이 열리면서 닉 버클리가 들어왔다.
「얼음 좀 갖다 주세요, 엘렌.」
 그녀는 어깨 너머로 이렇게 말한 다음 우리에게 말을 걸었다.
「지금 돌아왔어요. 다른 사람들은 다 떼어 버렸어요. 무슨 일인지 궁금해 죽겠는데요. 내가 영화에 없어서는 안 되는 여주인공감이라도 되나요? 정말 너무 진지하게 말씀하시니(그녀는 포와로를 보고 얘기했다.) 그렇게밖에 생각이 안 드는군요. 근사한 제의를 하셔야 해요.」
「오, 저런! 마드모아젤…….」
 포와로는 이렇게 시작했다.
「그 정반대라고는 얘기하지 마세요.」
 그녀는 그에게 간청하듯이 말했다.
「그림을 한 장 그렸는데, 내게 팔았으면 좋겠다는 얘기라면 그만두세요. 물론 그런 얘기는 아니겠죠? 그 콧수염으로 보나, 영국에서 가장 형편없는 음식에다 가장 비싼 값을 받는 머제스틱 호텔에서 지내는 걸 보면 그렇진 않을 거예요. 그럴 리가 없지요.」
 우리에게 문을 열어 주었던 여인이 얼음과 병을 얹은 쟁반을 들고 방에 들어왔다. 닉은 노련하게 칵테일을 만들며 말을 계속했다.
 나는 포와로의 전혀 그답지 않은 침묵이 마침내 그녀에게 통했다고 생각한다. 그녀가 컵을 채우다가 갑자기 말을 멈추고, 「왜 그러시죠?」 하고 날카롭게 물었던 것이다.
「모든 것이 원만해지길 바라니까요, 마드모아젤.」
 그는 그녀의 손에서 칵테일을 받아들었다.
「당신의 건강을 위하여, 마드모아젤. 당신의 지속적인 건강을 위해서요.」

그녀는 바보가 아니었다. 그의 어조가 심각하다는 것을 그녀도 깨달았다.

「무슨 문제가 있나요?」

「그렇습니다, 마드모아젤. 이것은······.」

그는 손바닥에 그 총알을 얹어 그녀에게 내밀었다.

그녀는 당황하여 얼굴을 찡그리면서 그것을 받았다.

「이게 무엇인지 압니까?」

「예, 물론 알아요. 총알이죠.」

「맞습니다. 마드모아젤. 오늘 아침 당신 얼굴 앞을 휙 지나간 것은 말벌이 아니었어요. 바로 이 총알이었습니다.」

「그럼······, 어떤 바보 같은 범인이 호텔 정원에서 총을 쏘았다는 말씀이세요?」

「그런 것 같습니다.」

「정말이지 나는 저주받았나 봐요.」

닉은 솔직하게 이야기했다.

「나는 불사신인 것 같아요. 이제 네 번째로군요.」

「그렇습니다.」

「네 번째입니다. 마드모아젤, 나머지 세 가지 사고에 대해서 듣고 싶습니다.」

그녀는 그를 빤히 쳐다보았다.

「나는 그것이 사고였다는 사실을 아주 확실히 해두고 싶습니다.」

「그거야, 물론이죠! 그밖에 달리 생각할 수가 있겠어요?」

「마드모아젤, 마음 든든히 가지십시오, 큰 충격에 대비해서요. 누군가 당신의 목숨을 노리고 있다면 어떻게 하겠습니까?」

이 말에 대한 닉의 반응은 단지 한바탕 웃는 것뿐이었다. 그러한 생각이 그녀에게는 몹시 재미있었던 모양이다.

「정말 놀라운 생각이군요! 이것 보세요. 도대체 누가 내 목숨을 노리고 있다고 생각하세요? 나는 죽게 되면 수백만 달러를 풀어놓는 아름답고 젊은 상속녀가 아니에요. 정말로 누군가가 나를 죽이려고 했더라면 좋겠군요. 그럼 재미라도 있을 거 아니에요. 하지만 그럴 가능성은 조금도 없는 것 같아요!」

「그럼, 마드모아젤, 그 사고에 대해서 말해 주시겠습니까?」

「물론이죠. 하지만 아무것도 아니에요. 시시한 일일뿐이에요. 내 침대 위에 무거운 그림이 하나 걸려 있거든요. 그게 한밤중에 떨어졌어요. 마침 천만다행으로 나는 집안 어디에선가 문이 '쾅'하고 닫히는 소리를 들은 것 같아서 뭔가 하고 내려가서 그 문을 닫고 있었어요. 그래서 위기를 모면했지요. 그렇지 않았더라면 그게 아마 내 머리를 부숴 버렸을 거예요. 그게 첫 번째고요.」

포와로는 미소를 짓지 않았다.

「계속하세요, 마드모아젤. 두 번째를 들어 봅시다.」

「오! 그건 더 시시해요. 바다로 내려가는 중에 낭떠러지 길이 하나 있어요. 나는 그 길로 해서 수영하러 내려간답니다. 거기에는 다이빙 할 수도 있는 바위가 하나 있거든요. 그런데 둥근 돌 하나가 떨어져서 쿵쿵거리며 굴러 내려왔지만 나를 맞히지는 못했어요. 세 번째는 아주 달라요. 자동차 브레이크가 고장났었답니다. 뭔지는 잘 모르겠어요. 자동차 수리하는 사람이 설명해 줬는데 이해를 잘 못하겠어요. 만일 내가 정문을 통과하여 언덕 아래로 내려갔더라면, 브레이크가 말을 듣지 않았을 테니 아마 '타운 홀'로 곧장 달려가서 끔찍하게 박살이 났겠죠. 타운 홀이야 바깥이 조금 손상되겠지만, 나는 아예 흔적도 없어졌을 거예요. 하지만 항상 뭔가를 남겨 놓고 오는 내 버릇 덕분에, 다시 돌아오다가 월계수 울타리만 들이받았을 뿐이에요.」

「그럼 무슨 고장이 났었는지를 말해 줄 수 없겠군요?」

「모트 자동차 수리소에 가서 물어 보세요. 그 사람들은 알 거예요. 나사가 빠졌다고 하던가, 뭐 아주 단순하고 기계적인 고장이었다고 생각하는데…… 나는 엘렌의 아들이(당신들에게 문을 열어 주었던 아줌마한테 조그만 아들이 하나 있거든요.) 그것을 만지작거린 게 아닌가 하고 생각했어요. 아이들은 자동차를 가지고 노는 것을 좋아하잖아요. 물론 엘렌은 그애가 자동차 근처엔 얼씬도 하지 않았다고 했지만. 모트에서는 그렇게 말하지만, 무엇인가 조금 헐거워진 것이 틀림없다는 생각이 들어요.」

「당신의 차고는 어디에 있습니까, 마드모아젤?」

「집 반대편 근처예요.」

「그것은 잠가 둡니까?」 하고 포와로가 물었다.

닉의 눈은 놀라면서 커졌다.

「오, 아뇨! 잠그지 않아요.」

「그렇다면 누구든 들키지 않고 차를 건드릴 수 있겠군요?」

「글쎄요, 예, 그럴걸요. 하지만 그건 너무 어리석은 짓이잖아요.」

「아니죠, 마드모아젤. 어리석은 짓이 아닙니다. 이해하지 못하는군요. 당신은 위험에 빠져 있는 겁니다, 심각한 위험에. 장담합니다. 내가 말이오! 그런데 당신은 내가 누구인지 모릅니까?」

「모르겠는데요.」

닉은 숨을 죽이며 말했다.

「나는 에르퀼 포와로요.」

「오!」

닉은 평범한 어조로 말했다.

「오! 그래요?」

「내 이름, 알고 있죠?」

「오! 예.」

그녀는 거북하게 우물쭈물했다. 탐색하는 표정이 그녀의 눈에 나타났다. 포와로는 그녀를 날카롭게 쳐다보았다.

「조금 놀란 모양이군요. 그건 내 책을 읽은 적이 없다는 것을 의미하는 것 같은데.」

「저, 전부 읽지는 못했어요. 하지만 이름은 알고 있어요, 물론.」

「마드모아젤, 당신은 예의바른 거짓말쟁이로군요.(나는 점심식사 뒤 머제스틱 호텔에서 있었던 말을 기억해 내고 흠칫했다.) 내가 깜박 잊었군. 아가씨가 아직 어리다는 걸 모르고. 그러니 들은 적이 없겠지. 명성이란 너무 빨리 사라져 가니까. 저기 내 친구가 있으니, 그가 말해 줄 거요.」

닉은 나를 쳐다보았다. 나는 약간 당황해 하며 목청을 가다듬었다.

「포와로 씨는 위대한 탐정이죠. 아니, 탐정이었죠.」

나는 이렇게 설명했다.

「아니, 여보게!」

포와로가 외쳤다.

「겨우 그렇게밖에 말할 수 없나, 응? 정말, 도대체? 내가 유일무이하고, 아무도 능가하지 못하는 이 세상에서 가장 위대한 탐정이라는 사실을 이 아가씨에게 어서 말해 주게!」

나는 냉정하게 말했다.

「이제 그 말은 더 이상 할 필요가 없겠군요. 당신이 이미 설명했으니.」

「아, 그렇지! 하지만 겸손했다면 더 호감을 샀을 것 아닌가. 자화자찬해서는 안 되는 거였는데!」

「개가 없으면 자기가 짖는 수밖에 없죠, 뭐.」

닉은 조롱조의 동정심을 나타내며 이렇게 말했다.

「그런데 누가 개죠? 와트슨 박사님인가요?」

나는 무뚝뚝하게 말했다.

「내 이름은 헤이스팅스요.」

닉이 말했다.

「1066년의 전투. 누가 날더러 교육받지 못했다고 말하겠어요? 그런데 이건 모두가 너무 놀라워요! 정말로 나를 죽이고 싶어하는 사람이 있다고 생각하세요? 스릴 있는데요. 하지만 물론 그런 일은 없답니다. 책에서나 있는 일이지요. 포와로 씨는 수술법을 새로 연구해

낸 외과 의사나 원인 불명이었던 어떤 병을 밝혀낸 의사가 모든 사람들이 죄다 그 병에 걸렸으면 하고 바라는 것과 비슷한 것 같아요.」

「그 무슨 얼토당토않은 소리요!」

포와로는 소리를 버럭 질렀다.

「좀 진지해질 수 없겠소? 요즘 젊은 사람들은 도대체 진지해 질 줄 모른단 말이야! 만일 그 작은 구멍이 당신의 모자 대신에 머리에 생겼다면, 당신이 그 호텔 정원에 덩그러니 시체로 누워 있었더라면, 이렇게 농담하고 있을 수도 없었을 거요. 그럼 지금처럼 웃지도 못했을 것 아니오?」

「강령술(降靈術) 모임에서 들을 수 있는 이 세상 것 같지 않은 웃음이겠죠.」 하고 닉이 말했다.

「그렇지만 진지하게 말씀드려서 포와로 씨, 정말 친절하시군요. 하지만 그 일들은 모두 우연한 사고가 틀림없어요.」

「아가씨는 악마만큼이나 고집스럽군!」

「내 이름도 바로 거기서 얻어진 이름인걸요. 사람들이 우리 할아버지는 악마에게 영혼을 팔아먹었다고 말했어요. 이 근처의 사람들은 모두 그분을 닉 할아범이라고 불렀지요. 그분은 사악한 노인이었어요. 하지만 굉장히 재미난 분이셨지요. 나는 그분을 존경했어요. 어디든지 그분을 따라다녔더니, 사람들이 우리를 닉 할아범과 꼬마 닉이라고 불렀답니다. 나의 진짜 이름은 맥덜러예요.」

「아주 희귀한 이름이군요.」

「예, 그건 일종의 가족 이름이에요. 우리 버클리 집안에는 맥덜러라는 이름이 많이 있어요. 저기에도 한 분이 있는걸요.」

그녀는 벽에 걸린 한 그림을 보고 고갯짓을 했다.

「아!」 하고 포와로가 소리를 냈다. 그러더니 벽난로 선반 위에 걸린 한 초상화를 바라보며 이렇게 말했다.

「저 분이 당신의 그 할아버지입니까, 마드모아젤?」

「예, 좀 눈을 끄는 초상화지요? 짐 래저러스가 저것을 사겠다고 했지만, 나는 팔지 않을 거예요. 나는 닉 할아버지에 대한 깊은 애정을 가지고 있거든요.」

「아!」

포와로는 잠깐 침묵을 지키더니 아주 진지하게 말했다.

「본론으로 되돌아갑시다. 들어 봐요, 마드모아젤. 제발 진지하게 들어 줘요. 아가씨는 지금 위험에 빠져 있소. 오늘 누군가가 당신을 모제르 권총으로…….」

「모제르 권총이라고요?」

잠깐 동안 그녀는 깜짝 놀라서 말을 잇지 못했다.

「예, 왜요? 그걸 가지고 있는 사람을 알고 있습니까?」

그녀는 미소를 지었다.

「나도 하나 가지고 있는데요.」

「그래요?」

「예, 아빠가 가지고 계시던 거예요. 전쟁이 끝난 뒤에 가지고 돌아오셨지요. 그때부터 이곳에 처박혀 있답니다. 바로 요전 날 저 서랍에서 보았는데…….」

그녀는 어떤 구식 사무용 책상을 가리켰다. 그리고 갑자기 무슨 생각이 떠올랐는지 그쪽으로 가서 서랍을 열어 보았다.

그녀는 하얗게 질린 것 같았다. 목소리마저 다르게 들렸다.

「오!」

그녀가 말했다.

「그게, 그게 없어졌어요!」

제3장 우연한 사고?

 대화가 다른 분위기를 띠기 시작한 것은 바로 그 순간부터였다.
 지금까지 포와로와 그 아가씨는 서로 어긋나 있었다. 그들은 세대차에 의해 분리되어 있었던 것이다. 그의 명성이라든가 평판은 그녀에게는 무의미했다. 그렇기 때문에 그의 경고에도 아랑곳하지 않았던 것이다. 그는, 그녀에게 재미있는 감상적 심상을 지닌, 좀 익살스런 노인으로밖에 안 보였다.
 이러한 태도가 포와로를 당황하게 만들었다. 무엇보다도 그의 허영심이 상처를 받았다. 그는 온 세계가 에르큘 포와로를 다 알고 있다고 늘 부르짖었는데, 여기에 그렇지 않은 사람이 있었던 것이다. 그를 위해서는 매우 잘된 일이라고 나는 느끼지 않을 수 없었다.
 그러나 엄밀히 말해서 그런 사실이 지금 진행중인 사건에는 아무런 도움이 될 수는 없었다! 그러나 권총이 사라진 사실을 발견함과 동시에 사태는 새로운 국면에 접어들고 있었다.
 이제 닉은 그것을 가볍고 재미있는 농담으로 받아들이지 않았다. 그녀는 이 문제를 여전히 가볍게 받아들이긴 했지만, 그것은 무슨 사건이든 가볍게 받아들이자는 그녀의 성격 탓일 테고, 실제로 그녀의 태도에는 뚜렷한 변화가 일었다.
 그녀는 다시 돌아와서 깊은 생각을 하느라 잔뜩 얼굴을 찌푸린 채 의자의 팔걸이 위에 걸터앉았다.
 「이상한 일이군요.」 하고 그녀가 말했다.
 포와로는 나를 휙 돌아보았다.
 「기억하나, 헤이스팅스, 내가 말했던 작은 생각 말이야. 이제 그것이 옳았어. 나의 작은 생각이! 이 아가씨가 호텔 정원에서 총에 맞아

쓰러진 채로 발견되었다면 어떻게 되겠나? 그녀는 몇 시간 동안이나 발견되지 않을 수도 있겠지. 지나가는 사람이 거의 없으니까. 게다가 그녀의 손 옆에, 바로 손에서 떨어진 것처럼 그녀의 권총이 놓여 있다면. 의심할 것도 없이 엘렌 부인이 그 권총을 알아 볼 수 있을 테지. 게다가 평소에 걱정이 많았다든가, 불면증으로 시달렸다는 얘기도 분명히 나올 테고……」

닉은 바들바들 떨었다.

「사실이에요. 나는 죽을까 봐 걱정해 왔어요. 사람들은 내가 신경과민이라고 말했지만요. 그래요. 사람들은 모두 그것 때문에……」

「자살했을 거라고 판단을 내리겠지요. 편리하게도 그 권총에는 아가씨의 지문만 묻어 있을 뿐, 다른 사람의 것은 전혀 없을 것이고……. 그렇소, 그것은 아주 간단하고 납득이 가는 얘기지요.」

「맙소사, 얼마나 재미있게 됐을까요!」 하고 닉이 그렇게 말은 했지만, 내가 이미 알아차렸다시피 그녀는 정말로 재미있어 하는 것처럼 보이지는 않았다.

포와로는 그녀의 말을 보통 말하는 상투적인 의미로만 받아들였다.

「그렇죠. 그러나 마드모아젤, 이제 이런 일이 더 이상은 없어야 합니다. 네 번이나 실패로 끝났습니다. 예……. 하지만 다섯 번째는 성공할지도 모르는 일이오.」

「영구차를 준비해야겠군요.」 닉은 이렇게 중얼거렸다.

「그렇지만 우리가 이렇게 있지 않습니까? 내 친구와 내가 말이오. 그 모든 것을 미연에 방지하기 위해서!」

나는 그 우리라는 것에 감사함을 느꼈다. 포와로는 때때로 내 존재를 무시해 버리는 습관이 있었기 때문이다.

「그렇습니다. 불안해하지 마십시오, 버클리 양. 우리가 보호해 드리겠습니다.」 내가 끼여들었다.

「정말 친절하시군요.」 하고 닉이 말했다.

「나는 이 모든 일이 정말 놀라울 따름이에요. 너무너무 스릴 있는데요.」

그녀는 여전히 경쾌하고 초연한 태도를 취했지만, 그녀의 눈은 적잖이 걱정스러운 눈치였다.

「그럼, 제일 먼저 할 일은……. 참고될 일들을 알아야겠습니다.」

그는 앉아서 그녀에게 다정한 태도로 밝게 미소지었다.

「우선 마드모아젤, 상투적인 질문입니다만. 혹시 적을 가지고 있습니까?」

닉은 좀 유감스럽다는 듯이 머리를 저었다.

「없는데요.」 하고 그녀는 변명하듯이 말했다.

「좋아요. 그럼 그쪽 가능성은 배제합시다. 이제부터 영화나 추리소설에 나오는 질문을 해볼까요. 당신이 죽게 되면 누가 득을 봅니까, 마드모아젤?」

「추측할 수도 없어요.」

「그건 너무 터무니없는 얘기가 되거든요. 물론 이 낡아빠진 집이 있지만, 이거야 완전히 저당잡혀 있고 지붕도 새지요. 게다가 저 바깥 절벽에 석탄광 따위가 숨겨져 있을 리도 만무하고요.」

「저당잡혀 있다고요?」

「예, 저당잡혀야만 했어요. 두 번씩이나 상속세를 내야했으니까요. 그것도 바로 잇달아서요. 첫 번째는 할아버지가 돌아가셨고……. 바로 6년 전이에요, 그 다음엔 오빠가 죽었고요. 그 때문에 재정이 거의 거덜날 지경이었지요.」

「당신의 아버지는?」

「아버지는 전쟁에서 부상병으로 소환되신 다음 폐렴에 걸려 1919년에 돌아가셨어요. 어머니는 내가 아기였을 때 돌아가셨어요. 나는 여기에서 할아버지와 함께 살았지요. 그분과 아버지는 사이가 좋지 않아서……. 내가 잘 알지요. 아버지는 나를 맡겨 두고 자신이 원하는 대로 방랑 생활을 했답니다. 제럴드……. 우리 오빠예요. 제럴드 또한 할아버지와 사이가 좋지 못했지요. 아마 내가 사내애로 태어났었다면 그분과 사이가 좋았을 리 없었을 거예요. 여자라는 것이 나를 구해준 셈이죠. 할아버지는 내가 아버지를 쏙 빼닮았으며, 성격까지도 똑같다고 말씀하시곤 했답니다.」

그녀는 소리내어 웃었다.

「할아버지는 굉장히 방탕한 분이었어요. 그러나 놀랄 만큼 운이 좋았죠. 항간에는, 할아버지가 만지는 것이면 무엇이든지 다 금으로 변한다는 말까지 나돌았으니까요. 그러나 도박꾼이었던지라 도박으로 죄다 잃고 말았지요. 할아버지가 돌아가셨을 때에 사실 남은 것이라곤 집과 집터밖에 없었답니다. 그때 내가 16살이었고 제럴드는 22살이었어요. 그런데 제럴드가 꼭 3년 전에 자동차 사고로 죽고 나서는 그 유산이 나에게 돌아오게 되었지요.」

「그럼, 당신 다음은 마드모아젤? 누가 가장 가까운 친척입니까?」

「찰스라는 사촌 오빠예요. 찰스 바이스라고 해요. 그는 변호사예요. 아주 마음 좋고 착실하긴 하지만, 정말 따분해요. 나한테 늘 충고를 하면서 나의 낭비벽을 막아 보려고 애를 쓰고 있답니다.」

「그 사람이 당신의 문제를 관리해 줍니까?」

「글쎄요……. 뭐 그런 셈이죠, 굳이 그렇게 말한다면. 하지만 그다지 관리할 문제도 없어요. 그는 저당을 알선해 주고 저쪽 오두막을 세놓게 한 것밖에는 없어요.」

「아…… 그 오두막집! 그렇지 않아도 물어볼 참이었는데, 세를 준 거로군요?」

「예. 어떤 오스트레일리아인 부부에게요. 그 사람들 이름은 크로프트라고 하지요. 무척 친절해요. 무슨 일에 있어서든지, 정말 부담스러울 정도예요. 셀러리니 철 이른 완두콩이니 하는 것들을 노상 갖다 준답니다. 그들은 내가 정원을 그냥 놀리는 데 놀랐나 봐요. 아무튼 좀 성가신 사람들이지요. 적어도 그 남자는요. 말로 표현할 수 없을 정도로 지나치게 다정해요. 그 부인은 불구랍니다, 가엾게도. 그래서 온종일 소파에 누워만 있어요. 하지만 집세를 꼬박꼬박 내니까 그것만으로도 굉장하지요.」

「그 사람들, 여기 온 지가 얼마나 됐습니까?」

「오! 한 여섯 달쯤.」

「알겠습니다. 그럼 그 사촌 오빠에 관해서인데……. 당신의 아버지 쪽입니까, 어머니 쪽입니까?」

「어머니 쪽이에요. 어머니가 에이미 바이스였거든요.」

「좋습니다! 그러면 그 사촌말고 다른 친척이 또 어디 있습니까?」

「요크셔에 먼 친척들이 살고 있어요. 물론 버클리 집안이죠.」

「그밖에는 아무도 없습니까?」

「예.」

「외롭겠습니다.」

닉은 그를 빤히 쳐다보았다.

「외롭다고요? 무슨 그렇게 우스운 말씀을. 나는 여기에는 별로 안 있는다니까요. 보통 런던에 있어요. 친척들이란 대체로 너무 참을 수 없게 만들죠. 괜히 소란이나 일으키고 간섭하기만 좋아하거든요. 차라리 혼자서 멋대로 지내는 게 훨씬 더 재미있어요.」

「그렇다면 더 이상 동정심을 낭비하지 않겠습니다. 현대적이군요, 마드모아젤. 자, 그럼……. 집안에 있는 식구들 차례입니다.」

「그 말은 너무 어마어마하게 들리는군요! 집안 식구라고 해보았자 엘렌뿐인걸요. 그리고 정원사 정도 되는 그녀의 남편하고요. 썩 좋은 사람은 못 되죠. 나는 그들에게 아이를 이곳에 데려와서 키우도록 해주었기 때문에, 임금은 아주 조금밖에 안 준답니다. 엘렌은 내가 여기에 와 있을 때만 내 시중을 들고, 파티가 있을 때에는 다른 사람들을 불러서 할 수 있는 데까지는 도와주고 있어요. 월요일에 파티가 있을 예정이에요. 레가타(보트 경소(競漕)) 주일이잖아요.」

「월요일이라, 오늘이 토요일이지. 그렇군. 자, 마드모아젤. 당신의 친구들은 이를테면 오늘 점심식사를 함께 했던 사람들이라든가?」

「글쎄요, 프레디 라이스가―그 아름다운 여자 말이에요. 사실상 나

제3장 우연한 사고? 43

의 가장 친한 친구랍니다. 그녀의 생활은 너무 비참했어요. 술 마시고 마약을 상습적으로 먹으며, 가장 악질적인 동성연애자였던 짐승 같은 남자하고 어쩌다 결혼을 했지 뭐예요. 그녀는 한두 해 전에 어쩔 수 없이 그를 떠나야만 했어요. 그때부터 죽 떠돌이 생활을 하고 있어요. 어서 빨리 그녀의 이혼이 성립되어 그녀가 짐 래저러스와 결혼했으면 좋겠어요.」

「래저러스? 보드 가(街)에 있는 화상(畫商) 말입니까?」

「예, 짐이 그 집 외아들이죠. 돈에 파묻혀 살고 있답니다. 그의 차 보셨어요? 그 사람이 프레디에게 홀딱 빠져 있다고요. 그들은 어디든지 함께 다니죠. 머제스틱 호텔에 주말 동안 머물다가 월요일에 여기로 오기로 되어 있어요.」

「그러면 라이스 부인의 남편은?」

「그 불한당이요? 오! 그는 모든 일에 열외예요. 그가 어디에 있는지는 아무도 몰라요. 프레디로서는 대단히 당혹스러운 일이지요. 어디 있는지도 모르는 남자하고 이혼할 수는 없잖아요.」

「물론이죠!」

닉은 우울하게 말했다.

「가엾은 프레디……. 지독하게도 운이 없는 친구예요. 모든 문제가 한꺼번에 일어났어요. 그녀가 그 남편이라는 작자에게 이혼하겠다고 하자 자기도 기꺼이 원하고 있으나 지금은 여자를 호텔로 데려갈 돈도 없다고 했다는 거예요. 그래서 그녀가 선선히 돈을 건네주었더니 글쎄, 그 남자가 그것을 가지고 달아나서는 그 날부터 지금까지 소식조차 없다지 뭐예요. 정말 비열한 행동 아니에요!」

「저런!」

나는 이렇게 소리쳤다.

「헤이스팅스가 충격받은 것 같군요.」 하고 포와로가 말했다.

「조금 조심하셔야 합니다, 마드모아젤. 이 친구는 구식인데다, 광활하게 탁 트인 곳에서 막 돌아왔기 때문에 아직 요즘 말을 못 배웠거든요.」
「하지만 충격받을 것도 없어요.」
닉은 눈을 아주 커다랗게 뜨며 말했다.
「내 말은, 그런 거야 뭐 다 아는 사실이라는 거예요. 그렇잖아요. 그런 사람들이 있잖아요. 그렇지만 그것은 정말이지 비열한 속임수지요. 불쌍하게도 프레디는 그때 너무나 곤경에 처하게 되어서 어디에다 호소해야 할지조차 막막했었답니다.」
「정말 그렇군요. 그리 유쾌한 문제는 못 되지요. 그럼 다른 친구는요, 마드모아젤? 챌린저 중령이던가요?」
「조지? 조지를 안 지는 오래 되었어요. 글쎄요, 한 5년 정도 되었나 봐요. 그는 좋은 사람이에요.」
「당신과 결혼하고 싶어하나 보죠?」
「가끔 그렇게 말은 해요.」
「그런데 당신은 여전히 냉담하다는 말이죠?」
「조지와 내가 결혼해서 서로에게 좋을 일이 뭐가 있겠어요? 우리는 서로에게 한 푼 어치 쓸모도 없다고요. 게다가, 조지에겐 누구든 금방 싫증을 낼 거예요. 외곬으로 매달리는 그 태도나, 고리타분한 행동을 좀 보세요. 게다가 그는 마흔 살이에요.」
나는 이 말에 약간 주춤했다.
「사실 한쪽 다리를 무덤에 걸치고 있는 셈이지요.」
「오! 나한테 신경 쓰지 말아요, 마드모아젤. 나는 할아버지가 아니오. 그 이상도 이하도 아니지요. 자, 그럼 그 사고들에 대해서 좀더 들려주시죠. 가령, 침대에 떨어졌다던 그 그림부터.」
「그건 다시 걸어 놓았어요. 새 끈으로, 한번 보시겠어요?」
그녀가 방을 나서자, 우리도 그녀의 뒤를 따랐다.
문제의 그림은 육중한 틀에 넣은 유화였다. 그것은 침대 머리 바로 위에 걸려 있었다. 작은 목소리로, 「실례합니다, 마드모아젤.」 하고 말하며 포와로는 신을 벗고 침대 위로 올라갔다. 그는 그 그림과 끈을 자세히 살펴 본 다음, 그림의 무게를 조심스럽게 가늠해 보았다. 그는 알았다는 표정을 지으며 내려왔다.

「저게 머리 위에 떨어진다면 정말 난감한 일이겠군요. 원래 매달려 있던 끈 말인데요, 마드모아젤, 이것처럼 철사줄이었습니까?」

「예, 그렇게 굵지는 않았어요. 그래서 이번엔 굵은 줄로 했어요.」

「그럴 만도 합니다. 그런데 끊어진 곳을 살펴보았습니까? 끝 부분이 닳아 있던가요?」

「그럴 거예요. 그렇지만 자세히 보지는 않았는데요. 꼭 그래야만 하나요?」

「아, 물론 꼭 그래야 할 필요는 없겠죠. 하지만 나는 그 철사 조각을 좀 살펴봤으면 좋겠는데, 집안 어딘가에 있습니까?」

「그림에 달려 있었는데, 아마 새 철사줄을 갈아 끼운 사람이 헌 것은 버렸을 거예요.」

「유감이로군. 한번 보았으면 좋겠는데.」

「그것을 우연한 사고라고 생각하지 않으시는군요? 다른 이유가 있을 리 만무한데.」

「우연한 사고일지도 모르죠. 지금 단정짓는 것은 불가능합니다. 그렇지만 자동차 브레이크가 고장났다는 것은 우연한 사고가 아니었습니다. 그리고 낭떠러지 아래로 굴러 떨어졌다는 돌도 말입니다. 사고가 발생한 지점을 한번 봐야겠습니다.」

닉은 우리를 정원으로 데리고 나가 낭떠러지 끝으로 안내했다. 바다가 우리 앞에서 파랗게 반짝이고 있었다. 가파른 오솔길을 내려가니 그 바위가 나왔다. 닉이 사고가 발생한 지점을 가리키자 포와로는 생각에 잠겨 머리를 끄덕였다. 그런 다음 그는 이렇게 물었다.

「당신의 정원으로 들어가는 길은 몇 군데나 됩니까, 마드모아젤?」

「정면에 길이 하나 있고요, 오두막을 지나는 길 말이에요. 상인들이 출입하는 곳인데 뒷골목 중간쯤 가다보면 담에 문이 하나 있어요. 그리고 낭떠러지 끝부분을 따라가다 보면 또 하나의 대문이 있지요. 그건 해변에서 머제스틱 호텔로 가는 꾸불꾸불한 오솔길을 통해 나 있어요. 그 다음 울타리에 난 틈을 통해 머제스틱 호텔의 정원으로 곧장 들어갈 수도 있답니다. 나는 오늘 아침에도 그리로 갔어요. 머제스틱 호텔 정원을 통해서 가는 것이 지름길이거든요.」
「정원사는 보통 어디에서 일하죠?」
「글쎄요. 보통 채소밭 주변에서 빈둥거리지 않으면, 헛간에 앉아 가윗날이나 갈고 있는 체하죠.」
「집 반대편이 되겠군요?」
「예.」
「누군가가 여기서 바위를 밀어도 들키지 않을 수 있겠군요.」
닉이 갑자기 몸을 떨었다.
「정말, 정말로 그런 일이 일어났다고 생각하세요?」
「하지만 나는 믿을 수 없어요, 하찮은 문제 같은데.」
포와로는 호주머니에서 다시 그 총알을 꺼내어 들여다보았다.
「하찮은 문제가 아니었습니다, 마드모아젤.」
그는 부드럽게 말했다.
「어떤 미친 사람의 짓이 틀림없어요.」
「그럴 수도 있겠죠. 저녁식사 뒤에 나눌 대화로는 재미있는 화제가 되겠군요. 범죄자들은 정말 모두 미친 사람들일까요? 어쩌면 그들의 회색 뇌세포에 어떤 기형적인 요소가 있을지도 모르지요. 예, 그럴 가능성이 많습니다. 그것은 의사들의 문제죠. 나로서는 할 일이 따로 있습니다. 나는 순수하게, 범인이 아니라 희생자를 생각하고 있습니다. 내가 걱정하고 있는 것은 바로 당신입니다. 범인이 아니라, 마드모아젤, 바로 당신이란 말이요. 당신은 젊고 아름다우며, 태양은 빛나고 세상은 즐거우며, 당신 앞에는 무한한 삶과 사랑이 있어요. 내가 걱정하고 있는 것은 오직 마드모아젤뿐입니다. 자, 당신의 친구인 라이스 부인과 래저러스에 관해 들려주십시오. 그들이 여기에 온 지는 얼마나 됐습니까?」

「프레디는 수요일 날 입국했어요. 그녀는 몇몇 사람들과 함께 태비스톡에 들러 이틀 밤을 묵고 여기에는 어젯밤에 도착했답니다. 짐은 여기저기 여행하고 다녔던 것으로 알고 있어요.」

「그리고 챌린저 중령은?」

「그는 데븐포트에 있어요. 시간이 나면 자동차로 오지요. 대개 주말이면 와요.」

포와로는 머리를 끄덕였다. 침묵을 지키다가 그가 갑자기 이렇게 말했다.

「당신이 믿을 수 있는 친구가 있습니까, 마드모아젤?」

「프레디가 있어요.」

「라이스 부인 말고는?」

「글쎄요, 모르겠는데요. 있을 거라고 생각해요. 왜 그러세요?」

「왜냐하면 아무 친구라도 당신과 함께 있는 게 좋을 것 같아서요. 당장이라도.」

「오!」

닉은 조금 당황한 것 같았다. 그녀는 잠시 침묵을 지키며 곰곰이 생각을 했다. 그런 다음 미심쩍은 듯이 이렇게 말했다.

「매기가 있는데요. 아마 그녀를 데려올 수 있을 거예요.」

「매기는 누구입니까?」

「요크셔에 사는 사촌이에요. 그 집은 대가족이죠. 아버지는 목사고요. 매기는 내 또래인데, 여름에는 가끔 여기 와서 지내곤 한답니다. 그다지 재미는 없어요. 아주 순진한 처녀인데, 머리 모양은 어쩌다 요행히 요즘 유행에 맞아떨어졌죠. 올해는 안 부르려고 했는데.」

「천만에요. 당신의 사촌이라면 아주 좋겠는데요. 내가 마음 속으로 바라던 바로 그런 사람이군요.」

「좋아요.」

닉은 한숨을 쉬며 이렇게 말했다.

「그녀에게 전보를 치겠어요. 지금 당장은 달리 부를 만한 사람도 없으니까요. 모두들 꼭 매여 있는 상태니까. 그러나 소년 성가대의 소품이나 어머니 잔치만 아니라면 그녀는 금방 올 거예요.」

「그녀를 당신의 방에서 잘 수 있도록 할 수 있겠습니까?」

「그러죠, 뭐.」

「그녀가 뜻밖의 요청이라고 생각하지는 않겠습니까?」

「오, 그렇진 않아요! 매기는 절대로 그렇게 생각하지는 않아요. 그녀는 다만, 성실하게 살아갈 뿐이죠, 기독교인답게. 신앙과 인내를 가지고 행동한답니다. 좋아요, 월요일 날 오라고 전보를 치겠어요.」

「왜 내일 오라고 하지 않고요?」

「일요일 기차로요? 그러면 그녀는 내가 죽어 가고 있나보다라고 생각할 거예요. 그러니 월요일 날로 하겠어요. 당신은 그녀에게 나를 위협하고 있는 그 무시무시한 운명을 말하시려고요?」

「허허 참, 여전히 농담하고 있군요? 용기가 있으니 다행입니다.」

「어쨌든 기분 전환이야 되겠죠.」 하고 닉이 말했다.

그녀의 어조 속에 깃들어 있는 어떤 것으로 인해 나는 깜짝 놀라서 그녀를 자세히 들여다보았다. 그녀가 뭔가를 말하지 않고 감추고 있다는 느낌이 들었다. 우리는 응접실로 다시 들어갔다.

포와로는 소파 위에 놓인 신문을 만지작거리고 있었다.

「당신이 이걸 읽었습니까, 마드모아젤?」

그는 갑자기 이렇게 물었다.

「세인트 루 헤럴드 지요? 자세히는 못 봤어요. 시세가 어떻게 돌아가나 보려고 펼쳤지요. 그건 주간 신문이에요.」

「그렇습니까? 마드모아젤, 혹시 유언장을 만들어 놓았습니까?」

「예, 만들었어요. 약 6개월 전, 수술 받기 바로 전이에요.」

「수술이라니?」

「그냥 수술이죠, 뭐, 맹장염 때문이에요. 어떤 사람이 유언장을 만들어 두는 게 좋겠다고 해서요. 그때는 정말 굉장히 중요한 일처럼 느껴지더군요.」

제3장 우연한 사고? 49

「그럼 그 유언장의 내용은?」

「나는 이 엔드 하우스를 찰스에게 남겼어요. 프레디에게 좀 남겨 주고 나니 별로 남는 것이 없더군요. 내 생각으로는 아마, 그, 뭐라고 하나요. 부채가 자산을 초과할 것 같아요, 정말이지.」

포와로는 멍하니 고개만 끄덕였다.

「이제 그만 가봐야겠습니다. 또 봅시다, 마드모아젤. 조심하십시오.」

「무엇을 말이에요?」 하고 닉이 물었다.

「당신은 매우 지성적입니다. 그렇습니다. 그게 바로 약점이지요. 어떤 것을 조심해야 한다고 어느 누가 말할 수 있겠습니까? 하지만 안심해요, 마드모아젤. 며칠 내로 내가 진실을 밝혀낼 테니.」

「그때까지는 독약, 폭탄, 연발 권총, 자동차 사고, 그리고 남아메리카 인디언들의 비밀 독약을 묻힌 화살 등을 조심해야겠군요.」

닉은 줄줄이 읊어댔다.

「농담하지 말아요, 마드모아젤.」

포와로는 엄숙하게 말했다. 그는 문 있는 데까지 가서 멈춰섰다.

「여담이지만……」 하고 그는 이렇게 말했다.

「래저러스 씨가 할아버지 초상화 값으로 얼마나 제안했습니까?」

「50파운드였어요.」

「아!」 하고 포와로가 탄성을 발했다. 그리고는 벽난로 선반 위의 그 검고 무뚝뚝한 얼굴을 열심히 들여다보았다.

「그러나 아까도 말씀드렸지만, 그 사람에게는 팔고 싶지 않아요.」

「그래야지요.」

포와로는 생각에 잠겨서 이렇게 말했다.

「그럼요, 알고 있습니다.」

제4장 무엇인가 있다!

「포와로.」
나는 도로로 접어들자마자 이렇게 말했다.
「당신이 알아야 하리라고 생각되는 일이 한 가지 있습니다.」
「뭔데 그러나, 여보게?」
나는 라이스 부인이 그 자동차 고장에 대해 한 말을 말해 주었다.
「저런! 흥미 있는 얘기인데, 그런 사람이 물론 있지. 허영심에 들뜨고 병적으로 흥분해서 극적으로 죽음을 모면하는 일을 즐기며, 일어나지도 않은 일을 꾸며대는 사람 말이야. 그런 사람들은 그 일을 믿게 하기 위해서 자기 몸에다 직접 상처를 입히기까지 한다네.」
「그렇지만 당신은……」
「닉 양이 그런 사람이라고 생각지는 않느냐고? 그렇지는 않다네. 자네도 보았다시피, 우리는 그녀에게 위험하다는 것을 깨닫게 하는 데만도 얼마나 애를 먹었는가. 그런데도 그녀는 끝까지 우습다는 듯이 반신반의하는 태도였어. 그녀는 그런 세대야, 깜찍하게도. 그렇지만 그건 흥미 있는 얘기인데, 라이스 부인이 한 말 말이야. 그녀는 왜 그런 말을 했을까? 그것이 사실이었다고 해도 왜 그런 말을 한걸까? 아무 필요도 없는 이야기를 꽤나 눈치가 없군.」
「글쎄 말입니다.」 하고 내가 말했다.
「정말 그래요. 아무런 이유도 없었던 것 같은데, 얘기하다가 갑자기 그것을 들먹였거든요.」
「이상한 일이야. 정말 이상해. 난 조그만 사실이라도 이상하면 밝혀내고 싶단 말이야. 그런 것들은 의미 심장한 면이 있거든. 방향을 가리키고 있어.」

「방향이라니요. 어디?」

「허점을 다 드러내고 있구먼, 친애하는 헤이스팅스. 어디냐고? 정말, 어디라니! 우리가 거기에 도착할 때까지 어떻게 알 수 있겠나.」

「나한테도 말해 주십시오, 포와로. 왜 그녀의 사촌을 데려오라고 했습니까?」

포와로는 걸음을 멈추고 집게손가락으로 나를 가리켰다.

「생각을 해보게.」 하고 그는 외치듯이 말했다.

「잠깐만 한번 생각해 보게, 헤이스팅스. 우리는 얼마나 불리한 상황인가! 우리의 손은 얼마나 제한되어 있는가! 범죄가 이미 저질러진 뒤에 살인자를 추적해서 잡는 것은 누워서 떡 먹기지! 아니, 적어도 내 능력으로 보면 간단한 일이라고. 범인은, 말하자면, 범죄를 저지름으로써 자기 이름을 서명하는 거지. 그러나 여기에는 범죄가 없는 상태란 말이야. 게다가 우리는 범죄가 발생하지 않기를 바라고 있네. 그것이 저질러지기 전에 죄를 막으려고 하니까. 정말 어려운 일이 아닌가. 우리가 우선 목표로 삼아야 할 것이 무엇이겠소?

그 아가씨의 신변 보호지. 하지만 그건 쉽지 않은 일이네. 결코 쉽지 않은 일이라네, 헤이스팅스. 우리가 밤낮으로 그녀를 지킬 수도 없고. 그렇다고 그녀를 지키기 위해 무장한 경찰을 보낼 수도 없는 노릇이잖나. 젊은 아가씨가 잠자는 방에서 밤을 지낼 수도 없는 노릇이고. 사태는 난관으로 가득 차 있어. 그러나 우리도 한 가지는 할 수 있지. 그 암살자를 더 어려움에 처하도록 할 수는 있단 말이네. 그 아가씨를 조심하도록 주의시키고 아주 공평한 증인을 내세우는 거야. 그렇게 하면 제아무리 똑똑한 사람이라도 두 가지 상황에서 빙빙 떠돌게 될 거야.」

그는 말을 멈추었다가 다시 완전히 다른 어조로 이렇게 말했다.

「그런데 헤이스팅스, 내가 걱정하고 있는 것은……」

「뭔데요?」

「내가 걱정하고 있는 것은 말이야. 범인이 굉장히 똑똑한 사람이면 어떡하느냐는 거라네. 그래서 마음이 불안해. 정말 불편하다네.」
 내가 말했다.
「포와로. 그 말을 들으니 너무 두려워지는군요.」
「나도 두렵다네. 여보게, 그 '세인트 루 위클리 헤럴드 지' 말이야. 그게 펼쳐져서 뒷면으로 접혀 있었는데, 어느 면일 것 같은가? 거기 짤막한 구절에 '머제스틱 호텔에 머물고 있는 손님들 중 에르퀼 포와로 씨와 헤이스팅스 대위가 포함되어 있다'라고 적혀 있었다네. 생각해 보게. 누군가 그 구절을 벌써 읽었다는 것을 한번 생각해 보라고. 내 이름을 알고 있는 거야. 모든 사람이 내 이름을 알고 있으니까!」
「버클리 양은 모르고 있었는데.」 하고 말하며 나는 씩 웃었다.
「그녀는 덜렁거리니까 그렇지. 그녀는 중요하지 않아. 중요한 사람은 범인인데, 그자가 내 이름을 알고 있을 거란 말이야. 걱정스러울걸! 이상하다고 생각할 거야! 그는 자기 자신에게 질문을 해보았을 거야. 세 번씩이나 그 아가씨의 목숨을 노렸는데 죄다 실패하고, 이제 에르퀼 포와로마저 이웃에 도착했단 말이야. 그는 아마 '이것이 우연의 일치일까?' 하고 물음을 던져 보았겠지. 그리고는 그것이 혹시나 우연의 일치가 아닐까 봐 두려워하고 있을걸세. 그렇다면 그는 어떻게 하겠는가?」
「숨어서 자취를 감추겠죠.」 하고 내가 간단히 대답했다.
「그렇지, 그렇지. 그렇지 않다면……. 만일, 그자가 정말 대담하다면 재빨리 일을 해치우겠지. 내가 조사해 볼 시간도 없이 그 아가씨는 덜컥 죽게 되는 거야. 대담한 사람이라면 그렇게 할 만하지.」
「그런데 당신은 왜 그 신문 구절을 버클리 양 이외의 다른 사람이 읽었다고 생각하는 겁니까?」
「그 구절을 읽은 사람은 버클리 양이 분명 아니었을걸세. 내가 내 이름을 밝혔을 때 그녀는 전혀 반응이 없었거든. 들어본 적조차 없는 것 같더란 말이야. 표정도 하나도 안 변했고. 게다가, 그녀의 말로는 시세를 살펴보기 위해 신문을 펼쳤다고 했잖나. 그런데 그 페이지에는 시세란이 없었단 말이야.」

「그럼 당신은 그 집안에 있는 어떤 사람이?」

「집안에 있는 사람이거나 집안에 접근할 수 있었던 사람이겠지. 후자이기가 쉬울 거야. 창문은 열린 채로 있었으니까. 틀림없이 버클리 양의 친구들이 들락날락하겠지.」

「짚이는 데라도 있습니까? 의심이 가는 데라도?」

포와로는 손을 혼들었다.

「전혀. 이미 말했다시피, 동기가 무엇인지는 모르겠지만 명확하지가 않아. 그 점이 미지의 살인자가 안심하고 있는 점이지. 그러니까 오늘 아침에 그렇게 대담한 짓을 할 수 있었던 걸 게야. 표면상으로는 아무도 닉의 죽음을 노릴 만한 이유가 없는 것처럼 보여.

재산? 엔드 하우스? 그렇다면 그 사촌이라는 말인데……. 그러나 그 사람이 과중한 저당이 잡힌데다 다 쓰러져 가는 낡은 집을 정말 원하겠나? 그에 관한 한, 그건 집안 문제가 아닐세. 그는 버클리 집안 사람이 아니라는 걸 기억하게. 우리는 그 찰스 바이스라는 사람도 확실히 조사해 보아야겠지만, 그 생각은 터무니없는 것 같네. 다음으로 그 부인도 있지. 그 친한 친구라는 여자 말이야. 이상한 눈에다 지친 성모 마리아 같은 태도를 가진 여자.」

「당신도 그렇게 느꼈습니까?」 하고 나는 깜짝 놀라서 물었다.

「그녀는 그 문제와 어떤 관련을 가지고 있을까? 그녀는 자네에게 자기 친구는 거짓말쟁이라고 말했네. 친절하게도 말이야! 그녀는 왜 그렇게 말했을까? 닉이 말할까 봐 겁나는 일이라도 있다는 건가? 무언가 그 자동차와 관련되어 있는 것인가? 아니면 그냥 한 예로서 그 얘기를 이용했을 뿐이고, 그녀가 진짜로 두려워한 다른 일이 또 있는걸까? 누가 그 자동차를 건드렸을까? 그리고 그녀는 그것에 대해 알고 있는가?」

「잘생긴 금발의 래저러스도 있지. 그는 어디에 짜맞추지? 멋진 자동차에 돈이 많은 사람이라고 했는데. 과연 그가 관련되어 있을까? 챌린저 중령은…….」 내가 재빨리 끼여들었다.

「그 사람만은 믿을 수 있습니다. 내가 확신합니다. 진짜 신뢰할 만한 영국인이지요.」

「자네 말대로 그가 신뢰할 만한 사람일 가능성도 있지. 하지만 나는 외국인이라 그러한 편견에 사로잡히거나 방해받지 않고 조사를 할 수가 있다네. 그렇지만 솔직히 챌린저 중령과 그 사건을 관련지어 생각하기는 어려워. 사실 그가 관련되었으리라고는 보지 않네.」

「물론 그럴 리가 없죠.」 하고 내가 말했다.

포와로는 생각에 잠겨 나를 바라보았다.

「자네는 나에게 막대한 영향을 끼치고 있네, 헤이스팅스. 자네가 그릇된 방향으로 가게 되면 나도 그런 쪽으로 쏠리게 된다는 말일세! 자네는 사람이 너무 좋고, 정직하고, 잘 믿고, 고귀해서 어떤 악당한테라도 다 속아 넘어갈 거야. 자네는 의심의 여지가 많은 유전이나 텅빈 금광 같은 데에다도 선뜻 투자할 만한 사람이야. 자네 같은 사람이 많기 때문에 사기꾼이 돈을 버는 거라고. 아, 그러니 그 챌린저 중령도 조사해 봐야겠어. 자네가 그러니까 오히려 의심이 더 드는군 그래.」

나는 화를 내며 외쳤다. 「포와로. 정말 터무니없군요. 나같이 세상을 방랑해 온 사람은…….」

「결코 알지 못하지.」 하고 포와로가 딱한 듯이 말했다.

「놀라운 일이긴 하지만 사실이야.」

「내가 무턱대고 믿는 바보였다면 아르헨티나까지 원정 나가서 성공을 했겠습니까?」

「화내지 말게나. 여보게, 자네는 굉장한 성공을 거두었지. 자네 부인과 함께.」

「벨라는…….」 하고 내가 말했다.

「항상 내 판단에 의지합니다.」

「그녀는 매력적인 만큼이나 현명해.」 하고 포와로가 말했다.
「우리, 싸우지 마세. 저것 봐. 저 앞에 '모트 자동차 수리소'라고 써 있군. 저건 버클리 양이 말한 자동차 수리소 같은데, 몇 가지만 물어보면 그 조그만 문제의 진실이 밝혀지겠지.」
 우리는 느릿느릿 그곳으로 들어가서 포와로가 버클리 양의 소개를 받았다고 말하며 자신을 소개했다. 그는 오후에 잠깐 드라이브하려는데 자동차를 빌릴 수 있는지에 대해 몇 가지 물어본 다음, 거기서 자연스럽게 바로 얼마 전에 있었던 버클리 양의 자동차 고장 얘기로 빠져 들어갔다.
 이윽고 그 자동차 수리소 주인은 수다스럽게 말을 해댔다. 그가 여태껏 본 가장 이상한 일이라나. 그는 기술적인 면에까지 들어갔다. 섭섭한 일이긴 하지만, 나는 기계적인 사고력을 지니지 못했다. 포와로는 내가 생각하기로는 나보다 훨씬 더 못할 것이다.
 하지만 한 가지 명확한 사실은 자동차에 누군가가 손을 댄 것이었다. 그리고 그 고장은 시간이 거의 필요 없는 아주 쉬운 조작이었다.
「그랬군.」
 우리가 어슬렁어슬렁 걸어나올 때 포와로가 이렇게 말했다.
「그 깜찍한 닉이 옳고, 래저러스가 틀렸어. 헤이스팅스, 여보게, 이건 정말 재미있는데.」
「이젠 뭘 하죠?」
「우체국에 들러 너무 늦지 않았으면 전보 한 통을 보내야겠어.」
「전보요?」 하고 내가 의심스럽게 말했다.
「음.」
 포와로는 생각에 잠긴 채 이렇게 말했다.
「전보.」
 우체국은 아직 열려 있었다. 포와로는 전보를 써서 그것을 발송했다. 그는 그 내용에 대해 일언반구도 없었다. 그는 내가 물어주기를 바라는 것 같았으나, 나는 일부러 그러지 않았다.

「하필이면 내일이 일요일일 게 뭐람.」

우리가 호텔로 어슬렁어슬렁 돌아오고 있는 중에 그가 이렇게 말했다.

「이제 월요일 아침까지는 바이스를 찾아갈 수가 없잖나.」

「그 집 주소를 알아보면 만날 수 있을 텐데요?」

「그렇지. 하지만 나는 그렇게는 하고 싶지 않다네. 먼저 직업적으로 그의 의견을 알아보고, 그런 면에서 그에 대한 판단을 정립해 보고 싶다네.」

「알았습니다.」 하고 나는 생각에 잠겨서 말했다.

「그게 최상의 방법이겠군요.」

「가령, 한 가지 간단하고 사소한 질문에 대한 대답만 알면 상당히 문제가 달라질걸세. 만일에 찰스 바이스가 오늘 낮 12시 30분에 자기 사무실에 있었다면, 머제스틱 호텔의 정원에서 총을 쏜 사람은 그가 아니었다는 게 되지.」

「그럼, 호텔에 있던 그 세 사람의 알리바이도 조사해 봐야 하지 않을까요?」

「그건 훨씬 더 어려운 일이라네. 그들 중 한 명이 잠깐 다른 사람들을 남겨 두고, 로비나 흡연실, 응접실, 필기실 등에 나 있는 수많은 창문들 중 하나로 얼른 빠져 나와 그 아가씨가 지나가게 되어 있는 곳에 몰래 숨어 있다가 총을 발사하고 재빨리 도망가기는 아주 쉬운 일이야. 그러나 여보게, 우리는 연극에 등장하는 인물을 모두 파악했는지조차도 아직은 확신할 수 없네.

예의바른 하녀 엘렌도 있지. 그리고 아직까지 보이지 않는 그녀의 남편도 있고, 둘 다 그 집에 함께 살고 있으며, 아마 우리의 그 아가씨한테 원한을 품고 있을지도 몰라. 그 오두막에 사는 미지의 오스트레일리아인들도 있고. 그리고 버클리 양이 전혀 의심하지 않았기 때문에 언급하지 않은 그녀 주변의 다른 사람들과 친구들도 또 있을 걸세. 나는 그렇게 느끼지 않을 수가 없다네, 헤이스팅스. 배후에 무

제4장 무엇인가 있다! 57

엇인가 있다고 말이야. 아직 조명을 받지 않은 무엇인가가. 나는 버클리 양이 우리에게 말한 것 이상으로 알고 있다고 생각이 드네.」
「그녀가 뭔가를 감추고 있다고 생각하십니까?」
「그렇다네.」
「아마 누군가를 보호해 줄 생각으로요?」
포와로는 머리를 세차게 흔들었다.
「아니, 아닐세. 그것에 관한 한, 그녀는 나에게 아주 솔직하다는 인상을 주었어. 나는 그녀가 자기의 목숨을 노리는 것에 관한 것만큼은 그녀가 알고 있는 모든 것을 말했다고 확신하고 있다네. 그렇지만 그밖의 다른 것이 있다는 거지. 그녀 자신은 그것과 전혀 상관이 없다고 믿는 그런 것 말이야. 나는 바로 그런 것을 알고 싶은 거야. 나는 아주 겸손하게 말해서, 보통 사람보다 훨씬 더 머리가 좋아. 나, 에르큘 포와로는 그녀가 보지 못하는 어떤 연관을 알아볼 수도 있다는 말일세. 그것은 나에게 내가 찾고 있는 실마리를 던져 줄지도 모르거든. 자네한테 아주 솔직하고 겸손하게 털어놓는 건데, 나는 사실은 오리무중 상태라네.
이 모든 것 뒤에 도사리고 있는 동기에 대해 어렴풋이나마 알아차릴 때까지, 나는 도무지 알 수가 없다네. 어떤 흑막이 있는 게 틀림없어. 내가 파악하지 못하고 있는 어떤 요인 말이야. 무엇일까? 나는 나 자신에게 끊임없이 질문을 던져 본다네. 그게 무엇일까?」
「당신은 밝혀낼 겁니다.」 하고 내가 위로하듯이 말했다.
「다만…….」
그는 우울하게 말했다.
「너무 늦게 밝혀내면 안 되겠지.」

제5장 크로프트 부부

그 날 저녁 호텔에서 댄스 파티가 열렸다. 닉 버클리는 자기의 친구들과 식사를 들고 있다가 우리를 보자 손을 흔들며 인사했다.

그녀는 바닥에 끌리는 주홍빛이 감도는 모슬린을 입고 있었다. 거기에 그녀의 하얀 목과 어깨, 그리고 작고 건방지며 가무잡잡한 머리가 솟아 있었다.

「매력적인 젊은 악마 같군요.」 하고 내가 말했다.

「그녀의 친구와는 완전히 대조가 되죠?」

프레드리커 라이스는 하얀색으로 차려 입었다. 그녀는 닉에게서 느낄 수 있는 생동감과는 완연히 다른, 무기력하고 지친 우아함을 느낄 수 있었다.

「굉장히 아름다운데.」 하고 포와로가 갑자기 내뱉었다.

「누가요? 닉?」

「아니, 그녀 말고. 악한 여자일까? 착한 여자일까? 아니, 그저 불행한 여자일 뿐인가? 아무도 말할 수 없지. 저 여자는 불가사의해. 그녀는 아마 별 의미가 없는 존재인지도 모르지. 하지만 이 점은 말해 두겠네. 여보게, 그녀는 성적인 충동에 부채질하는 여성일세.」

「무슨 뜻입니까?」

나는 호기심을 느끼며 물었다.

그는 웃으며 머리를 저었다.

「자네도 조만간 느끼게 될 거야. 내 말을 기억해 두게나.」

놀랍게도 그가 자리에서 일어섰다.

닉은 조지 챌린저와 춤을 추고 있었다. 프레드리커와 래저러스는 춤추는 것을 막 끝내고 그들의 탁자에 앉았다. 그러더니 래저러스가 일어서서 밖으로 나가 버렸다. 자리에는 라이스 부인 혼자뿐이었다. 포와로는 그녀의 테이블로 곧장 갔다. 나도 그를 따라갔다.

그는 단도직입적이었고 그것은 효과 만점이었다.

「괜찮겠습니까?」

그는 한 손을 의자 등받이에 얹더니 슬쩍 거기에 앉았다.

「당신 친구가 춤추고 있는 동안 잠깐 얘기를 나누고 싶어서요.」

「무슨 얘기인데요?」

그녀의 목소리는 냉정하고 무관심하게 들렸다.

「부인, 친구분이 당신에게 얘기를 했는지 모르겠군요. 못 들으셨다면 내가 말해 드리죠. 오늘 그녀는 목숨을 잃을 뻔했습니다.」

그녀의 커다란 회색 눈이 공포에 질려서 커다래졌다.

「무슨 말씀이세요?」

「버클리 양이 오늘 이 호텔 정원에서 총에 맞았습니다.」

그녀는 갑자기 빙그레 웃었다.

부드럽고 가엾다는 듯하면서도 믿지 못하겠다는 미소였다.

「닉이 그렇게 말하던가요?」

「아뇨. 부인, 우연히도 내 눈으로 그것을 똑똑히 보았습니다. 여기 그 총알이 있습니다.」

그가 그것을 그녀에게 내밀자 그녀는 좀 당황해 했다.

「그러면, 그러면……?」

「그 아가씨의 상상력이 만들어 낸 공상이 아니올시다. 내가 보증하지요. 그리고 그것뿐만이 아닙니다. 지난 며칠 동안 몇몇 아주 이상한 사건들이 발생했지요. 당신도 들었는지 모르지만……. 아니, 아마 못 들었는지도 모르겠군요. 부인은 어제 도착했다고요?」

「예, 어제.」

「그전엔 친구들과 함께 어울렸다고 들었는데요, 태비스톡에서.」

「그래요.」

「부인, 나는 함께 어울린 친구들의 이름이 무엇인지 궁금하군요.」

그녀는 눈썹을 치켜세웠다.

「내가 그것을 말씀드려야 되는 이유라도 있나요?」

그녀는 냉정하게 물었다.

포와로는 순진하게 금방 놀랐다.

「대단히 죄송합니다, 부인. 내가 너무 서툴렀군요. 다름이 아니라, 내 친구들이 태비스톡에 있는데, 혹시 부인이 거기서 그들을 만났을지도 모른다는 생각이 들었기 때문에 부커넌이라고, 그게 내 친구의 이름인데……」

라이스 부인은 머리를 저었다.

「기억에 없는데요. 그런 사람은 만난 것 같지 않아요.」

그녀의 어조는 이제 아주 정중해졌다.

「짜증나는 사람들 얘기는 그만하세요. 어서 닉에 대해서나 계속하세요. 누가 그녀에게 총을 쏘았나요? 무엇 때문에?」

「누군지 모릅니다. 아직은요.」

「그러나 밝혀낼 겁니다. 그렇습니다! 내가 밝혀낼 겁니다. 나는 탐정이니까. 에르큘 포와로가 내 이름입니다.」

「아주 유명한 분이시군요.」

「부인은 너무 친절하시군요.」

그녀는 천천히 이렇게 말했다.

「내가 무슨 일을 했으면 좋겠어요?」

그녀의 말에 우리는 둘 다 놀랐다. 우리는 그런 말을 기대하지 않았기 때문이다.

「내가 부탁하고 싶은 것은 부인, 당신의 친구를 지켜봐 달라는 겁니다.」

「그러지요.」

「그것뿐입니다.」

우리는 얼른 일어나서 인사를 한 다음 우리의 테이블로 돌아왔다. 내가 말했다.

제5장 크로프트 부부

「포와로. 너무 솔직하게 속을 내보인 것 아닙니까?」

「여보게, 그밖에 내가 무엇을 할 수 있겠나? 교묘하지는 못했으나, 아마 안전하기는 할걸세. 기회를 포착할 수가 없었거든. 어쨌든 한 가지는 명백해졌으니까.」

「그게 무엇입니까?」

「라이스 부인은 태비스톡에는 가지 않았어. 그녀는 어디에 있었을까? 바로 그것을 내가 밝혀낼걸세. 나, 에르퀼 포와로 앞에서 사실을 감추는 것은 불가능한 일이야. 저기 보게. 잘생긴 래저러스가 돌아왔네. 그녀가 그에게 말하고 있어. 그가 우리를 건너다보는데. 저 친구는 똑똑해. 그의 머리에 생긴 모양을 잘 보게. 아! 내가 알았으면 좋을 텐데……」

「무엇을요?」

그가 말을 멈추길래 내가 이렇게 물었다.

「월요일에 알게 될 사실들 말이야.」

그는 모호하게 말했다.

나는 그를 쳐다만 보았을 뿐, 아무 말도 할 수가 없었다. 그는 한숨을 푹 쉬었다.

「자네는 이제 호기심도 느끼지 않나 보군. 옛날에는…….」

「그래 봤자 약간의 기쁨이 더 있을 뿐이겠죠.」

나는 쌀쌀맞게 말했다.

「그러나 그런 것 없이 지내는 것도 괜찮을 겁니다.」

「그 말은……?」

「질문에 대답하지 않는 즐거움 말입니다.」

「아, 비상하군.」

「그렇고말고요.」

「아, 좋아, 좋아.」 하고 포와로는 중얼거렸다.

「에드워드 7세 시대의 소설가들에게서 사랑받던 굉장히 말이 적은 사람 같군.」

그의 눈은 빛을 발하며 반짝거렸다.
 잠시 뒤에 닉이 우리 테이블을 지나쳤다. 그녀는 자기의 파트너에게서 떨어져 나와 화려한 색깔의 새처럼 와락 우리를 급습했다.
「죽음의 위기에서 춤을 춰요.」
 그녀가 명랑하게 말했다.
「기분이 새롭죠, 마드모아젤?」
「예. 좀 재미있기도 해요.」
 그녀는 손을 흔들며 다시 가버렸다.
「저 처녀가 그런 말은 하지 않았으면 좋았을 텐데.」
 나는 천천히 말했다.
「'죽음의 위기에서 춤을 춰요.'라니, 마음에 들지 않는군요.」
「알고 있다네. 너무 사실적이란 말이지. 하지만 용기 있는 아가씨일세. 깜찍하게도, 정말 용기 있는 아가씨야. 그렇지만 불행하게도 지금 필요한 것은 용기가 아닌데. 용기가 아니라 '조심'이라고…….」
 그 다음날은 일요일이었다. 우리는 호텔 앞쪽의 테라스에 앉아 있었는데, 7시 반쯤 되자 포와로가 갑자기 일어서며 이렇게 말했다.
「이리 와보게. 여보게, 간단한 실험을 한번 해봐야겠어. 나는 래저러스와 그 부인이 자동차로 외출하는데 버클리 양도 함께 나갔다는 것을 확인했네. 지금이야말로 좋은 기회일세.」
「무엇을 위한 좋은 기회인데요?」
「알게 될 거야.」
 우리는 계단을 걸어 내려가서 잔디밭을 단숨에 가로질러, 바다로 이어지는 꾸불꾸불한 오솔길로 통하는 대문으로 들어갔다. 수영복 차림의 두 사람이 그 길을 올라오고 있었다. 그들은 웃고 떠들며 우리 옆을 지나갔다.
 그들이 가버리자 곧장 포와로는 눈에 잘 띄지 않는 작은 문으로 걸어갔는데, 그 문은 경첩이 약간 녹이 슬어 있고 반쯤은 지워져 '엔드 하우스 저택'이라고 씌어 있었다. 눈에 띄는 사람은 아무도 없었다. 우리는 조용히 통과했다.
 잠시 동안 우리는 그 집 앞에 펼쳐진 잔디밭을 걸어나갔다.
 아무도 없었다. 포와로는 낭떠러지 끝 부분으로 어슬렁어슬렁 걸어가서 대충 훑어보았다. 그런 다음 집으로 걸어갔다. 베란다에 난 프랑스식 문이 열려 있어서 우리는 거실로 곧장 들어갔다. 포와로는 거기서 시간을 낭비하지 않았다. 그는 문을 열고 홀 쪽으로 들어갔다. 거기서 곧장 계단을 올라가기에 나도 뒤따랐다.
 그는 닉의 침실로 곧장 갔다. 그리고는 침대 끝에 앉아 나에게 눈을 깜박이며 고개를 끄덕였다.
「이거 보라고. 여보게, 얼마나 간단한가? 아무도 우리가 들어오는 것을 못 보았어. 우리가 나가는 것도 아무도 못 볼걸세. 우리는 아주 안전하게 어떤 일이라도 해낼 수 있어. 가령, 저 그림의 철사줄을 풀어놓고, 몇 시간이 지나지 않아 그것이 뚝 끊어지게 할 수도 있는 거라고. 그리고 어쩌다 어떤 사람이 집 앞에 있다가 우리가 오는 것을 보았다고 가정을 해보세. 그럼, 우리는 아주 자연스런 변명을 둘러댔을 거야. 우리가 이 집에 사는 사람과 친구 사이라는 것만 알려져 있다면 말이야.」
「그럼 낯선 사람은 제외시킬 수 있다는 겁니까?」
「그렇지, 헤이스팅스. 이 속에 감추어져 있는 사람은 정신이 나간 미치광이는 아니야. 그보다는 가까운 곳을 더 살펴야만 한다네.」
 그가 방을 나서자 나도 뒤따랐다. 우리들은 아무 말도 하지 않았다. 우리는 둘 다 마음이 불안했던 것 같다.
 그때 층계가 구부러지는 곳에서 우리는 갑자기 멈춰섰다.
 한 남자가 올라오고 있었던 것이다. 그 사람도 역시 깜짝 놀라서 멈춰섰다. 그의 얼굴은 그늘에 가려져 있었으나, 크게 당황하고 있다는 것을 알 수 있었다.
 그가 먼저 우리에게 크고 좀 위협적인 목소리로 말을 꺼냈다.
「도대체 당신들 여기서 뭘하고 있는 거요?」

「아!」 하고 포와로가 말했다.
「크로프트 씨인가요?」
「그렇소만, 무엇 때문에……?」
「응접실로 가서 얘기할까요? 그게 좋을 것 같습니다.」

그는 어쩔 수 없다는 듯이 홱 돌아서더니 내려갔다. 우리는 그 뒤를 바짝 따라갔다. 거실에서 문을 닫으며 포와로는 머리를 약간 숙여 인사했다.

「내 소개를 하지요. 에르큘 포와로입니다.」

그의 얼굴이 약간 밝아졌다.

「오!」 하고서 그가 천천히 말했다.

「탐정이시군요. 당신에 관한 기사를 읽은 적이 있습니다.」
「세인트 루 헤럴드 신문에서요?」
「예? 나는 당신이 귀국한다는 얘기를 오스트레일리아에서 들었습니다. 프랑스인이죠?」
「벨기에인입니다. 그건 아무래도 좋아요. 이 사람은 나의 친구, 헤이스팅스 대위입니다.」
「만나서 반갑습니다. 그런데 무슨 일입니까? 여기서 뭘 하고 있었습니까? 무슨 일이 잘못되기라도 했나요?」
「잘못되었다고……. 할 수도 있겠지요.」

그 오스트레일리아인은 머리를 끄덕였다. 머리는 벗겨지고 나이는 들었지만, 건장해 보이는 사람이었다. 체격이 무척 좋았다. 얼굴은 우울하고, 턱이 좀 나온 한마디로 투박한 얼굴이었다. 날카로운 푸른색 눈은 그의 모습 중에서도 가장 인상적이었다.

「이것 보십시오.」 하고 그가 말했다.

「나는 버클리 양에게 토마토와 오이 좀 갖다 주려고 왔습니다. 그녀가 부리는 하인은 영 틀렸어요. 타고난 게으름뱅이죠. 뭘 한 가지라도 기르는 것을 못 보았습니다. 나태하고 비열한 작자죠. 아내와 나는 정말 화가 난답니다. 우리는 할 수 있는 일은 하는 게 이웃이라고 느끼고 있거든요! 우리는 먹고 남을 정도로 많은 토마토를 가지고 있습니다. 이웃이란 서로 친하게 지내야 한다고 생각지 않습니까? 나는 평소대로 문으로 들어와서 바구니를 비웠죠.

그리고 나서 나가려고 하는데 발자국 소리와 사람 목소리가 들리더군요. 그래서 이상한 생각이 문득 들었지요. 여기는 도둑이 별로 안 들지만 뭐 그런 일도 있을 수 있는 일 아니겠습니까? 그래, 아무 일도 없는가 확인해 봐야겠다는 생각이 들어서 계단을 올라가는데 당신들을 만난 겁니다. 좀 깜짝 놀랐습니다. 그런데 당신은 그 유명한 탐정이라고 했는데, 이게 모두 어떻게 된 겁니까?」

「아주 단순한 일입니다.」 하고 포와로가 웃으면서 말했다.

「그 아가씨가 요전 날 좀 놀라운 일을 겪었지요. 그림이 그녀의 침대 위에 떨어졌다는군요. 그녀가 당신에게 얘기했을지도 모르겠습니다만?」

「들었어요. 정말 다행히도 잘 피했더군요.」

「모든 것을 안전하게 하기 위해 나는 그녀에게 특제 사슬을 가져다 주겠다고 약속했지요. 그래야 다시 그런 일이 발생하지 않을 것 아니겠습니까? 그녀는 오늘 아침에 자기는 외출하지만, 언제든지 들어와서 어느 정도의 사슬이 필요한지 재어 가도 좋다고 했습니다. 예, 바로 이렇게 된 일이지요.」

크로프트는 깊이 숨을 들이마셨다.

「그럼 그게 전부입니까?」

「그렇습니다. 아무것도 겁내지 마십시오. 우리는 준법 정신이 투철한 시민이니까요.」

「어제 내가 당신들을 만나지 않았던가요? 어제 저녁이었는데, 당신들이 우리 조그만 집을 지나가지 않았습니까?」

「아! 그래요. 당신은 정원에서 일하고 있다가 우리가 지나갈 때 아주 정중하게 '안녕하십니까' 하고 인사했지요.」

「맞습니다, 원 이거. 그런데 당신이 그 유명한 에르큘 포와로 씨라니. 지금 바쁘십니까, 포와로 씨? 바쁘시지 않다면 잠깐 나와 함께 집에 가서 오스트레일리아식으로 차라도 한잔 나누고 우리 집사람도 만나보셨으면 해서요. 그녀는 신문에 난 당신에 관한 기사라면 빠짐없이 다 읽는답니다.」

「굉장히 친절하시군요, 크로프트 씨. 마침 아무 일도 없고 하니 잘 되었습니다.」

「좋습니다.」

「치수를 잰 것은 잘 챙겨 넣었지, 헤이스팅스?」

포와로가 나를 보며 물었다.

나는 잘 챙겨 넣었다고 말한 다음, 우리는 새 친구와 함께 나갔다.

크로프트가 수다스러운 사람이라는 것을 우리는 곧 알았다. 그는 우리에게 멜버른 근처에 있는 자기 집이며, 젊었을 때 고생한 얘기, 자기 아내와 만난 얘기, 그들이 함께 노력한 얘기, 그리고 마침내 운이 좋아 성공하기까지의 얘기를 끊임없이 늘어놓았다.

「그래서 당장 우리는 여행을 하기로 결정했지요.」

「우리는 항상 유서 깊은 나라에 가보고 싶어했답니다. 그래서 결국 그렇게 한 거지요. 이 나라로 건너와서 내 아내의 친척들을 찾아보려고 했죠. 그들은 모두 이쪽 지방 사람들이랍니다. 그런데 불행히도 아무도 찾아낼 수가 없었어요. 그래서 유럽 대륙으로 여행을 떠났지요. 파리, 로마, 이탈리아의 호수, 플로렌스……. 안 가본 데가 없답니다. 그러다가 이탈리아에 있을 때 열차 사고가 났지요.

아내는 불쌍하게도 아주 심하게 다쳤습니다. 좀 너무하지 않아요? 나는 아내를 유명한 의사들에게 데리고 다녀 보았지만, 그 작자들은 한결같이 똑같은 말만 되풀이하더군요. 도리가 없다는 거예요. 평생 동안 누워서 지내는 수밖에는. 척추를 다쳤대요.」

「정말 안됐군요!」

「불행도 너무 심하지 않습니까? 어쨌든, 그렇게 되어버렸답니다. 그랬는데 아내는 여기에 와서 살고 싶어하는 거예요. 그래서 요 어디에 작고 아담한 보금자리가 있었으면 했지요. 그러면 모든 것이 달라질 거라고요. 우리는 지저분해 보이는 오두막집을 굉장히 많이 보았지만, 다행히도 이곳을 발견하게 되었습니다. 깨끗하고 조용하고, 또 외따로 떨어져 있어 차도 지나다니지 않고, 이웃의 축음기가 쿵쾅거리지도 않지요. 그래서 당장 이곳을 택한 겁니다.」

그 마지막 말이 끝남과 동시에, 우리는 그 오두막에 도착했다.

그가 오스트레일리아 원주민 같은 소리로,「어어이!」하고 외치자 안에서 똑같은 대답이 흘러나왔다.

「들어와요.」하고 크로프트 부인이 말했다.

그는 열린 문을 통과하여 짤막한 계단을 올라 쾌적한 침실에 도달했다. 그 방 소파 위에서 아름다운 회색 머리를 가진 뚱뚱한 중년 부인이 아주 부드러운 미소를 짓고 있었다.

「이분이 누구인지 알겠소, 응?」하고 크로프트가 말했다.

「세계적으로 유명한 탐정인 그 에르퀼 포와로 씨라오. 당신과 얘기라도 나누라고 이분을 여기까지 모시고 왔소.」

「너무 기뻐서 말을 할 수가 없군요!」하고 크로프트 부인이 포와로의 손을 잡고 반갑게 흔들며 외쳤다.

「그 '푸른 열차의 죽음'에 대해서 읽었는데, 당신은 우연히 그 기차에 타고 있었다죠? 그리고 당신이 해결한 다른 사건들에 대해서도 많이 읽었답니다. 척추를 다친 이후로 아마 추리소설이란 추리소설은 다 읽었을 거예요. 그것만큼 시간이 빨리 가는 일도 없는 것 같아요. 버트, 에디스에게 차를 가지고 오라고 이르세요.」

「알았어요, 여보.」

「에디스는 전속 간호사예요.」하고 크로프트 부인이 말해 주었다.

「그녀는 매일 아침 나를 돌봐 주러 와요. 우리는 따로 하인을 두고 있지 않답니다. 버트는 좀처럼 찾기 힘들 정도로 훌륭한 요리사이자 잔심부름꾼이지요. 그에게는 그게 직업이에요. 그 일과 정원 돌보는 일 말이에요.」

「여기 대령했습니다.」 하고 크로프트가 쟁반을 들고 다시 나타나서 외쳤다.
「차를 가지고 왔소. 우리 생애의 최고의 날이오, 여보.」
「여기 머무르고 계신다는 이야기를 들었는데요, 포와로 씨?」
크로프트 부인은 이렇게 말하며 찻주전자를 잡았다.
「그렇습니다, 부인. 휴가중입니다.」
「그런데 나는 분명히 당신이 은퇴했다고 그러니까 영구히 쉬게 되었다는 기사를 읽었는데…….」
「아! 부인, 신문에 실려 있는 것을 모두 믿지는 마십시오.」
「예, 그 말은 정말 옳아요. 그럼 아직은 일을 하신다는 거죠?」
「흥미를 끄는 사건이 있다면요.」
「여기도 일 때문에 오신 것은 아닌지요?」
크로프트가 재빨리 물었다.
「휴가라고 하는 것도 다 속셈이 있는 것 아닙니까?」
「곤란한 질문은 삼가세요, 버트.」 하고 크로프트 부인이 말했다.
「그렇지 않으면 이분은 다시 안 오실 거예요. 우리는 평범한 사람들이랍니다. 포와로 씨, 정말 오늘 여기까지 와주시다니 대단히 친절하시군요. 당신의 친구분도. 정말 얼마나 기쁜지 모르겠어요.」
그녀는 너무 자연스럽고 솔직하게 자기의 만족감을 털어놓아서 나는 그녀에게 따스한 감동을 받았다.
「그 그림 사건은 불행한 일이었습니다.」 하고 크로프트가 말했다.
「그 어린 아가씨가 하마터면 죽을 뻔했어요.」
크로프트 부인은 깊은 유감의 뜻을 표했다.
「그녀는 굉장히 활발하더군요. 그녀가 여기에 오면 온통 떠들썩해요. 이웃에서는 별로 좋아하는 것 같은 눈치지만 그것은 영국 사람들이 좀 거만해서 그래요. 그 사람들은 처녀들이 나서서 법석대는 것을 안 좋아하지요. 하지만 어차피 그녀는 여기에 그다지 오래 있지는 않을 건데요, 뭐. 그리고 그 코가 긴 그녀의 사촌 오빠란 사람

제5장 크로프트 부부 69

도 이제는 더 이상 그녀더러 여기에 영구히 정착하라고 설득할 기회도 없을 테고요. 그, 그는……. 글쎄요. 뭐가 뭔지 모르겠군요.」
「쓸데없는 소리 말아요, 밀리.」
그녀의 남편이 말했다.
포와로가 말했다.
「아하. 그쪽에서 냄새가 풍겨 오는데요. 부인의 직감은 놀랍군요! 그럼 찰스 바이스가 그 아가씨를 사랑하고 있군요?」
「그 사람이 어리석죠.」 하고 크로프트 부인이 말했다.
「그러나 그녀는 지방 변호사와는 결혼하지 않을 거예요. 나도 그녀를 탓할 생각은 없답니다. 그 사람은 상당히 바보 같거든요. 나는 그녀가 그 멋있는 해군과 결혼했으면 좋겠어요. 이름이 뭐라더라, 챌린저라던가요. 제아무리 근사한 결혼이라 하더라도 거기는 못 따라갈걸요. 그 사람은 그녀보다 나이가 좀 많지만, 그게 뭐 어때요? 안정감이 있지요. 그녀에게는 그게 필요해요. 그녀는 방방곡곡을 심지어 유럽 대륙까지 누비고 다녀요. 그것도 혼자. 아니면 그 이상하게 보이는 라이스 부인과 함께요. 그녀는 정말로 사랑스러운 처녀예요, 포와로 씨, 그건 내가 잘 알고 있지요. 하지만 나는 그녀가 걱정스럽답니다. 그녀는 요즈음 조금도 행복해 보이지가 않아요. 마치 쫓기는 듯한 표정이라고요. 바로 그게 걱정스러워요! 내가 그 처녀한테 관심을 가지고 있는 데는 다 이유가 있죠. 그렇죠, 버트?」
크로프트는 갑자기 의자에서 일어났다.
「그 얘기는 더 이상 할 필요가 없어요, 밀리.」 하고 그가 말했다.
「혹시 포와로 씨, 오스트레일리아에서 찍은 스냅사진을 보고 싶으실지도 모르겠군요?」
그 이후로는 평범한 얘기들이었다. 10분 뒤에 우리는 떠났다.
「좋은 사람들이군요.」 내가 말했다.
「소박하고 겸손한 게 전형적인 오스트레일리아인들입니다.」
「그 사람들, 마음에 드나?」

「당신은 안 그렇습니까?」
「아주 유쾌한 사람들이지. 아주 친절하고.」
「그런데 그 다음은 어떻다는 거죠? 또 무언가가 있다고 하겠죠?」
「그 사람들, 너무 '전형적인' 색채가 농후했어.」
포와로는 생각에 잠긴 채 이렇게 말했다.
「그 '어어이' 하고 외치는 소리라든가, 우리에게 스냅 사진을 보여 주겠다고 한 것이라든지 말이야. 그것은 너무 지나칠 정도로 완벽하게 연극하고 있는 것 같지 않던가?」
「정말 의심이 많기도 하군요!」
「여보게, 자네 말이 옳아. 나는 모든 사람, 모든 것을 죄다 의심한다네. 불안하군, 헤이스팅스. 불안해.」

제6장 바이스를 찾아가다

포와로는 끝까지 유럽식 아침식사를 고수했다. 내가 달걀과 베이컨을 먹어치우는 것을 보면 그는 당황스럽고 괴롭다고 했다. 그는 항상 그렇게 말했다. 결국 그는 침대에서 커피와 롤빵으로 아침식사를 때우고 나는 자유롭게 전통적인 영국식 아침식사인 베이컨과 달걀과 마멀레이드로 하루를 시작했다.

월요일 아침 나는 아래층으로 내려가며 그의 방을 들여다보았다. 그는 아주 희한한 실내복을 차려 입고 침대에 앉아 있었다.

「봉주르, 헤이스팅스. 마침 전화를 하려고 했었네. 이거 간단한 편지인데, 미안하지만 엔드 하우스까지 가서 그 아가씨에게 좀 갖다 주겠나?」

나는 손을 내밀었다. 포와로는 나를 보며 한숨을 쉬었다.

「제발, 제발. 헤이스팅스, 그 머리 가르마 좀 옆에 타지 말고 가운데에 타래도! 그러면 꽤나 균형 잡혀 보일 텐데, 그리고 그 콧수염도, 콧수염을 길러야겠다면 콧수염답게 좀 길러 보게. 나처럼 미적 감각을 살려서.」

나는 생각만 해도 진저리가 쳐지는 것을 간신히 억누르고 얼른 그 편지를 받아 쥐고 그 방을 떠났다. 내가 다시 거실에 돌아와 포와로와 함께 있을 때 버클리 양이 도착했다는 전갈을 받았다. 포와로는 그녀에게 좀 와달라는 말을 보낸 것이다.

그녀는 아주 명랑하게 들어왔지만, 눈 아랫부분이 평소보다 더 어둡다는 생각이 들었다. 그녀는 손에 들고 있던 전보를 포와로에게 넘겨주며 말했다.

「자……. 이젠 만족하시겠죠!」

포와로는 그것을 소리내어 읽었다.
「매기, 오늘 5시 30분 도착.」
「나의 간호사이자 보호자가 되는군요!」 하고 닉이 말했다.
「그러나 당신은 잘못 생각하고 있는 거예요. 매기는 머리가 그리 좋지 않거든요. 그저 일만 열심히 할 줄 알죠. 농담을 해도 도무지 못 알아 듣는다니까요. 숨어 있는 암살자를 찾아내는 데는 프레디가 열 배는 더 나을거예요. 그리고 짐 래저러스는 훨씬 더 나을 거고요. 내가 느끼는 바로는 아무도 짐의 속마음을 알아내지 못할 테니까요.」
「그럼, 챌린저 중령은?」
「오, 조지! 그는 바로 코밑에 대기 전까지는 아무것도 못 볼 사람이에요. 그러나 일단 눈에 띄었다 하면 가만 두지는 않을 거예요. 그러니까 막판에 가서는 조지가 아주 쓸모 있을 거예요.」
그녀는 모자를 벗어버리고 계속해서 말했다.
「당신이 말씀하신 사람한테 지시를 했어요. 그건 좀 이상하더군요. 그가 딕터폰(녹음, 재생 겸용의 속기용 기계) 같은 것을 설치하고 있다고요?」
포와로는 머리를 흔들었다.
「아니, 아니오. 그런 과학적인 것이 아닙니다. 아주 간단하고 하찮은 의견이지요. 알고 싶은 것이 좀 있어서.」
닉이 말했다.
「오, 그래요? 정말 무척이나 재미있군요.」
「그래요, 마드모아젤?」
포와로는 상냥하게 물었다.
그녀는 우리에게 짐깐 등을 돌리고 창 밖을 내다보며 서 있었다. 그러다가 다시 몸을 돌렸다. 그러자 그녀의 얼굴에 넘쳐 흐르던 그 도전적인 용기는 온데간데없이 사라졌다. 눈물을 참으려고 애쓰느라 얼굴은 어린애처럼 일그러져 버렸다.

제6장 바이스를 찾아가다

「아니에요.」
「사실은, 사실은 그렇지 않아요. 나는 두려워요. 두려워서 미치겠어요. 하지만 나는 언제나 용기가 있다고 생각했는데.」
「그래요, 마드모아젤, 그렇습니다. 헤이스팅스와 나는 당신의 용기에 감탄해 마지 않습니다.」
「예, 사실입니다.」 하고 나도 한마디 거들었다.
「그렇지 않아요.」
닉은 고개를 흔들며 이렇게 말했다.
「나는 용감하지 않아요. 마냥 기다리고만 있는걸요. 또 무슨 일이 더 일어나지 않을까 하고 계속 걱정하면서요. 그리고 어떤 식으로 일어날 것인지! 그러니까 그것을 기다리고 있는 거예요.」
「그렇지요. 맞아요. 모두 긴장한 탓입니다.」
「어젯밤 나는 침대를 방 한가운데로 끌어 내놓았어요. 그리고 창문을 꼭 잠그고 문도 걸고요. 오늘 아침 여기 올 때도 큰길로 돌아왔어요. 도저히, 도저히 정원을 지나올 수가 없었어요. 나의 용기는 갑자기 사라져 버린 것 같아요. 그렇잖아도 힘이 드는데, 이런 일까지 생기다니.」
「그건 무슨 뜻입니까, 마드모아젤? 그렇지 않아도 힘이 들다니?」
그녀는 잠깐 침묵한 뒤에 대답했다.
「특별한 일을 뜻한 것은 아니에요. 신문에서 말하는 '현대 생활의 긴장' 같은 거죠, 뭐. 너무 많은 칵테일에, 지나친 흡연……. 뭐 그런 일들 말이에요. 그건 단지 내가 조금, 엉뚱한 상태에 처하게 되었다는 뜻이죠.」
그녀는 의자에 풀썩 주저앉아서 조그만 손가락을 초조하게 비틀었다 폈다 했다.
「나한테 솔직하지 않군요, 마드모아젤. 무엇인가가 있는데.」
「없어요, 정말 없어요.」
「뭔가 나한테 말하지 않은 것이 있어요.」

「나는 조그만 것까지 하나하나 다 말씀드렸어요.」
그녀는 진지하고 열성적으로 말했다.
「그 사고들에 대해서는, 당신이 받은 공격에 대해서는 그랬죠.」
「아니, 그러면요?」
「그러나 당신의 마음 속에, 당신의 생활 속에 있는 것은 모두 말하지 않았습니다.」
그녀는 천천히 이렇게 말했다.
「어떤 사람이라도 다 그렇게……?」
「아, 그렇다면…….」
포와로는 의기 양양하게 말했다.
「그것을 인정하는군요!」
그녀는 머리를 흔들었다. 그는 그녀를 날카롭게 쳐다보고 있었다.
「혹시…….」
그는 슬쩍 떠보았다.
「당신의 비밀은 아닌가요?」
나는 그녀의 눈꺼풀이 순간적으로 깜박거리는 것을 본 것 같았다. 그러나 거의 동시에 그녀는 벌떡 일어났다.
「정말 진실하게 말씀드려서, 포와로 씨. 나는 이 어처구니없는 일에 대해서 내가 알고 있는 것은 하나도 남김없이 다 말씀드렸어요. 혹시 내가 어떤 사람에 대해 뭔가 알고 있는 일이 있다거나, 의심이 가는 데가 있으리라고 생각하신다면 그건 잘못이에요. 나를 미치게 만들고 있는 것은 바로 의심가는 데가 하나도 없다는 점이란 말예요! 나도 바보가 아니에요. 만일 그 '사고들'이 단순한 우연이 아니었다면, 그것은 아주 가까이에 있는 누군가, 나를 아는 사람에 의해서 조작된 깃이 분명하다는 걸 나도 안다고요. 그래서 더욱 두려운 거예요. 왜냐하면 내겐 그게 누구인지 조금이라도, 정말 조금이라도 짚이는 것이 없거든요.」
그녀는 다시 한 번 창가로 가서 바깥을 내다보았다. 포와로는 나

제6장 바이스를 찾아가다

에게 아무 말도 하지 말라는 신호를 보냈다. 그는 그 아가씨가 자제력을 잃었을 때 좀더 밝혀내고 싶어하는 것 같았다.

그녀가 다시 말했을 때 그 목소리는 아주 멀리서 들려오는 꿈 같은 목소리로, 아주 다른 어조를 띠고 있었다.

「내가 항상 간직해 온 좀 색다른 소망이 뭔지 아세요? 나는 엔드 하우스를 사랑해요. 나는 항상 거기서 연극 한 편을 상연해 보고 싶었답니다. 그 집은 어떤 극적인 분위기를 지니고 있거든요. 나는 마음속으로 거기서 상연되는 온갖 연극들을 다 보았어요. 그런데 지금 거기에서 한 연극이 진행되고 있는 것 같아요. 단지 내가 연출하고 있는 것이 아니고, 내가 거기에 출연하고 있을 뿐이지요! 내가 직접 출연하고 있다고요! 나는 아마 제1막에서 죽는 사람일 거예요.」

그녀의 목소리가 끊겼다.

「자, 자, 마드모아젤.」

포와로의 목소리는 쾌활하고 활기가 넘쳐 흘렀다.

「그렇지 않을 겁니다. 그건 히스테리예요.」

그녀는 홱 돌아서서 그를 쏘아보았다.

「프레디가 나를 히스테리컬하다고 말하던가요? 이따금 내게도 그렇게 말하지요. 그러나 프레디의 말을 항상 믿지는 마세요. 가끔씩이지만, 그녀는 정말 제정신이 아닐 때가 있어요.」

잠깐 이야기가 중단되었다가 포와로가 전혀 상관이 없는 질문을 했다.

「그런데, 마드모아젤. 혹시 엔드 하우스를 팔라는 말을 들은 적이 있습니까?」

「팔라고요?」

「그렇습니다.」

「아뇨.」

「만일 좋은 조건이라면 팔 생각은 있습니까?」

닉은 잠깐 동안 곰곰이 생각해 보았다.

「아뇨, 그렇지 않을 거예요. 내 말은, 너무 엄청나게 좋은 조건이라서 거절하면 어리석다는 소리를 듣게 될 경우가 아니라면요.」
「그렇고말고요.」
「나는 팔고 싶지 않아요, 그 집을 좋아하니까.」
「그렇죠. 이해합니다.」
닉은 문 쪽으로 천천히 걸어갔다.
「참, 오늘밤에 불꽃놀이가 있어요. 오시겠어요? 8시에 만찬이 있고, 불꽃놀이는 9시 반에 시작돼요. 항구가 내려다보이는 정원에서 구경하면 굉장히 멋있을 거예요.」
「황홀해지겠군요.」
「물론 두 분 모두.」 하고 닉이 말했다.
「정말 감사합니다.」 하고 내가 말했다.
「축 처진 마음을 되살아나게 하는 데는 파티만한 것이 없지요.」
닉은 이렇게 말하더니 살짝 웃으며 방을 나갔다.
「귀여운 아가씨야.」
그는 손을 뻗쳐 자기 모자를 집더니 표면에 묻은 미세한 먼지를 조심스럽게 톡 털어 냈다.
「나갈 겁니까?」 하고 내가 물었다.
「그렇다네. 처리해야 할 법률적인 문제가 있거든, 여보게.」
「물론이죠, 압니다.」
「자네의 명석한 머리가 그걸 이해하지 못할 리가 없지.」
'바이스, 트레베이니언 앤드 워너드'의 사무실은 시내 중심가에 위치해 있었다. 우리는 2층으로 올라가 세 명의 사무원이 바쁘게 일하고 있는 한 사무실로 들어갔다. 포와로는 찰스 바이스를 만나고 싶다고 말했다.
한 사무원이 전화에다 몇 마디 주고받더니, 어떤 대답을 들었는지 바이스가 지금 우리를 만나겠다고 한다면서 통로를 가로질러 가서 문을 두드린 다음, 우리가 들어갈 수 있도록 옆으로 비켜 서 주었다.

법률 서류로 뒤덮힌 커다란 책상 뒤에서 바이스가 일어나 우리들을 맞아 주었다. 그는 키가 큰 젊은이로, 약간 창백하고 생김생김이 그다지 인상적이지 못했다. 그는 양쪽 관자놀이가 약간 벗겨졌으며, 안경을 끼고 있었다. 안색은 희고 불안정했다.

포와로는 이 순간을 위해 사전에 준비해왔다. 포와로는 아직 서명을 하지 않은 계약서를 가지고 왔는데, 그것과 관련된 전문적 문제로 그의 조언을 구하고 싶다고 말했다.

바이스는 조심스럽고 정확하게 말을 하며 포와로가 말하고 있는 의심스러운 점과 그 용어의 모호한 점을 금방 설명해 주었다.

「대단히 감사합니다.」 하고 포와로가 작은 목소리로 말했다.

「보시다시피, 외국인이라 이런 법률적인 문제나 어법은 정말 어렵습니다.」

그때 바이스가 포와로에게 누구의 소개로 오게 되었는지를 물었다.

「버클리 양이오.」 하고 포와로는 재빨리 말했다.

「당신의 외사촌 동생이라고요? 아주 매력적인 아가씨더군요. 우연히 나의 난처한 입장을 얘기했더니, 그녀가 당신에게 가보라고 일러주었습니다. 토요일 오전 중에 만나려고 했으나 12시 반경이어서 당신이 자리에 없더군요.」

「예, 기억납니다. 나는 토요일 날 일찌감치 나갔습니다.」

「당신의 외사촌 여동생한테는 그 큰 집이 아주 외롭겠더군요? 그녀 혼자서 거기에 살고 있는 것으로 아는데.」

「그럴 겁니다.」

「바이스 씨, 실례지만 혹시 그 집 팔려고 내놓지 않았습니까?」

「그렇지 않을 겁니다.」

「그냥 물어 보는 게 아니라오. 그럴 만한 이유가 다 있지요! 나는 꼭 그런 집을 찾고 있었거든요. 나는 세인트 루의 날씨에 반했어요. 사실 그 집은 수리가 잘 안 되어 있는 상태이긴 하지만, 내 생각으로는 그다지 돈도 많이 들지 않을 것 같습니다. 그런 환경에서라면 그 아가씨가 매매 제의를 한번 고려해 볼 수도 있지 않을까요?」
「전혀 그럴 것 같지 않은데요.」
찰스 바이스는 머리를 세차게 흔들었다.
「내 외사촌 여동생은 그곳을 끔찍이도 아끼고 있거든요. 아무리 설득해도 안 팔걸요. 대대로 물려 내려온 곳이니까요.」
「그건 이해하지만…….」
「전혀 불가능한 얘기입니다. 내가 그애를 잘 알지요. 그녀는 그 집에 대해서 아주 열광적인 애착을 가지고 있습니다.」
잠시 뒤에 우리는 다시 거리로 나왔다.
「자, 여보게.」
포와로가 말했다.
「이 찰스 바이스한테 자네는 어떤 인상을 받았는가?」
나는 곰곰이 생각해 보았다.
「아주 소극적인 사람이더군요.」
나는 이렇게 말했다.
「이상스러울 정도로 소극적인 사람이에요.」
「개성이 강하지 못하다 이 말인가?」
「정말 그렇습니다. 다시 만나더라도 기억이 안 나는 사람이겠더라니까요. 그저 평범한 사람이죠.」
「외모는 확실히 인상적이지 못했지. 그와 대화를 나누는 과정에서 혹시 모순점을 발견하지는 못했나?」
「예.」
내가 천천히 말했다.
「발견했죠. 엔드 하우스를 파는 문제에 관해서요.」
「맞았어. 자네라면 엔드 하우스에 대힌 비클리 양의 태도를 '열광적인 애착'이라고 표현하겠나?」
「너무 강렬한 표현이지요.」
「그렇지. 그런데 바이스는 강렬한 용어를 거의 안 쓰는 사람이란 말이야. 그의 전형적인 태도는—법률적인 태도 말이야. 과장보다는 과소 표현을 할 사람인데. 그런데 그는 그 아가씨가 조상들이 물려준 그 집에 대해서 아주 '열광적인 애착'을 가지고 있다고 말했단 말일세.」

「오늘 아침에 그녀는 전혀 그런 인상을 주지 않았는데 말입니다.」 하고 내가 말했다.

「그녀는 그 점에 관해서는 아주 현명하게 말했던 것 같은데. 그녀는 확실히 그곳을 좋아하기는 했으나—그녀의 입장에 놓인다면 누구라도 다 그랬을 터이고— 확실히 그 이상은 아니었습니다.」

「그러니까 사실은 그 둘 중 하나가 거짓말을 하고 있다는 말이 되는데.」

포와로는 생각에 잠겨 이렇게 말했다.

「바이스가 거짓말하리라고 의심할 사람은 없을 겁니다.」

「거짓말할 일이 있는 사람에게는 아주 커다란 이점이 되겠군.」

「그래, 그는 확실히 조지 워싱턴 같은 태도를 가지고 있었네. 또 한 가지 다른 일도 알아차렸나, 헤이스팅스?」

「무슨 일인데요?」

「토요일 12시 반에 그가 자기 사무실에 없었다는 점이야.」

제7장 비극

그 날 저녁 엔드 하우스에 도착해서 처음 만난 사람은 닉이었다.
그녀는 용이 가득 그려진 멋진 옷을 입고서 홀 안을 이리저리 뛰어다녔다.
「오! 역시 당신밖에 없군요!」
「마드모아젤, 나는 아직 준비가 덜 됐나 보군요!」
「알아요. 그래도 그 말은 조금 무례하게 들리는데요. 하지만 지금 내 옷이 도착하기를 기다리고 있답니다. 그렇게 약속해 놓고서는 나쁜 사람 같으니라고. 철석같이 약속해 놓고서는!」
「아! 몸치장하는 문제 때문에! 오늘밤에도 무도회가 있겠죠?」
「예, 불꽃놀이가 끝난 다음, 바로 그 순서로 넘어갈 거예요. 아마 그럴 거예요.」
그녀의 목소리는 갑자기 뚝 떨어졌다. 그러나 다음 순간 그녀는 까르르 웃어댔다.
「절대로 포기 못해요! 그게 내 좌우명이에요. 걱정거리를 생각하지 않으면 걱정거리는 오지 않게 되어 있어요! 오늘밤 나는 용기를 되찾았어요. 한번 신나게 즐겨보겠어요.」
계단에서 발소리가 들렸다. 닉이 돌아보았다.
「오! 저기 매기가 오는군요. 매기, 이분들이 숨어 있는 암살자로부터 나를 보호해 주고 있는 탐정들이야. 응접실로 모시고 가서 그 얘기나 한번 들어 봐.」
우리는 차례대로 매기 버클리와 악수를 나눈 다음, 응접실로 함께 들어갔다. 나는 곧바로 그녀에게 호감을 느꼈다.
나의 마음을 사로잡은 것은 그녀의 조용하고 차분한 그 외모였다고 생각한다. 꽤나 침착한데다 아주 구식 사고 방식을 지녀서 확실히 참신한 맛은 없었다. 그녀의 얼굴에는 화장기가 전혀 없었고, 단순하고 좀 낡은 검은색 야회복을 입고 있었다. 그녀는 솔직해 보이는 푸른 눈에 명랑하고 느린 목소리를 지니고 있었다.
「닉한테 그 놀라운 얘기를 들었어요.」
그녀가 말했다.
「그녀가 과장하고 있는 거겠죠? 세상에 누가 닉을 해치려고 하겠어요? 그녀는 누구랑 원수지고 살 사람도 아닌데.」
그녀의 목소리로 보아 도저히 믿어지지 않는다는 투였다. 그녀는 좀 떨떠름한 표정으로 포와로를 바라보고 있었다. 내가 느끼는 바로는, 매기 버클리 같은 처녀에게 외국인이란 항상 의심스럽게 보였을 것이다.
「그렇지만, 버클리 양, 그것은 분명히 사실임을 내가 보증합니다.」
포와로는 침착하게 말했다.
그녀는 아무 대답도 없었지만, 여전히 미심쩍은 표정이었다.
「닉은 오늘밤 아주 이상하게 흥분하고 있는 것 같아요.」
그녀가 말했다.
「무슨 일인지 알 수가 없군요. 지나치게 열광적인 것 같은데요.」
이상하게 흥분하고 있다는 그 말! 나는 그 말에 전율을 느꼈다.
게다가 그녀의 목소리의 억양에 깃든 분위기로 인해서 나는 이상한 느낌을 받았다.
「당신은 스코틀랜드인입니까, 버클리 양?」
내가 불쑥 이렇게 물었다.
「어머니가 스코틀랜드인이에요.」 하고 그녀가 설명해 주었다.
그녀가 나를 보는 시선은 포와로를 볼 때보다는 좀더 너그러웠다. 그래서 내가 그녀에게 그 사건에 대해 말하는 것이 포와로가 하는 것보다는 좀더 믿음직스럽게 들릴 거라는 느낌을 받았다.
「당신의 사촌은 굉장히 용감하게 행동하고 있습니다.」 하고 내가 말했다.

「그녀는 평상시대로 행동하기로 결심했다는군요.」
「그런 방법밖에 없나요?」
매기가 말했다.
「내 말은—마음속으로 어떤 감정을 가지고 있든간에— 그걸 가지고 그렇게 야단법석을 떨어 보았자 아무 소용이 없다는 뜻이에요. 그렇게 하면 나머지 사람들만 불편할 따름이죠.」
그녀는 잠깐 멈추었다가 다시 부드러운 목소리로 덧붙였다.
「나는 닉을 굉장히 좋아해요. 그녀는 항상 내게 잘해 주었거든요.」
그 순간 프레드리커 라이스가 그 방에 들어오는 바람에 우리는 더 이상 이야기를 나눌 수 없었다. 푸른색 드레스를 입은 그녀의 모습은 아주 연약하고 가뿐해 보였다. 래저러스가 곧 잇따라 들어왔고, 그 다음에 닉이 춤추듯이 들어왔다. 그녀는 검은색 드레스에 강렬하게 빛나는 빨간색의 아주 고풍스러운 중국풍 숄을 걸치고 있었다.
「자, 여러분.」
그녀가 말했다.
「칵테일을 들어요.」
우리는 모두 마셨다. 래저러스는 유리잔을 그녀에게 들어 보였다.
「훌륭한 숄이로군요, 닉.」
「오래된 것이겠군요?」
「예, 증조 할아버지의 아저씨 되시는 티모시라는 분이 여행갔다가 사온 거라니까.」
「아름다운데요, 정말 아름다워요. 그런 건 어디 가서 구하려 해도 그만한 것을 찾기가 어렵겠어요.」
「따뜻해요.」
닉이 말했다.
「이따가 불꽃놀이 할 때 좋을 거예요. 그리고 색도 화려하고요. 저,

나는 검은색을 아주 싫어하거든요.」
「그래.」
프레드리커가 말했다.
「나는 네가 검은색 드레스를 입은 것을 한 번도 못 보았어, 닉. 그런데 왜 그것을 샀니?」
「오! 나도 모르겠어.」
그녀는 화난 투로 받아 넘겼으나, 그녀의 입술이 마치 고통스러운 듯이 이상하게 일그러지는 것을 나는 눈치챘다.
「어떤 것을 하는 데에 꼭 이유가 있어야 하나?」
우리는 만찬에 참석했다. 어떤 이상한 하인이 나타났다. 특별히 고용된 것으로 생각되었다. 음식은 별 맛이 없었다. 반면, 샴페인은 훌륭했다.
「조지가 아직 안 보이는군요.」
닉이 말했다.
「어젯밤 성가신 일이 생겨서 플리머드로 돌아갔는데, 아마 오늘 저녁 중으로는 끝마칠 거예요. 무도회 시간까지는 어떻게 해서든지 오겠죠. 매기를 위해서 남자 한 분도 초대했답니다. 유별난 재미는 없겠지만, 준수한 편이지요.」
어렴풋이 시끄러운 소리가 창문을 통해 흘러 들어왔다.
「오, 빌어먹을 저 모터보트!」
래저러스가 이렇게 말했다.
「나는 저 소리에 질렸어요.」
「저 소리는 모터보트 소리가 아닌데요.」
닉이 말했다.
「수상 비행기 소리예요.」
「당신이 옳은 것 같군요.」
「그럼요, 내 말이 맞아요. 소리가 아주 다른데요, 뭐.」
「비행기는 언제쯤 살 예정이오, 닉?」

「돈이 생기면요.」 하고 말하면서 닉은 소리내어 웃었다.
「그럼 그때가 되면 당신도 오스트레일리아로 날아가 버리겠군요, 그 아가씨처럼, 이름이 뭐였더라?」
「그럼 오죽이나 좋겠어요.」
「나는 그녀를 정말 존경해요.」
라이스 부인이 그 지루한 목소리로 이렇게 말했다.
「얼마나 놀라운 용기예요! 혼자서 말이에요.」
「나는 비행기 타는 사람들이라면 모두 존경합니다.」 하고 래저러스가 말했다.
「마이클 세튼이 세계일주 비행을 성공만 했다면 당대의 영웅이 되었을 텐데……. 그렇게 되고도 남지요. 애석하게도 실패하고 말았으니. 영국으로서는 놓치기 아까운 인물인데.」
「아직 살아 있을지도 모르잖아요.」 하고 닉이 말했다.
「거의 불가능해요. 지금으로서는 거의 절대적입니다. 가엾은 '미치광이 세튼'.」
「사람들은 그를 부를 때 꼭 '미치광이 세튼'이라고 하데요, 그렇죠?」 하고 프레드리커가 물었다.
래저러스가 머리를 끄덕였다.
「그는 출신부터가 좀 미친 집안이지요.」
그가 말했다.
「약 1주일 전에 죽은 그의 백부인 매튜 세튼 경도 굉장한 미치광이였습니다.」
「조류 사냥 금지 구역을 만든 미치광이 백만장자라죠?」
프레드리커가 물었다.
「그렇습니다. 많은 섬을 사들였다는군요. 그는 칠지한 여성 혐오자였습니다. 어떤 여자한테서 버림받았던 모양인데, 마음을 달래려고 자연사(自然史)에 몰두하게 되었던 것 같습니다.」
「그런데 왜 마이클 세튼이 죽었다고 말하는 거예요?」

닉이 계속 고집했다.
「희망을 포기해야 할 이유는 전혀 없어요, 아직은.」
「물론이죠, 그 사람을 알고 있었다고 했죠. 참?」 하고 래저러스가 말했다.
「깜박 잊었습니다.」
「프레디와 나는 작년에 르 토케에서 그 사람을 만났어요.」 하고 닉이 말했다.
「굉장히 멋있는 사람이었는데, 그렇지, 프레디?」
「나한테 묻지 마라, 얘. 그는 너한테 반했지, 나는 아니잖니. 대번에 너한테 끌렸지 뭐, 안 그래?」
「그래, 스카버러에서였지. 너무너무 멋진 일이었어.」
「비행기 타본 적 있으세요, 헤이스팅스 대위님?」
매기가 공손한 말씨로 나에게 물어보았다. 나는 파리까지 왕복이 내가 경험한 비행기 여행의 전부라고 고백해야만 했다.
그때 갑자기 닉이 소리를 치며 벌떡 일어났다.
「전화가 왔어요! 나를 기다리지 마세요. 좀 늦을 거예요. 사람들을 많이 초대해 놓아서요.」
그녀는 방을 나갔다. 나는 손목시계를 흘끔 쳐다보았다.
정각 9시였다. 디저트가 나오고, 그 다음에 포트와인(포루투갈산 붉은 포도주)이 나왔다. 포와로와 래저러스는 예술에 대해 이야기하고 있었다. 그림은 이제 너무 흔해서 팔리지 않는다고 래저러스가 말하고 있었다. 그러더니 가구와 장식 분야의 새로운 아이디어에 관한 토론으로 넘어갔다.
나는 매기 버클리에게 말을 시키면서 나의 의무를 다하고자 노력했는데, 솔직히 그녀가 꽤 따분한 처녀라는 것을 인정해야 했다. 그녀는 명랑하게 대답은 했지만, 대화가 자연스럽게 오가는 법이 없었다. 정말이지 고역이었다.
프레드리커 라이스는 꿈꾸듯이 조용히 앉아 팔꿈치를 테이블에 대고 있었으며, 그녀가 피우는 담배 연기가 그녀의 아름다운 머리 주위에서 뭉게뭉게 피어오르고 있었다. 그녀는 마치 명상에 잠긴 천사 같았다.

닉이 문 근처에서 고개를 내민 것은 정확하게 9시 20분이 되어서였다.

「나오세요, 모두들! 사람들이 하나 둘씩 들어오고 있어요.」

우리는 순순히 일어났다. 닉은 도착하는 손님들을 맞느라 분주했다. 약 12명의 사람들이 초대되었다. 그들 대부분은 좀 따분한 사람들이었다. 닉은 훌륭하게 여주인 역할을 해냈다. 그녀는 현대식 태도를 버리고 모든 사람들에게 구식 방법으로 대했다. 손님들 중에는 찰스 바이스도 있었다.

이윽고 우리는 바다와 항구가 내다보이는 정원으로 모두 나갔다. 나이 많은 사람들을 위해 의자 몇 개가 놓여져 있었으나, 우리는 대개 서 있었다. 첫 번째 불꽃이 하늘을 향해 빛을 발했다.

그때, 크고 익히 아는 목소리가 들려서 머리를 돌려보았더니 닉이 크로프트를 맞이하고 있었다.

「정말 안됐군요.」 하고 그녀가 말하고 있었다.

「부인이 함께 올 수 없다니. 들것으로라도 모셔와야겠어요.」

「집사람은 정말 운이 나쁩니다. 그러나 그녀는 절대 불평하는 법이 없어요. 심성이 워낙 착해서요. 하! 멋있는데.」

하늘에서 금빛 불꽃이 소나기처럼 쏟아지는 것을 보고 이렇게 말했다. 그날 밤은 유난히 컴컴했다. 달마저 없었다.

사흘 뒤면 초생달이 뜨게 되어 있었으니까. 날씨 또한 대부분의 여름밤이 그렇듯이 약간 쌀쌀했다. 내 옆에 있던 매기 버클리는 바들바들 떨고 있었나.

「들어가서 코트를 가져와야겠어요.」 하고 그녀가 중얼거렸다.

「내가 갖다 드리죠.」

「아니에요, 어디 있는지 못 찾으실 거예요.」

그녀는 집 쪽으로 갔다. 그때 프레드리커가 소리쳤다.

「오! 매기, 내 것도. 내 방에 있어요.」

「못 들었나 봐.」 하고 닉이 말했다.

「내가 가져올게, 프레디. 나도 털목도리를 가져와야겠어. 이 숄만으로는 안 되겠어. 바람 때문에.」

정말 미풍치고는 꽤나 쌀쌀한 바람이 바다 쪽으로 불어댔다. 부두에서는 특수 조작된 불꽃이 터지기 시작했다.

나는 내 옆에 서서 인생이니 직업, 취미, 그리고 체류 기간에 대해서 계속 질문 공세를 퍼붓던 한 기운찬 중년 부인과 대화에 열중해 있었다.

탕! 초록색 별들이 소나기처럼 하늘을 가득 메웠다. 그 별들은 파란색으로, 그 다음 빨간색, 그러더니 은색으로 변해 갔다. 다시 한 번, 그리고 또다시.

「'오!'에서 이제는 '아!'의 감탄사로 바뀌어 가는군.」

포와로가 갑자기 내 귀에 바짝 대고 이렇게 말했다.

「이제 좀 지루해지는 것 같지 않은가? 맙소사! 잔디도 너무 축축해! 한기를 견뎌내야겠는데. 그런데 적당한 탕약도 구할 수가 없으니 말이야.」

「한기라고요? 이렇게 아름다운 밤에요?」

「아름다운 밤! 아름다운 밤이라고! 자네는 비가 억수같이 쏟아지지만 않으면 늘 그렇게 말하나! 비만 내리지 않으면 항상 아름다운 밤이라고 말이야. 여보게, 자네가 볼 수 있도록 조그만 온도계가 하나 있었으면 좋겠군.」

「그러면,」 하고 내가 인정했다.

「코트를 입으면 되잖습니까?」

「역시 현명하군. 자네는 더운 기후에서 왔으니까.」

「당신 것을 가져다 드리죠.」

포와로는 고양이 같은 동작으로 땅에서 한 발, 그리고 또 한 발을 살금살금 떼었다.

「나는 발에 습기가 차는 게 싫다네. 고무 덧신 한 켤레를 구할 수 없을까?」

나는 웃음이 나오려는 것을 간신히 참았다.

「그건 불가능한데요.」 하고 내가 말했다.

「그런 게 있을 리가 없잖아요, 포와로.」

「그렇다면 나는 집안으로 들어가 앉아 있겠네.」 하고 그가 퉁명스레 말했다.

「단지 포스크 쇼를 보기 위해서 내가 꼭 감기에 걸려야겠는가? 그러다가 어쩌면 폐렴에 걸릴지도 모르잖는가?」

포와로가 계속 투덜거리는 바람에 우리는 집을 향하여 발걸음을 옮겼다. 또다시 불꽃이 터지고 부두 아래쪽에서 와자지껄한 박수 소리가 우리들이 있는 데까지 떠밀려 왔다. 내 생각으로는 '관광객 환영'이라고 써붙인 배에서 터뜨리는 불꽃인 것 같았다.

「우리 모두의 마음은 어린애야.」

포와로가 생각에 잠겨 말했다.

「불꽃놀이, 파티, 공놀이 그리고 마술사까지. 아무리 자세히 지켜보아도 속아 넘어가게 하는 사람 말일세. 아니, 그런데 저게 뭐지?」

나는 그의 팔을 붙잡았다. 한 손으로는 그를 꼭 붙잡고 다른 손으로는 그쪽을 가리켰다. 우리는 집에서 100야드의 거리 내에 있었는데, 우리 바로 앞쪽에 프랑스식 문이 열려 있었고 거기에 빨간색 중국풍 숄을 아무렇게나 걸친 물체가 쓰러져 있는 것이었다.

「저런!」

포와로가 나지막이 중얼거렸다.

「저런……!」

제8장 운명의 숄

 내가 생각하기로는 우리가 공포로 얼어붙어 꼼짝달싹도 못하고 거기에 서 있었던 것이 기껏해야 40초도 안 되었지만, 마치 한 시간이나 된 것처럼 느껴졌다. 그런 다음 포와로가 내 손을 떨쳐 버리고 앞으로 나아갔다. 그는 무척이나 뻣뻣하게 움직였다.
 「일이 일어나고야 말았군.」 하고 그가 중얼거렸는데, 그의 목소리가 얼마나 고통스러웠는지 거의 묘사할 수조차 없다.
 「이 모든 노력에도 불구하고……. 내가 그렇게 주의했는데도 기어이 일어나고야 말았군. 아! 비참하게도 죄인은 나일세. 왜 그녀를 좀더 잘 지켜주지 못했지! 미리 알았어야 하는 건데, 그래……. 미리 알았어야 하는 건데. 잠시라도 그녀 곁을 떠나지 말았어야 하는데.」
 「너무 자책하지 마십시오.」 하고 내가 말했다.
 나는 혀가 입천장에 달라붙어 발음을 제대로 할 수가 없었다.
 포와로는 그저 머리만 비통하게 흔들 뿐이었다. 그는 시체 옆에 무릎을 꿇었다.
 그런데 그때 우리는 두 번째 충격을 받았다. 닉의 목소리가 또렷하고 명랑하게 울리더니, 잠시 뒤에 불이 켜진 방을 나오는 그녀의 옆모습이 창문에 또렷하게 나타났던 것이다.
 「너무 오래 걸려서 미안해, 매기.」 하고 그녀가 말했다.
 「그런데……?」
 그녀는 말을 끊고, 자기 앞에 펼쳐진 광경을 쳐다보았다.
 포와로가 날카롭게 소리를 지르며 그 시체를 잔디밭에 뒤집어 놓았고 나는 뛰어가서 들여다보았다.
 나는 매기 버클리의 죽은 얼굴을 내려다보았다.

잠시 뒤에 닉이 우리 옆으로 왔다.

그녀는 날카롭게 비명을 질렀다.

「매기……. 오! 매기, 이, 이럴 수가……!」

포와로는 그녀의 시체를 계속 조사하고 있었다.

마침내 아주 천천히 그는 일어섰다.

「주, 죽……?」

닉의 목소리는 중단되었다.

「그렇소, 마드모아젤, 죽었습니다.」

「하지만 왜요? 무엇 때문에? 그녀를 죽이고 싶어할 사람이 누가 있겠어요?」

포와로는 재빨리, 그리고 확고하게 대답했다.

「그들이 죽이려고 했던 사람은 그녀가 아니오, 마드모아젤! 당신이었소! 숄 때문에 그들이 착각한 거요.」

커다란 비명이 닉에게서 터져 나왔다.

「어떻게 그럴 수가 있죠?」

그녀는 울부짖었다.

「어째서 그럴 수 있느냐고요? 차라리 내가 죽는 게 나을 것을. 나는 더 이상 바라며 살 것도 없어요. 이제 기쁘게, 기꺼이, 행복하게 죽을 수 있는데.」

그녀는 팔을 거칠게 흔들어 올리며 약간 비틀거렸다. 나는 팔을 내밀어 얼른 그녀를 부축해 주었다.

「그녀를 집으로 데려가게, 헤이스팅스.」

포와로가 말했다.

「그리고 경찰에 전화를 걸게.」

「경찰에요?」

「당연하지! 경찰에게 사람이 총에 맞았다고 말하게. 그런 다음 닉 양과 함께 있게. 절대로 그녀 옆을 떠나지 말고.」

나는 그의 지시를 알았다고 머리를 끄덕이고는, 반쯤 기절해 있는 닉 양를 부축하여 응접실 문을 통해 들어갔다. 나는 소파에 그녀를 누이고 쿠션을 머리 밑에 괴어준 다음, 전화를 찾으러 홀 쪽으로 허둥지둥 나갔다.

그때 나는 엘렌과 거의 부딪칠 뻔해서 약간 놀랐다. 그녀는 그 순하고 예의바른 얼굴에 아주 이상한 표정을 하고 서 있었다. 그녀의 눈은 반짝이고 있었으며, 마른 입술을 혀로 자꾸만 핥고 있었다. 그녀의 손은 흥분한 것처럼 떨고 있었다.

그녀는 나를 보자마자 이렇게 말했다.

「무슨…… 일이 일어났습니까, 선생님?」

「그렇소.」 하고 나는 짧게 말했다.

「전화가 어디 있죠?」

「뭐, 잘못된 것은 없나요, 선생님?」

「사고가 생겼소.」 하고 나는 대강 둘러댔다.

「사람이 다쳤어요. 전화를 좀 해야겠소.」

「누가 다쳤는데요, 선생님?」

그녀의 얼굴이 진지해졌다.

「버클리 양이오. 매기 버클리 양.」

「매기 양? 매기 양이라고요? 확실한가요, 선생님, 저……, 그게 매기 양이라는 게 확실한 건가요?」

「그렇다니까요.」

내가 말했다.

「왜 그래요?」

「오! 아무것도 아니에요. 저, 저는 다른 여자분인가 해서요. 저는…… 라이스 부인이 아닌가 했어요.」

「이것 봐요.」

내가 말했다.

「전화가 어디 있느냐니까?」

「이쪽 조그만 방에 있습니다, 선생님.」

그녀는 문을 열고 전화기를 가리켰다.
「고맙소.」 하고 내가 말했다.
그런데 그녀가 계속 머뭇거리는 것 같기에 나는 이렇게 덧붙였다.
「그만 됐소, 고맙소.」
「그레이엄 박사님을 부르시려면…….」
「아니, 아니오.」
내가 말했다.
「그만 됐어요. 이제 가봐요.」
그녀는 마지못해 아주 천천히 물러갔다. 아마 십중팔구는 문 밖에서 엿듣고 있겠지만 나는 어찌할 수가 없었다. 결국 그녀도 곧 알 만한 것은 다 알게 될 테니까.

나는 경찰서에 전화로 신고했다. 그 다음, 자동적으로 엘렌이 언급했던 그레이엄 박사에게 전화를 걸었다. 전화번호는 전화번호부에서 찾았다. 어쨌든간에, 닉은 치료를 좀 받아야 할 것 같았다. 비록 밖에 누워 있는 그 불쌍한 처녀에게 의사도 소용이 없겠지만. 그가 당장 오겠다고 약속을 해서 나는 수화기를 내려놓고 다시 홀 안으로 나왔다.

엘렌이 만일 문 밖에서 듣고 있었다고 하더라도 아마 잽싸게 도망친 모양이었다. 내가 나왔을 때는 아무도 눈에 띄지 않았으니까. 나는 거실로 돌아갔다. 닉이 일어나 앉으려 하고 있었다.

「저, 부탁이 있는데……. 브랜디 한 잔만 가져다 주시겠어요?」
「그렇게 하지요.」

나는 식당으로 서둘러 가서 그녀가 원하는 것을 찾아 가지고 돌아왔다. 그녀는 술을 몇 모금 마시더니 기운을 좀 차렸다. 볼에는 다시 핏기가 돌았다. 나는 그녀의 머리밑에 있는 쿠션을 바로잡아 주었다.

「모두……, 너무 끔찍해요.」
그녀는 몸서리를 쳤다.
「모든 것이…… 어디에서나.」

「압니다. 아가씨, 알고 있어요.」
「아니, 당신은 몰라요! 알 수가 없어요! 게다가 그건 모두 헛된 짓이에요. 그게 차라리 나였다면 모든 것이 끝나 버렸을 텐데……」
「소름끼치는 말씀 마십시오.」 하고 내가 말했다.
그녀는 그저 머리만 흔들며 이렇게 되풀이했다.
「당신은 몰라요! 모른다고요!」
그러더니 갑자기 그녀는 울기 시작했다.
어린아이처럼 소리 없이 절망적으로 흐느꼈다. 그것이 아마 그녀에게는 최선의 방책인 듯싶어, 나는 그녀의 울음을 막으려 하지 않았다. 그 북받치는 감정이 약간 누그러졌을 때, 나는 조용히 창으로 가로질러 가서 바깥을 내다보았다.

몇 분 전, 그곳에서 고함소리가 들렸던 것이다. 손님들은 이제 모두 거기에 모여서 비극의 현장을 반원형으로 둘러싸고 있었으며, 포와로는 굉장한 감시인이나 되는 것처럼 그들을 막고 있었다.

내가 내다보고 있으려니, 제복을 입은 두 사람이 잔디밭을 성큼성큼 가로질러 왔다. 경찰이 도착한 것이다. 나는 조용히 소파 옆 내 자리로 돌아왔다.

닉은 눈물로 얼룩진 얼굴을 들었다.
「내가 뭔가 해야 되는 것 아니에요?」
「아니오, 아가씨. 포와로가 알아서 할 겁니다. 맡겨 두십시오.」
닉은 잠깐 동안 말이 없다가 다시 이렇게 말했다.
「불쌍한 매기. 나의 소중한 매기. 한 번도 남을 해쳐 본 적이 없는 그렇게 착한 애를. 그녀에게 이런 일이 일어나다니. 꼭 내가 그녀를 죽인 것 같아요. 괜히 여기로 오라고 해서……」

나는 딱해서 머리를 저었다. 인간이란 미래에 대해서 얼마나 무지한가. 포와로가 닉에게 친구 하나를 부르는 게 좋겠다고 했을 때, 그는 젊고 무고한 한 아가씨의 사형 집행 영장에 서명하고 있었다는 것을 왜 조금도 예견하지 못했던가. 우리는 침묵을 지키며 앉아 있었다. 나는 바깥에서 어떤 일이 진행되고 있는지 알고 싶었지만, 포와로의 지시를 충실히 수행하며 나의 위치를 고수했다.

문이 열리며 포와로가 경위와 함께 방을 들어섰을 때는 몇 시간이 흐른 것 같았다. 그들과 함께 그레이엄 박사로 보이는 한 남자도 함께 들어왔다. 그는 먼저 닉에게로 갔다.

「기분은 어떻소, 버클리 양? 커다란 충격을 받았겠군요.」

그의 손가락은 그녀의 맥박을 재고 있었다.

「그다지 나쁘지는 않군.」

그는 나에게 이렇게 말했다.

「뭘 좀 먹였습니까?」

「브랜디 약간요.」

내가 말했다.

「나는 괜찮아요.」 하고 닉이 말했다.

「그럼 몇 가지 질문에 대답할 수 있겠습니까?」

「물론이죠.」

경위는 우선 기침을 하더니 앞으로 나섰다.

닉은 엷은 미소를 띠며 그에게 응했다.

「이번에는 교통 위반이 아니군요.」 하고 그녀가 말했다.

나는 그들이 서로 초면이 아님을 알아차렸다.

「정말 불행한 사건이오, 버클리 양.」

경위가 말했다.

「정말 유감스럽습니다. 여기 계신 포와로 씨께서(아주 유명한 분이시라, 함께 이 사건을 접하게 된 것이 정말 영광입니다.) 당신이 요전 날 머제스틱 호텔 정원에서 총을 맞았다고 하던데요?」

닉이 머리를 끄덕였다.

「나는 그저 말벌인 줄 알았어요.」 하고 그녀가 설명했다.

「그런데 아니었군요.」

「그리고 그전에 좀 이상한 사건들이 있었다면서요?」

제8장 운명의 술 95

「예……. 적어도 그런 일들이 그렇게 잇달아 일어났다는 것은 좀 이상해요.」

그녀는 그 여러 가지 사건에 대해서 간략하게 설명했다.

「그렇고말고요. 그런데 오늘밤 당신의 사촌이 어떻게 해서 당신의 솔을 걸치게 되었습니까?」

「우리는 그녀의 코트를 가지러 들어왔어요. 불꽃놀이를 지켜보는데 좀 추웠거든요. 나는 여기 소파에 그 솔을 벗어 던져 놓았어요. 그런 다음 2층으로 올라가 지금 입고 있는 이 코트를 입었지요. 얇은 뉴트리아(남미산 설치류의 일종) 모피예요. 그리고 내 친구인 라이스 부인 방에서 그녀의 목도리를 가지고 나왔어요. 그것은 창문 옆 바닥에 있었어요.

그때 매기가 자기의 코트를 못 찾겠다고 소리치더군요. 나는 아래층에 있을 거라고 말했지요. 그녀는 내려가 보더니 계속 찾을 수 없다는 거예요. 나는 그럼 차안에 있는 게 분명하다고 말했지요. 그녀는 트위드 코트를 찾고 있었어요. 그녀에겐 야회용 모피 코트가 없었거든요. 그래서 나는 내 것을 가지고 내려가겠노라고 했지요.

그랬더니 그녀는 그럴 필요 없다고 하면서 괜찮다면 내 솔을 걸치겠다고 하더군요. 나는 물론 괜찮기는 하지만 그거 가지고 되겠느냐고 말했지요. 그랬더니 그녀가 자기는 요크셔를 떠난 뒤로 그다지 춥게 느끼지 않기 때문에 괜찮다고 하더군요. 그녀는 단지 무엇이든 하나 더 걸치기만 하면 된다고 했어요. 그래서 그러라고 하고는 잠시 뒤에 나갈 거라고 말했지요. 그랬는데 나와 보았더니, 나와 보았더니…….」

그녀는 말을 멈추었다. 목이 메어서…….

「자, 너무 슬퍼하지 마십시오, 버클리 양. 이거 하나만 말씀해 주십시오. 총 한 발, 아니면 두 발이 울리는 소리를 들었습니까?」

닉은 머리를 저었다.

「아뇨. 단지 불꽃과 폭죽 터지는 소리밖엔 못 들었어요.」

「그렇겠군요.」 하고 경위가 말했다.
「그런 상황에서 총소리가 들렸을 리가 없죠. 물어봐야 소용없지만, 혹시 누가 당신을 노리고 있는지 짚이는 사람이라도 있습니까?」
「전혀 없어요.」 하고 닉이 말했다.
「상상할 수도 없는데요.」
「그렇겠군요.」
경위가 말했다.
「어떤 살인광이겠죠. 내가 보기로는 그런 것 같습니다. 자, 오늘밤에는 당신에게 더 이상 질문을 않겠습니다. 정말 이루 말할 수 없을 정도로 유감스러운 일입니다.」
그레이엄 박사가 앞으로 걸어나왔다.
「내 의견으로는 버클리 양, 여기서 지내지 않는 게 좋겠습니다. 포와로 씨와도 이미 그 문제에 대한 얘기를 나누었습니다. 아주 훌륭한 요양소를 하나 알고 있습니다. 당신은 큰 충격을 받았을 겁니다. 그러니 당분간 휴식을 취하는 게 무엇보다도 필요해서……」
닉은 그를 보고 있지 않았다.
그녀의 시선은 포와로에게 가 있었다.
「그건, 내가 충격을 받았기 때문인가요?」 하고 그녀가 물었다.
그가 앞으로 나왔다.
「당신이 안전하다고 느끼기를 바라오, 마드모아젤. 그리고 나도 당신이 안전하다고 느끼고 싶어요. 거기에는 간호사도 있을 게요. 훌륭하고 경험이 풍부한 간호사 말이오. 그녀는 밤새도록 당신 가까이에 있어 줄 거요. 당신이 깨어나서 부르기만 하면, 그녀는 언제든지 달려올 수 있을 정도로 가까이에 있게 된단 말입니다. 알겠소?」
닉이 말했다.
「예. 알겠어요. 그러나 당신은 모르고 계세요. 나는 이제 더 이상 두려워하지 않습니다. 어찌 되든 신경 쓰지 않아요. 누군가 나를 죽이고 싶다면, 할 수 없는 일이지요.」

「그만해요, 그만!」
내가 말했다.
「너무 신경이 예민해져 있군요.」
「당신들은 모릅니다. 아무도 모른다고요.」
「내가 생각하기로는 포와로 씨의 의견이 아주 좋은 것 같습니다.」
그 의사가 위로하듯이 거들었다.
「내 차로 데려다 드리겠소. 그리고 밤사이에 숙면을 취할 수 있도록 처방을 해주리다. 자, 어떻습니까?」
「나는 괜찮아요.」
닉이 말했다.
「어떻게 하시든지 그런 건 다 상관없어요.」
포와로가 손을 그녀의 손에 포갰다.
「압니다, 마드모아젤. 어떤 기분인지 알고 있어요. 당신보다 내가 오히려 부끄럽고 가슴이 아프오. 나는 보호해 주겠다고 약속해 놓고, 보호해 주지를 못했소. 실패하고 만 거요. 정말 비참합니다. 하지만 나를 믿어 주시오, 마드모아젤. 나의 마음은 그 실패로 인하여 고뇌로 가득 차 있소. 내가 얼마나 괴로운지를 당신이 안다면, 나를 용서하리라고 나는 믿고 있어요.」
「옳으신 말씀이에요.」
닉은 여전히 침울한 목소리로 이렇게 말했다.
「자책하지는 마세요. 당신은 최선을 다하셨잖아요. 그건 아무도 어찌할 수 없는 일이었어요. 제발 너무 슬퍼하지 마세요.」
「정말 친절합니다, 마드모아젤.」
「아니에요, 나는…….」
그녀의 말이 끊어졌다. 문이 홱 열리더니 조지 챌린저가 방으로 뛰어들어온 것이다.
「무슨 일입니까?」
그가 외쳤다.

「나는 지금 막 도착했습니다. 대문에 있는 경찰과, 사람이 죽었다는 이야기는 뭡니까? 모두 어떻게 된 거예요? 어서 말 좀 해주십시오. 혹시, 혹시, 닉 아닙니까?」

고통에 찬 그의 어조는 듣기만 해도 두려울 정도였다.

나는 문득 포와로와 그 의사 사이에 가려져 그쪽에서는 닉이 전혀 안 보인다는 것을 깨달았다.

누가 미처 대답할 사이도 없이 그는 질문을 되풀이했다.

「말해 주십시오. 사실입니까? 닉이 죽지 않았냐고요?」

「아니오, 여보시오.」

포와로가 상냥하게 말했다.

「그녀는 살아 있소.」

그리고는 챌린저가 소파에 있는 그 자그마한 사람을 볼 수 있도록 뒤로 비켜 주었다.

한동안 챌린저는 믿기지 않는 듯이 그녀를 뚫어지게 쳐다보았다.

그러더니 마치 술 취한 사람처럼 약간 비틀거리며 이렇게 중얼거렸다.

「닉, 닉.」

그리고 갑자기 소파 옆에 무릎을 꿇고 앉아 손으로 머리를 감싸쥐며, 잘 들리지 않는 목소리로 이렇게 울부짖었다.

「닉, 나의 사랑. 나는 당신이 죽은 줄로만 알았어.」

닉은 천천히 일어나 앉았다.

「괜찮아요, 조지. 바보같이. 나는 무사해요.」

그는 머리를 들고 주위를 난폭하게 둘러보았다.

「그런데 누가 죽은 거야. 경찰이 그러던데.」

「예.」

닉이 말했다.

「매기요, 매기가 죽었어요. 오……!」

경련이 일어나 그녀는 얼굴을 일그러뜨렸다. 의사와 포와로가 앞으

제8장 운명의 술 99

로 나왔다. 그레이엄이 그녀가 일어서도록 부축해 주었다. 그와 포와로가 각기 한쪽씩 부축하여 그녀를 방에서 데리고 갔다.
「침대에 빨리 누울수록 좋아요.」
의사가 말했다.
「당장 내 차로 데려다 주겠소. 라이스 부인한테 이미 당신이 가지고 갈 물건을 몇 가지 챙겨 두라고 했소.」
그들은 문을 지나 사라져 갔다. 챌린저가 내 팔을 잡았다.
「이해할 수가 없군요. 그녀를 지금 어디로 데려가는 겁니까?」
내가 설명해 주었다.
「오! 그랬군요. 자, 그럼 헤이스팅스, 일이 어떻게 된 건지 좀 설명해 주시겠소? 이 무슨 무서운 비극입니까! 불쌍한 아가씨.」
「가서 한잔하십시다.」
내가 말했다.
「머리가 좀 혼란한 것 같은데.」
「좋지요.」
우리는 식당으로 자리를 옮겼다.
「글쎄…….」
그는 독한 위스키에 소다수를 타서 마시며 이렇게 말했다.
「나는 닉인 줄 알았습니다.」
조지 챌린저의 감정에 대해서는 거의 의심이 가지 않았다. 그 이상 솔직한 연인은 결코 없으리라.

제9장 A에서 J까지

그날 밤은 절대로 잊혀질 것 같지 않았다.

포와로는 자책감으로 너무 괴로워하고 있어서 나는 정말 놀랄 지경이었다. 끝도 없이 방안을 이리저리 서성거리며 머릿속에다 저주를 계속 퍼부으면서 나의 선의의 충고에도 전혀 반응이 없었다.

「자신을 너무 과대 평가한다는 게 도대체 무슨 소용이 있겠나? 나는 벌받았어. 그래, 벌받은 거야. 나, 에르퀼 포와로는 자신을 너무 믿었어.」

내가 끼여들었다.

「아니, 아닙니다.」

「그러나 누가 그런 전대 미문의 뻔뻔스러움을 생각이나 했겠나. 아니, 생각할 수가 있었겠나? 나는 할 수 있는 모든 예방책을 강구해 놓았다고 생각했는데 말이야. 범인에게 경고를 했는데도……」

「범인에게 경고했다고요?」

「하고말고. 나에게 시선을 끌도록 해두었지. 내가 누군가를 의심하고 있다는 사실을 일부러 노출시켰어. 나는 그에게 살인을 다시 시도하기에는 너무 위태롭다는 것을 인식하게끔 만들었지. 아니, 그러리라 생각했네. 나는 그 아가씨 주변에다 경계선을 쳤네. 그런데 그자가 그것을 뚫고 들어왔단 말이야! 대담스럽게, 바로 우리 눈앞에서 살짝 뚫고 들어왔다고! 우리 모두, 모든 사람이 경계하고 있었음에도 불구하고 그는 자기의 목적을 달성했어.」

「달성하지는 못했잖아요.」

「그건 단지 우연이었을 뿐이야! 내 생각으로는 그건 모두 똑같네. 한 인간이 목숨을 빼앗겼단 말일세, 헤이스팅스. 누구의 목숨이라고 해서 덜 중요하겠는가?」

내가 말했다.

「물론이죠. 내 말은 그런 뜻이 아닌데.」

「그러나 한편으로 생각해 보면 자네 말이 옳아. 그러니까 사태는 더 어려워진 거야, 열 배도 더. 그 살인자로서는 아직도 자기 목적을 달성하지 못한 게 되지 않겠나, 여보게? 사태가 변하여 더 복잡해졌다고. 어쩌면 한 명이 아니라 두 명이 희생될지도 모르는 일이야.」

「당신이 주위에 있는 한 그런 일은 없을 겁니다.」

나는 단호하게 말했다.

그는 멈춰서서 나의 손을 꽉 잡았다.

「고맙네. 여보게, 고맙다고! 자네는 아직 이 늙은이에게 희망을 걸고 있구먼. 아직도 믿고 있어. 자네 말을 들으니 다시 용기가 생기네. 에르퀼 포와로는 또다시 실패하지는 않을걸세. 어떤 생명도 다시 빼앗길 수는 없지. 내가 한 실수를 바로잡겠네. 잘 보게, 거기에는 실수가 있었던 게 틀림없을 거야! 내가 평소 지니고 있는 아주 잘 정돈된 생각 어딘가에 순서나 방법이 결여된 게 있을 거야. 다시 시작해 보겠네. 그래, 처음부터 시작해 보겠어. 그리고 이번에는 실패하지 않을걸세.」

「그럼 당신은 정말……. 닉 버클리의 생명이 아직도 위험하다고 보십니까?」

「여보게, 그렇지 않다면 무엇 때문에 내가 그녀를 요양소에 보냈겠는가?」

「그러면 충격 때문이 아니라…….」

「충격! 쳇! 충격에서 깨어나는 데 집이라고 요양소만 못하겠나. 차라리 자기 집이 훨씬 낫지. 거기에는 재미있는 게 하나도 없어. 초록색 리놀륨이 깔린 바닥, 간호사들의 대화, 쟁반에 담긴 식사, 끊임없는 세탁, 아닐세. 그게 아니야. 그건 안전, 오직 안전함을 위해서라네. 나는 그 의사에게 비밀을 털어놓았다네. 그래서 그가 동의한 거라고. 그가 모든 것을 준비해 주겠노라고 했다네. 아무도 심지어 그녀의 가장 친한 친구라도 버클리 양을 만날 수 없게 될걸세. 자네와 나만 허락되어 있어. 실은 서로를 위해서지! 그들에게는 '의사의 명령'이라고 해둘걸세. 아주 간편하고 반박할 수 없는 말이지.」
「그렇지요.」
「다만……..」
「다만 무엇인가, 헤이스팅스?」
「그게 영원히 사용될 수 없다는 것뿐이죠.」
「아주 정확하게 보았네. 그래도 우리에게 조금이나마 숨돌릴 시간은 줄걸세. 그리고 우리 작전이 변했다는 것을 자네도 알잖나.」
「어떤 식으로요?」
「우리의 원래 임무는 그 아가씨의 신변을 안전하게 보호해 주는 것이었네. 그러나 현재의 임무는 훨씬 더 단순한 것이지. 우리가 익히 알고 있는 임무라고. 이제는 살인자를 추적해서 잡는 일뿐이야.」
「그게 더 단순하다는 겁니까?」
「확실히 더 단순한 일이지. 그 살인자는, 내가 요전 날에도 말했듯이 죄를 저지름으로써 자신의 이름을 서명한 거야. 바깥으로 표출된 거지.」
「그럼 당신은…….」
나는 잠시 주저하다가 다시 말을 이었다.
「당신은 경찰의 생각이 옳지 않다고 보는 겁니까? 이건 어떤 미치광이의 짓이라는, 살인광증에 걸린 어떤 정신 이상자의 소행이라는 것 말입니다.」
「나는 절대 그런 사건이 아니라고 확신하고 있다네.」
「그럼 당신은 정말…….」 하고 나는 말을 멈췄다.
포와로가 내 말을 받아 아주 엄숙한 목소리로 이렇게 말했다.
「살인자는 그 아가씨 주변에 있는 사람이라고 생각하느냐고? 물론, 그렇다네.」

「그러나 어젯밤의 상황으로 보았을 때는 확실히 그럴 가능성은 배제해야 합니다. 우리는 모두 함께 있었고……」
그가 끼여들며 말했다.
「헤이스팅스, 자네는 모든 사람이 그 낭떠러지 끝에 서 있던 우리 일행에서 절대로 빠져 나가지 않았을 거라고 맹세할 수 있겠나? 자네가 끝까지 거기 있는 것을 보았다고 말할 수 있는 사람이 단 한 사람이라도 있는가?」
「아뇨.」
나는 그의 말에 당황하여 천천히 말했다.
「맹세할 수 있을 것 같진 않군요. 그때는 어두웠으니까요. 그리고 우리는 모두 조금씩 돌아다니고 있었으니까요. 가끔씩 라이스 부인, 래저러스, 당신, 크로프트, 바이스를 보기는 했습니다만 계속 본 사람은 아무도 없습니다.」
포와로가 머리를 끄덕였다.
「그렇지. 그건 아주 몇 분간의 문제라고. 두 아가씨가 집으로 갔어. 범인은 아무도 몰래 살짝 빠져 나가 잔디밭 가운데에 있는 단풍나무 뒤에 숨으면 되지. 닉 버클리가—아니 그가 생각하기로는 그런 줄 알았겠지만— 창문에서 나와 그의 바로 앞을 지나갈 때 그자는 연달아 세 발을 재빨리 쏜 거야.」
「세 발을?」
내가 끼여들었다.
「그렇다네. 그자는 요행을 바라지는 않았어. 시체에 총알이 세 개나 박혀 있더군.」
「너무 모험적이지 않습니까?」
「모든 가능성으로 보아 한 발보다는 덜 위험하지. 모제르 권총은 소리가 그다지 많이 나지 않으니까. 그리고 불꽃 터지는 소리와도 좀 비슷해서, 그런 소란한 가운데에서는 아주 잘 섞여 버린다네.」
「그 권총을 찾아냈습니까?」 하고 내가 물었다.

「아니, 바로 그 점이, 이 사건을 전혀 낯선 사람이 저지른 것이 아니라는 것을 보여 주는 증거라고 생각하네. 버클리 양의 권총을 택한 것은 무엇보다도 그녀의 죽음을 자살로 보이게 하기 위한 것이 분명해.」

「그렇죠.」

「그것만이 유일한 이유가 되지 않을까? 그런데 자, 보다시피 자살을 가정해 놓지는 않았네. 그 살인자는 우리가 그런 위장에 더 이상 속지 않으리라는 것을 알고 있는 거야. 그는 실제로 우리가 알고 있다는 것을 아는 거라고!」

나는 포와로의 연역적인 논리를 인정하고는 곰곰이 생각해 보았다.

「그럼 그 권총은 어떻게 했으리라고 생각하십니까?」

포와로는 어깨를 으쓱했다.

「그건 말하기가 좀 어렵지. 그러나 바다가 아주 편리했겠지. 힘껏 던져 버리기만 하면 권총은 가라앉아 결코 발견되지 않을 테니까. 그렇지만 물론 절대적으로 확신할 수는 없어. 그래도 나라면 그렇게 했을걸세.」

그의 사무적인 어조에 나는 약간 몸이 떨렸다.

「그럼, 당신은 그자가 사람을 잘못 죽였다는 것을 알고 있으리라 생각합니까?」

「아직은 눈치채지 못했을 것이라고 믿네.」

포와로는 엄숙하게 단정지었다.

「그렇지. 사실을 알았다면 불쾌하고 좀 놀랐을 거야. 얼굴을 내놓고 아무 표정도 드러내지 않기란, 쉬운 일이 아니니까.」

그 순간 나는 엘렌이라는 하녀의 묘한 태도가 생각났다.

나는 포와로에게 그녀의 이상한 태도에 대해서 설명해 주었다. 그는 굉장히 흥미를 느끼는 것 같았다.

「죽은 사람이 매기라니까 놀라는 표정을 드러냈다고 했나, 자네?」

「굉장히 놀라던데요.」

「이상한 일이군. 그런데 비극이 일어났다는 사실에는 확실히 놀라지 않더란 말이지? 그래, 그 문제도 좀 조사해 봐야겠는걸. 그 엘렌이라는 여자는 누구일까? 그렇게 차분하고 예의바른 영국식 태도를 가진 여자라……. 그녀가 과연……?」

그는 말을 끊었다.

「그 사고들도 다 포함할 작정이라면……?」

내가 말했다.

「그 무거운 바위를 낭떠러지 아래로 굴려 떨어뜨린다면 확실히 남자라야 할 텐데요.」

「꼭 그렇지만은 않지. 지렛대를 사용하면 충분하니까. 오, 그래! 그럴 수 있는 일이야.」

그는 계속해서 천천히 방을 왔다갔다하고 있었다.

「어젯밤 엔드 하우스에 있었던 어떤 사람도 다 혐의가 있다고 봐야 해. 그러나 그 손님들은……. 아니야, 그들 중에는 없을 것 같네. 그들은 대부분 단순히 아는 사이일 걸세. 그들과 그 집의 젊은 여주인 사이에는 친숙함이 안 보였어.」

「찰스 바이스도 거기에 있었습니다.」

「그렇지, 그의 존재를 잊어서는 안 되지. 논리상으로 보면 그는 가장 강력한 혐의자라고.」

그는 절망적인 몸짓으로 내 반대편 의자에 풀썩 주저앉았다.

「그거야……. 우리가 항상 되돌아오게 되는 점이란 말일세! 동기 말이야! 이 범죄를 이해하려면 우선 동기를 알아내야 한다고, 헤이스팅스. 그 점이 내가 항상 부딪치는 문제라네. 누가 과연 닉을 죽일 만한 동기를 가지고 있을까? 나는 아주 형편없는 가정을 해본다네.

나, 에르퀼 포와로는 아주 수치스러운 추측밖에 못하겠어. 싸구려 스릴 영화 따위에 정신을 팔아 버렸다고. 노름으로 돈을 탕진해 버렸다는 그 할아버지 말이야. '닉 할아범?' 그 영감이 정말로 노름으로 돈을 날렸을까? 아니면 그 돈을 어디에다 감추어 두진 않았을까? 혹시 엔드 하우스 어딘가에 감춰져 있는 것은 아닐까? 땅속에 묻혀 있을지도 모르지. 응? 그런 마음이 들어서(말하기도 부끄럽지만) 닉 양에게 혹시 그 집을 팔라는 제의가 있었는지 물어본 거라네.」
「혹시 압니까? 포와로.」
「괜찮은 추측인 것 같은데요. 거기에 흑막이 있을지도 모르지요.」
포와로는 신음을 했다.
「자네야 그렇게 말을 하겠지! 그게 자네의 낭만적인 점이긴 하지만 좀 평범한 마음에 호소하리라는 것은 나도 잘 알고 있네. 매장된 보물……, 그렇지. 자네가 흥미를 느낄 만한 생각이야.」
「글쎄요……. 그렇지 말라는 법이 어디 있습니까?」
「아, 물론이지. 여보게, 평범한 해석일수록 언제나 가능성이 더욱 많으니까. 다음은 그 아가씨의 아버지 말인데, 그에 관한 생각은 훨씬 더 조잡하다네. 그는 여행가였다고 했지? 만약 그가 그 유명한 '하나님의 눈'이라는 보석을 훔쳤다고 가정해 보세. 그래서 성직자들이 그를 추적하고 있다고 해보는 거야, 여보게, 나, 에르큘 포와로는 이렇게까지 전락해 버리고 말았다네. 이 아버지에 관해서는 또 다른 생각도 든다네.」
그가 계속해서 말했다.
「좀더 고상하면서도 좀더 가능성이 있는 생각일세. 혹시 그가 방랑하던 중에 두 번째 결혼을 한 것은 아닐까? 그래서 찰스 바이스보다 더 가까운 상속인이 있는 건 아닐까? 그렇지만 그 이상은 진전시킬 게 없어. 왜냐하면 실은 상속받을 만한 가치가 있는 게 하나도 없다는 똑같은 어려움에 부딪치게 되거든. 나는 어떠한 가능성도 소홀히 여기지 않는다네. 닉 양이 우연히 언급한 래저러스의 매매 제의까지도 말일세. 기억나나? 그녀 할아버지의 초상화를 사겠다고 했다는 것 말이야. 나는 한 전문가에게 와서 그 그림을 좀 검사해 달라고 토요일 날 전보를 쳤다네. 그 사람이 오늘 아침 내가 닉 양에게 편지로 얘기한 남자일세. 만일, 그게 수천 파운드의 가치가 있다면?」

「설마, 래저러스 같은 부유한 사람이……?」

「그 사람, 부자인가? 겉만 보고 모든 것을 다 알 수는 없지. 궁전 같은 전시실에다 온갖 화려한 외관을 다 갖추고 오래 전에 설립한 회사라도 뿌리는 썩어 있을지도 모른다고. 그런데 어떻게 하는 줄 아나? 불경기라고 외치면서 다닐까? 천만에 사치스러운 새 차를 살 걸. 평소보다 돈도 더 많이 쓸 테고. 오히려 더 여봐란 듯이 산다고. 다 명예 때문이지! 그러나 때때로 거대한 기업도 불과 몇 천 파운드도 안 되는 현금이 없어서 파산해 버리고 말지.」

「오! 알고 있네.」

그는 나의 항변을 미리 막으며 계속했다.

「그거야 물론 억지지만 복수심에 불타는 성직자나 매장된 보물보다야 그래도 낫지 않은가. 어쨌든, 그것도 이 사건과 어떤 관련이 있을지도 모르네. 어떤 것이든 무시해 버릴 수는 없어. 진실에 가까이 갈 수 있도록 해주는 것이라면.」

그는 자기 앞에 놓인 테이블 위의 물건들을 조심스럽게 정리했다.

그가 다시 얘기를 시작했을 때, 그의 목소리는 심각하고, 처음으로 조용하게 울려 퍼졌다.

「동기 말일세!」 하고 그가 말했다.

「다시 사건으로 돌아가서, 이 문제를 조용하게 차근차근 생각해 보도록 하세. 우선 살인을 저지를 만한 어떠어떠한 동기들이 있을까? 한 인간이 다른 한 인간의 목숨을 노리게끔 된 그 동기는 대체 무엇일까?」

그는 말을 계속 이었다.

「순간적인 살인광 따위는 제외시켜 버리지. 나는 이 문제가 절대 그런 성질이 아니라는 것을 확신하고 있거든. 자기 성질을 이기지 못해 순간적인 충동으로 저질러진 살인일 가능성도 없어. 이건 고의로 저지른 냉혹한 살인일세. 그런 살인을 저지를 만한 동기가 무엇일까? 먼저, 이익이 있어야겠지. 버클리 양의 죽음으로 이익이 되는 사람은 누구일까? 직접적이든 간접적이든 간에.

 글쎄, 먼저 찰스 바이스를 설정할 수가 있을 테지. 그는 재산을 상속받긴 하지만, 경제적인 측면으로 보았을 때 아마 상속받을 만한 가치가 없는 재산일세. 저당잡힌 돈을 지불하고 그 땅에다 조그만 별장 하나를 짓는다면야 조금이나마 이익이 생기게 될지도 모르긴 하지. 가능한 일이야. 그리고 만일 그가 그 집에 대해서 아주 깊은 애정을 품고 있다면 가치가 있을 수도 있어. 그곳은 대대로 물려 내려온 것이니까. 그건 어떤 사람들한테는 굉장히 깊이 뿌리박혀 있는 본능이거든. 사실 나는 그런 이유로 해서 죄를 저지르는 사람을 본 적도 있다네. 그러나 바이스의 경우에 그런 동기가 있는지는 모르겠네. 버클리 양의 죽음으로 조금이라도 이익이 있을 만한 다른 유일한 사람은 그녀의 친구인 라이스 부인밖에 없어. 그러나 그 액수는 보나마나 아주 적을걸세. 내가 아는 한, 그밖에 어떤 사람도 버클리 양의 죽음으로 이익을 얻을 사람은 없어. 다른 동기로는 뭐가 있을까? 증오, 또는 증오로 변한 사랑이 있을 수 있겠지. 정열로 인한 죄이지. 자, 거기에서 다시 나는 찰스 바이스와 챌린저 중령이 둘 다 그 아가씨를 사랑하고 있다는 크로프트 부인의 말을 알고 있네.」

「후자의 경우는 우리도 이미 알고 있다고 말해도 괜찮을 것 같은데요.」

나는 미소를 지으며 말했다.

「그렇지. 그는 감정을 노골적으로 드러내는 경향이 있어, 솔직한 해군이더군. 다른 쪽은 크로프트 부인의 말에 의존할 수밖에 없네. 자, 찰스 바이스가 설령 자기가 밀려났다고 해서, 그녀가 다른 남자의 아내가 되게 하기보다는 차라리 그녀를 죽일 정도로 과연 그렇게 커다란 영향을 받았을까?」

「너무 감상적인 것 같은데요.」

내가 미심쩍어하며 이렇게 말했다.

「자네는 너무 비영국적인 얘기라고 하겠지. 나도 그렇게 생각한다네. 하지만 영국인이라도 가정은 가지고 있으니까. 게다가 찰스 바이스 같은 사람은 충분히 그럴 만한 소지가 있어. 그는 억눌린 젊은이라네. 자기의 감정을 쉽게 드러내는 사람이 아닐세. 그런 사람은 종종 아주 난폭한 감정을 갖게 되지. 나는 챌린저 중령이 결코 감정적인 이유 때문에 살인을 저지를 사람은 아니라고 보고 있다네. 천만에, 그런 유형의 사람이 아닐세. 그러나 찰스 바이스라면……, 충분히 가능한 일이야. 그래도 나는 그것만으로는 전적으로 만족할 수가 없네. 죄를 저지르는 데 또 다른 동기도 있지. 질투 말일세. 나는 그것을 두 번째 동기와는 별개로 본다네. 질투심이 꼭 성적인 감정이어야 한다는 법은 없으니까. 시기심이라고 할 수도 있을 거야. 재산이나 우월함에 대한 시기심 말일세. 그러한 질투심은 자네 나라의 위대한 셰익스피어가 만들어 낸 이아고(「오델로」에 등장하는 인물)라는 인물이 저지른(전문적인 입장에서 볼 때) 이 세상에서 가장 영악하다고 할 만한 죄까지도 몰고 가는 거라고.」

「무엇이 그리도 영악했다는 거죠?」

나는 잠깐 숨을 돌리려고 이렇게 물었다.

「영악했지. 왜냐하면 그는 다른 사람들이 그것을 실행하도록 만들었기 때문이지. 요즈음 보면 자기 자신은 결코 아무것도 하지 않았기 때문에 수갑을 채울 수 없는 범인들이 있지 않은가. 하지만 이것은 우리가 논의할 문제가 아니지. 질투심이라는 것이 이 사건의 원인일까? 누구한테건 그 아가씨를 시기할 이유가 있을까? 다른 여자? 거기에는 라이스 부인밖에 없어. 그런데 우리가 아는 한은 그 두 여자 사이에는 경쟁 의식 같은 게 없다네. 그렇지만 그건 '우리가 아는 한'일 뿐이지. 거기에 뭔가 있을지도 모르네.

마지막으로 두려움을 들 수도 있어. 닉 양이 우연히 어떤 사람의 비밀을 알게 되었다면? 그렇다고 할 경우, 그녀는 다른 사람의 인생을 파멸시킬 수도 있는 어떤 사실을 알고 있는걸까? 그렇다면 나는, 그녀가 그런 걸 인식하지 못하고 있다고 확실히 말할 수 있을 것 같네. 그러나 알고 있을 수도 있어. 그럴 수도 있지. 그렇다면 문제는 아주 어려워지는데. 왜냐하면 그녀가 실마리를 손에 쥐고 있다고 해도 그것은 무의식적으로 알고 있는 거니까 우리한테 그게 뭔지 말해 줄 수가 없을 테니 말일세.」
「정말 그럴 가능성이 있다고 생각하십니까?」
「하나의 가정이지. 그밖에 다른 곳에서 합리적인 가설을 찾기가 어려우니까 생각이 그쪽으로 쏠리는 거라네. 다른 가능성들을 배제시키고 나면 남아 있는 것에 눈을 돌리게 되고, 그 나머지가 아니기 때문에 이것이어야 한다고 말하게 되는 법이지…….」
마침내 그는 침묵에서 깨어나 종이 한 장을 꺼내어 쓰기 시작했다.
「뭘 쓰고 계십니까?」
나는 호기심에서 그게 뭔가를 물어보았다.
「여보게, 나는 명단을 작성하고 있다네. 버클리 양 주위의 사람들 명단 말일세. 내 가설이 옳다면, 그 명단 가운데 범인의 이름이 틀림없이 들어 있을걸세.」
그는 한 20분 동안 계속 쓰더니……. 그 종이를 나에게 내밀었다.
「여기 있네. 자네는 어떻게 생각하는지 한번 보고 말해 주게.」
종이의 내용은 다음과 같다.
A. 엘렌
B. 정원사인 그녀의 남편
C. 그들의 아이
D. 크로프트
E. 크로프트 부인
F. 라이스 부인
G. 래저러스
H. 챌린저 중령
I. 찰스 바이스
J. ?

특징적인 사항

A. 엘렌 ; 혐의 상황—그 살인에 관해 들었을 때의 태도와 말.
여러 번에 걸쳐서 일어났던 사건들을 꾸미고 권총에 대해 알 만한 가장 좋은 기회를 가진 사람이지만, 자동차를 건드렸을 것 같지는 않음, 전반적인 범죄의 양상이 그녀의 수준 이상으로 보임.
동기—없음. 단, 어떤 알려지지 않은 일로 하여 증오심이 일어난 게 아니라면.
주의—그녀의 조상 및 닉 버클리 양과의 전반적 관계에 대해 뒷조사를 할 것.

B. 그녀의 남편 ; 위와 같음. 자동차를 건드렸을 가능성이 좀더 짙음.
주의—면담 요함.

C. 아이 ; 제외해도 무방.
주의—면담 요함. 가치 있는 정보를 얻게 될지도 모름.

D. 크로프트 ; 가장 의심스러운 인물. 침실이 있는 2층 계단을 오르고 있을 때 우리와 마주쳤다는 사실. 사실일 수도 있는 설명을 즉석에서 함. 그러나 사실이 아닐 수도 있다! 조상에 대해 알려진 것이 전혀 없음.
동기—없음.

E. 크로프트 부인 ; 혐의 상황—없음.
동기—없음.

F. 라이스 부인 ; 혐의 상황—기회가 충분함. 닉 버클리 양에게 목도리를 갖다 달라고 했음. 버클리 양은 거짓말쟁이이며, 그 일련의 '사고들'에 대한 그녀의 설명은 신빙성이 없다는 인상을 주려 함. 사고 발생 당시 태비스톡에 없었음. 어디에 있었을까?

동기―금전적인 이득? 매우 미약함. 질투심? 가능하지만, 드러낸 것은 없음. 두려움? 역시 가능하지만, 알려지지 않았음.

주의―위의 문제점에 대해 버클리 양과 대화를 나눠볼 것. 어떤 사실이 드러날지도 모른다. 프레드리커 라이스의 결혼과 관련된 사항이 나올 수도 있다.

G. 래저러스 ; 혐의 상황―대체적으로 기회가 있었음. 그림을 팔 것을 제의. 자동차의 브레이크가 극히 정상이었다고 말함.(프레드리커 라이스에 따르면) 금요일 이전에 이 근처에 있었을지도 모름.

동기―없음. 단, 그림에 대한 이익이 없다면. 두려움? 가능성 없음.

주의―세인트 루에 도착하기 전에 짐 래저러스가 어디에 있었는지 알아낼 것. 아론 래저러스와 그 아들의 재정 상태 조사.

H. 챌린저 중령 ; 혐의 상황―없음. 지난 주 내내 근처에 있었으므로, 그 '사고들'을 꾸밀 만한 기회는 충분함. 살인 발생 30분 뒤 도착.

동기―없음.

I. 바이스 ; 혐의 상황―호텔 정원에서 총이 발사되었을 당시 사무실에 부재. 기회 충분. 엔드 하우스를 파는 문제에 대한 진술이 의심스러움. 억압된 기질의 소유자. 권총에 대해 알고 있을 가능성이 있음.

동기―이득? 약간은. 사랑, 또는 증오? 그의 기질상 가능함. 두려움? 가능성 없음.

주의―누가 엔드 하우스의 저당권을 가지고 있는지 찾아낼 것. 회사에서 그의 위치 조사.

J. ? J라는 인물이 있을 법하다. 예를 들어, 외부인. 그렇다 할지라도 진술한 사람들 중 하나와 관련을 가진 자. 그렇다면 아마 A, D와 E, 또는 F와 관련된 자. J의 존재가 설명될 수 있는 점들은,

(1) 엘렌이 살인사건에도 놀라지 않는 점과 즐거운 만족감.(그러나 그것은 그녀가 속한 계급에서 당연히 갖는 죽음에 대한 쾌락적 흥분에 기인한 것인지도 모름.) (2) 크로프트와 그의 아내가 오두막에 와서 살게 된 이유. (3) 프레드리커 라이스의 비밀 누설에 대한 두려움, 또는 질투심에 대한 동기를 제공해 줄지도 모름.

내가 읽고 있는 동안 포와로는 나를 지켜보았다.
「대단히 영국적이지?」
그가 빼기며 이렇게 말했다.
「나는 말할 때보다 글을 쓸 때 좀더 영국적이라네.」
「아주 훌륭한 작품이군요.」
나는 다정하게 말했다.
「모든 가능성들을 아주 명백하게 밝혀 놓았는데요.」
「그렇지.」
그는 내게서 그것을 돌려 받으며 생각에 골몰하여 이렇게 말했다.
「그런데 이름 하나가 딱 눈에 들어온다네. 여보게, 찰스 바이스. 그 사람이 기회가 가장 좋았어. 그에겐 두 가지 동기 중 선택의 여지가 있네. 바로 그거야. 만일 이게 경마 말의 명단이었다면, 그가 단연 우승 예상 말이 되었을 거라고, 안 그런가?」
「그는 확실히 가장 혐의가 짙은 것 같습니다.」
「자네는 그 '~일 것 같다'라는 말을 너무 좋아하는 경향이 있구먼, 헤이스팅스. 그건 말할 것도 없이 추리소설을 너무 많이 읽어서 그래. 실제 생활에서라면 십중팔구는 그가 범죄를 저질렀을 가능성이 가장 클 뿐 아니라, 가장 틀림없는 사람일세.」
「그렇지만 이번만큼은 그렇지 않다고 생각하시죠?」
「그러기엔 모순되는 점이 딱 한 가지 있지. 그 범행의 대담성 말이라네! 그건 처음부터 두드러진 사실이었어. 그것 때문에 동기가 명백해질 수 없다는걸세.」
「그렇습니다. 그건 당신이 처음에 하신 얘기였죠.」
「다시 그 얘기를 되풀이할 수밖에 없네.」
 갑자기 퉁명스러운 태도로 종이를 구겨서 바닥에 던져 버렸다.
 내가 말리며 소리를 치자 그는 이렇게 말했다.
「아닐세. 이 명단은 소용이 없어. 그러나 내 마음은 정리가 되었다네. 순서와 방법 말일세! 그게 그 첫 번째 단계야. 사실들을 차근차근 정확하게 정리하기 위해서 말이야. 이제 그 다음 단계는······.」
「뭔데요?」
「다음 단계는 심리학의 단계라네. 작은 회색 뇌세포를 정확히 사용하는 거라고! 헤이스팅스, 이제 그만 가서 자게.」
「아닙니다.」 하고 내가 말했다.
「당신이 주무시지 않으면 나도 안 자겠습니다. 당신 혼자 남겨 두지 않겠어요.」
「정말 충실한 친구로군! 그렇지만, 헤이스팅스. 자네는 내가 생각하는 것까지 도와줄 수는 없지 않은가. 이제 내가 할 일은 생각하는 것밖에는 없어.」
 나는 여전히 머리를 저었다.
「혹시 나와 몇 가지 토론을 나누고 싶을지도 모르잖습니까?」
「저런, 저런, 하여간 자네의 충실함은 못 말리겠군. 그럼, 제발 편안한 의자에나 앉도록 하게.」
 나는 그 제안을 받아들였다. 이윽고 방안이 잠잠해지면서 가라앉기 시작했다. 내가 기억하는 마지막 장면은 포와로가 그 구겨진 종이를 조심스럽게 바닥에서 집어 휴지통에 집어넣는 모습이었다.
 그때 나는 잠이 든 것이 틀림없다.

제10장 닉의 비밀

내가 깨어났을 때는 새벽녘이었다.

포와로는 전날 밤에 있었던 자리에 그대로 있었다. 그의 태도는 똑같았지만 얼굴만은 달랐다. 그의 눈은 내가 익히 알고 있던 고양이 같은 그 이상한 초록빛을 발하고 있는 눈이었다.

똑바로 일어나 앉으려고 하니 몸이 아주 뻐근하고 불편했다. 의자에서 잠을 자는 일이란 그리 권장할 만한 것은 못 되었다. 그러나 적어도 한 가지만은 얻을 수 있었다. 나는 비몽사몽의 나른함이 주는 즐거운 상태는 아니라고 해도 잠에 빠져들었을 때만큼이나 활동적인 마음과 두뇌를 가지고 깨어났던 것이다.

「포와로.」

내가 소리쳤다.

「무언가 골몰해 있군요.」

그는 머리를 끄덕였다. 그는 자기 앞에 놓인 탁자를 두드리며 몸을 앞으로 기울였다.

「여보게, 헤이스팅스. 이 세 가지 질문에 대한 대답을 좀 들려주게. 닉 양은 최근에 왜 그렇게 잠을 못 이루었을까? 그녀는 검은색 야회복을 샀을까? 평소에는 검은색을 입지 않는다면서? 그녀는 왜 어젯밤 '나는 더 이상 바라며 살 것도 없어요. 이제…….'라고 했을까?」

나는 그를 빤히 쳐다보았다. 그 질문은 요점을 벗어난 것 같았다.

「그 질문에 대답해 주게, 헤이스팅스. 어서!」

「글쎄요. 제일 첫 번째 질문에 대해서는 그녀가 최근에 걱정이 많았다고 하긴 했는데…….」

「바로 그렇다네. 그녀는 대체 무슨 걱정을 했을까?」

「그리고 그 검은 드레스는……. 저, 사람들은 때때로 변화를 원하는 거 아닐까요?」
「자네는 결혼한 사람이면서도 여자들의 심리에 대해서는 거의 모르는구먼. 여자들은 자기한테 그 색이 안 어울린다고 생각하면, 그 색깔의 옷은 절대로 입지 않는다네.」
「그리고 마지막 질문은……. 그렇게 끔찍한 충격이 있은 뒤에는 당연히 할 수 있는 말 아닐까요?」
「아니지. 여보게, 당연하지가 않지. 사촌의 죽음으로 공포에 싸이거나, 그것으로 자신을 책망하는 것, 그것까지는 아주 자연스러운 일이지. 그러나 그 나머지는 아닐세. 그녀는 사는 게 싫다는 얘기를 했어. 그녀에게 더 이상 소중한 것이 없다는 얘기라는 말일세. 그전에는 그런 태도를 보인 적이 단 한 번도 없었거든. 다분히 도전적이었지. 그래, 경멸하는 태도였어. 그리고 그게 무너져 버릴까 봐 두려워하고 있었지. 사는 게 너무 재미있어서, 죽고 싶지 않았기 때문에 걱정했던 거라고.
그런데 사는 게 싫다니……. 아니지! 그건 결코 아닐세! 저녁식사 전까지만 해도 그렇지 않았어. 이봐, 헤이스팅스. 거기에는 심리적인 변화가 있었던 거야. 참, 재미있는 일이야. 무엇 때문에 그녀의 마음이 변했을까?」
「사촌의 죽음으로 인한 충격 때문이 아닐까요?」
「이상해. 그녀가 말을 함부로 하게 된 것은 분명 그 충격 때문이겠지. 그러나 변화가 이미 그 이전에 일어났다고 가정해 보게. 그것을 설명할 수 있는 다른 일이 있을까?」
「나는 감이 안 잡히는데요.」
「생각해 보게, 헤이스팅스. 자네의 회색 뇌세포를 사용하라고.」
「정말…….」
「우리가 그녀를 마지막으로 관찰한 게 언제였지?」
「글쎄요, 실제로는 저녁식사 때였던 것 같은데요.」

「그렇지. 그 뒤에 그녀가 손님들을 맞아들이며 대접하는 것을 보았을 뿐이지. 순전히 형식적인 태도로 말일세. 저녁식사가 끝날 무렵 무슨 일이 일어났지, 헤이스팅스?」

「전화받으러 갔었죠.」

나는 천천히 이렇게 말했다.

「성공했군. 드디어 거기에 다다랐어. 그녀는 전화받으러 갔었지. 그리고는 한참 동안 자리에 없었어. 적어도 20분 정도는. 전화받기에는 좀 오랜 시간이야. 누가 그녀에게 전화 왔다고 말했지? 뭐라고 말했나? 그녀는 정말 전화를 받고 있었을까? 그 20분 동안 무슨 일이 있었는지 조사해 봐야겠군. 내 생각으로는 거기에 우리가 찾고 있는 실마리가 있을걸세.」

「정말 그렇게 생각하십니까?」

「암, 그렇고말고! 그 아가씨가 뭔가 숨기는 게 있다고 내가 줄곧 말해 오지 않았나, 응? 그녀는 그것이 이 살인과 아무 상관이 없다고 생각하고 있는걸세. 그러나 나 에르퀼 포와로는 더 잘 알고 있지! 그건 어떤 식으로든 관련이 있는 게 틀림없어. 나는 계속 어떤 요인이 빠졌다고 느껴 왔다네. 뭔가 빠지지 않았다면, 그럼 모든 일이 나에게는 아주 평범한 게 되겠지!

그런데 그게 나에게 평범하지 않기 때문에 그 빠진 요인이 바로 이 불가사의한 사건의 근본이 되는걸세! 내 생각이 분명히 옳을 거야, 헤이스팅스. 나는 그 세 가지 질문에 대한 해답을 알아내야겠어. 그렇게만 되면, 그런 뒤에는 이 모든 걸 이해할 수 있을 거야.」

「그러면……..」

나는 뻣뻣한 손발을 쫙 피며 이렇게 말했다.

「나는 목욕을 하고 면도도 좀 해야겠군요.」

목욕을 하고 편한 옷으로 갈아입으니 한결 기분이 나아졌다. 불편한 상태로 보낸 밤의 뻐근함과 피곤함이 싹 가셨다. 나는 뜨거운 커피 한 잔만 마시면 완전히 정상적인 상태로 돌아오겠다고 느끼며 아침 식탁에 앉았다.

　신문을 훑어보았으나 마이클 세튼의 죽음이 이제 완전히 확실해졌다는 사실밖에는 뉴스가 별로 없었다. 그 용맹스러운 비행사가 사라져 버렸다는 것이다. 나는 내일쯤에는 새로운 머릿기사가 나타나지 않을까 생각했다. '불꽃놀이 파티중 처녀가 살해되다. 불가사의한 비극.' 이렇게 나오지 않을까?

　아침식사가 막 끝나가고 있을 때 프레드리커 라이스가 테이블로 왔다. 그녀는 약간 부드럽고 주름잡힌 흰색 깃이 달린 평범한 검은색 부인복을 입고 있었다. 그녀의 아름다움이 전보다 더욱 두드러졌다.

「포와로 씨를 만나보고 싶은데요, 헤이스팅스 대위님. 지금 일어나셨을까요?」

「내가 지금 함께 가드리죠.」

　내가 말했다.

「그는 거실에 있을 겁니다.」

「감사합니다.」

「혹시…….」 하고 나는 그녀와 함께 그 식당을 나오면서 이렇게 말했다.

「잠을 제대로 못 주무신 건 아닌지요?」

「충격이었죠.」

　그녀는 생각에 잠긴 목소리로 이렇게 말했다.

「하지만 나는 그 불쌍한 아가씨를 잘 몰라요. 닉이었다면 충격이 더 컸겠죠.」

「전에 그 아가씨를 한 번도 만난 적이 없나보군요?」

「한 번, 스카버러에서요. 그녀는 닉과 점심시사를 하러 왔었어요.」

「그녀의 부모님께는 엄청난 충격일 겁니다.」 하고 내가 말했다.

「소름끼쳐요.」

　그러나 그녀는 아주 무심한 말투였다. 그녀는 이기주의자인 것 같

제10장 닉의 비밀　119

았다. 자신과 관계가 없는 것이라면 어떤 거라도 그녀에게는 그다지 절실하지 않은 모양이었다.

포와로는 아침식사를 끝내고 앉아서 조간 신문을 읽고 있었다.

그는 일어서서 습관적인 구식 예의를 갖추어 프레드리커 라이스를 맞이했다.

「부인.」

그가 말했다.

「반갑습니다!」

그는 의자 하나를 잡아당겨 주었다.

그녀는 아주 엷은 미소로 답례하고 앉았다. 그녀는 두 손을 의자 팔걸이에 얹었다. 그녀는 앞을 똑바로 바라보며 아주 꼿꼿하게 앉아 있었다. 그녀는 얼른 말을 시작하지 않았다. 그 고요함과 초연함에는 좀 놀라운 데가 있었다.

「포와로 씨,」

그녀는 마침내 말을 꺼냈다.

「내 생각으로는 어젯밤에 일어난 그 슬픈 사건이 지금까지 일어났던 사건들과 분명한 관계가 있는 것 같은데요? 내 말은 예정되었던 희생자는 바로 닉이 아니었던가요?」

「내 생각에도, 거기에는 의심할 여지가 조금도 없습니다.」

프레드리커는 얼굴을 찌푸렸다.

「닉은 불사신이에요.」

그녀가 말했다.

그녀의 목소리는 뭔가 이해할 수 없는 이상한 느낌이 들어 있었다.

「행운은 주기적으로 순환한다고 하더군요.」

포와로가 말했다.

「아마 그렇겠죠. 운명에 대항해 봤자 다 쓸데없는 일이에요.」

이번에 말한 그녀의 어조는 권태로울 뿐이었다.

잠시 뒤, 그녀는 계속해서 말했다.

「당신에게 용서를 빌어야겠어요, 포와로 씨. 닉에게도. 어젯밤까지는 나는 믿지 않았어요. 나는 그 위험이 그렇게 심각한 줄은 꿈에도 몰랐어요.」

「그렇습니까, 부인?」

「이제서야 모든 것을 주의 깊게 조사해야 한다는 것을 알겠어요. 그리고 나는 닉과 아주 친한 친구들이라고 해서 혐의에서 제외될 수는 없으리라는 걸 알아요. 물론 우스운 얘기지만, 사실이 그렇죠. 내 말이 맞죠, 포와로 씨?」

「이해력이 매우 뛰어나시군요, 부인.」

「요전 날 당신이 나에게 태비스톡에 대한 질문을 하셨죠, 포와로 씨? 당신이 조만간 밝혀내시겠지만, 지금 사실대로 말하는 게 좋겠어요. 나는 태비스톡에는 가지 않았어요.」

「가지 않았다고요, 부인?」

「나는 지난 주 초에 래저러스 씨와 함께 이곳으로 자동차를 타고 왔어요. 하지만 필요 이상의 이러니저러니 하는 말을 듣고 싶지 않았어요. 그래서 그 동안 쉘라콤이라는 작은 곳에서 지냈죠.」

「그곳은 여기서 7마일쯤 떨어진 곳이죠, 부인?」

「그쯤 될 거예요.」

여전히 조용하고 권태로운 목소리.

「좀 무례한 말을 해도 될까요, 부인?」

「요즘 같은 세상에 어떻게 그런 끔찍한 일이 일어나죠?」

「부인 말씀대로입니다. 여하튼 그 래저러스 씨와 알고 지낸 지는 얼마나 되었습니까?」

「6개월 전에 그를 만났어요.」

「그럼, 그를 좋아하십니까, 부인?」

프레드리커는 어깨를 으쓱해 보였다.

「그는 부자라서요.」

「오! 그만, 그만.」

제10장 닉의 비밀

포와로가 외쳤다.
「그런 어쭙잖은 얘기는 그만둡시다.」
그녀는 꽤나 재미있어하는 것 같았다.
「당신이 나한테 그런 소리를 하는 것보다 차라리 내가 해버리는 게 더 낫지 않겠어요?」
「글쎄요, 물론 그렇죠. 다시 되풀이합니다만. 부인, 정말 머리 회전이 빠르시군요.」
「얼마 안 있으면 나에게 상장을 주시겠군요.」
프레드리커는 이렇게 말하며 일어났다.
「더 이상 말하고 싶은 것은 없습니까, 부인?」
「그런 것 같아요……. 없어요. 꽃을 좀 가지고 가서 닉이 어떤지 봐야겠어요.」
「아, 정말 상냥하십니다. 솔직히 말해줘서 고맙습니다, 부인.」
그녀는 그에게 날카로운 시선을 던지며 뭔가 말하려다가 다시 생각해 보더니, 문을 열어 주는 나에게 약간 미소를 지으며 그냥 방을 나갔다.
「영리한 여자야.」
포와로가 이렇게 말했다.
「그렇지만 에르큘 포와로도 마찬가지라고!」
「무슨 말씀이십니까?」
「나에게 래저러스의 부유함을 입에 올리지 않게 한 것은 아주 다행한 일이야.」
「나는 그 말이 좀 역겹더군요.」
「이봐, 자네는 항상 잘못된 곳에서 반응을 나타낸단 말야. 지금으로서는 그런 게 고상하다 그렇지 않다를 따질 문제가 아닐세. 라이스 부인이, 만일 부유하고 그녀가 필요로 하는 모든 것을 제공할 수 있는 헌신적인 친구를 가지고 있다면 조그만 이득 때문에 그녀의 가장 친한 친구를 살해할 필요는 없지 않겠는가!」

「오!」
내가 말했다.
「그렇다니까! '오!'라고 해야지.」
「그녀가 요양소에 가겠다고 하는 건 왜 안 말렸습니까?」
「왜 내가 그래야 되는가? 닉 양에게 그녀의 친구도 만나지 못하게 하는 사람이 에르큘 포와로인가? 무슨 소리! 그건 의사들이나 간호사들이란 말이야. 그 성가신 간호사들이라고! 규칙이니 규정이니 '의사의 지시'만 줄창 외쳐 대면서.」
「그 사람들이 혹시 그녀를 들여보내면 어쩌려고요? 닉이 고집을 피울지는 모르잖습니까?」
「자네와 나밖에는 아무도 들여보내지 않을걸세, 헤이스팅스. 그 문제 때문에 빨리 그리로 가보는 게 좋겠어.」
거실 문이 휙 열리더니 조지 챌린저가 불쑥 들어왔다.
그의 그을린 얼굴은 화가 나서 열이 올라 있었다.
「이것 보십시오, 포와로 씨.」
그가 말했다.
「대체 이게 무슨 일입니까? 나는 닉이 있는 그 요양소인가 뭔가 하는 데다 전화를 걸었습니다. 그녀가 어떤지, 언제쯤 가면 그녀를 만날 수 있는지 물어보았죠. 그런데 그 사람들 말이 의사가 어떤 방문객도 들여보내지 말라고 했다는 거예요. 나는 그게 무슨 뜻인지 알고 싶습니다. 탁 털어놓고 말해서, 당신이 지시한 겁니까? 아니면 닉이 충격을 받아서 정말 아픈 겁니까?」

「분명히 말해 두지만, 나는 요양소의 규칙 따위를 규정하는 사람이 아니라오. 감히 그러지도 못하지요. 그 의사한테 전화를 해보지 그래요. 그 의사 이름이 뭐더라? 아! 그렇지, 그레이엄.」
「벌써 해봤습니다. 그 사람 말이, 그녀는 기대한 대로 잘 지내고 있다는 둥 상투적인 말뿐이더군요. 그러나 나는 그 속임수를 다 알고 있다고요. 우리 삼촌이 의사입니다. 런던 할리 가(街)에 있죠. 신경과 전문의입니다. 정신 분석과 그밖의 이것저것을 하지요. 그분은 친척들과 친구들을 살살 달래서 떼어놓더군요. 나도 이미 다 들었습니다. 닉이 사람들을 만날 수 없을 정도라고 믿지 않습니다. 당신이 이 일을 꾸민 것 같은데요, 포와로 씨?」

포와로는 그에게 아주 친절한 태도로 미소를 지어 보였다.

포와로는 실제로 연인한테 항상 친절하게 대해 준다는 것을 나는 알고 있었다.

「자, 내 말 좀 들어 봐요, 중령.」

그가 말했다.

「한 사람을 들여보내게 되면 다른 사람들까지 물리칠 수가 없잖겠습니까? 모두 되거나 아니면 아무도 안 되는 거죠. 우리는 그 아가씨의 안전을 원합니다. 당신이나 나나 모두요, 안 그런가요? 그렇지. 그렇다면 이해하겠지만, 아무도 안 되는 겁니다.」

「알겠습니다.」

챌린저는 천천히 말했다.

「하지만 그렇다면……」

「쯧쯧! 더 이상 얘기하지 말기로 합시다. 지금 말한 것까지도 다 잊어버리시오. 조심, 극도의 조심만이 지금 필요한 전부입니다.」

「그럼, 잠자코 있겠습니다.」

해군은 차분하게 말했다.

그는 문 쪽으로 돌아서서 나가다 멈춰서는 이렇게 말했다.

「꽃은 출입금지가 아니겠죠? 하얀색만 아니라면.」

포와로가 빙그레 웃었다.

「자, 그럼.」

그 성급한 챌린저가 나가고 문이 닫히자 그는 이렇게 말했다.

「챌린저와 라이스 부인, 아마도 래저러스까지 모두 꽃가게에서 만나고 있을 동안, 자네와 나는 목적지로 살그머니 가도록 하세.」

「그 세 가지 질문에 대한 해답을 구하러요?」

내가 말했다.
「그렇다네. 물어보아야겠어. 실은, 나는 그 해답을 알고 있지만 말일세.」
「뭐라고요?」
나는 소리를 질렀다.
「그렇다니까.」
「아니, 언제 알아냈습니까?」
「아침식사를 하고 있던 중이었다네, 헤이스팅스. 그것이 내 얼굴을 빤히 쳐다보고 있더군.」
「내게도 들려주십시오.」
「아닐세, 자네는 그 아가씨에게 직접 듣게나.」
그러더니 내 마음을 딴 데로 돌리기 위해서였는지 그는 개봉된 편지 한 통을 나에게 내밀었다
그것은 고(故) 니콜라스 버클리의 초상화를 조사하라고 포와로가 보냈던 그 전문가가 작성한 보고서였다. 거기에는 그 그림이 고작해야 20파운드의 가치밖에 안 된다고 분명히 밝히고 있었다.
「그래서 한 가지 문제가 밝혀졌네.」
포와로가 말했다.
「쥐구멍에 쥐가 한 마리도 없군요.」
나는 지난번 포와로가 사용했던 비유가 생각나서 이렇게 말했다.
「아! 그걸 기억하고 있나? 그래, 자네 말대로 쥐구멍에 쥐가 한 마리도 없군. 20파운드인데 래저러스는 50을 내겠다고 했어. 빈틈없어 보이는 젊은이가 그런 오판을 하다니. 자, 자, 이제 우리의 용무를 시작해야겠군.」
그 요양소는 만(灣)을 굽어보고 있는 언덕 위에 높이 자리잡고 있었다. 하얀색 옷을 입은 병원의 심부름꾼 한 사람이 우리를 맞이했다. 우리는 1층에 있는 작은 방으로 안내되었는데, 이윽고 재빠르게 보이는 간호사가 우리에게로 왔다.

그녀는 포와로를 한번 흘끔 보는 것만으로도 충분했던 것 같다. 그녀는 그레이엄 박사에게 지시 사항과 함께 이 작달막한 탐정에 관해서도 자세한 설명을 들은 게 분명했다. 그녀는 웃음이 나오려는 것까지도 참을 정도였다.

「버클리 양은 아주 편안하게 밤을 보냈어요.」

그녀가 말했다.

「올라가 보시겠어요?」

햇빛이 들어오는 한 쾌적한 방에서 우리는 닉을 발견했다.

폭이 좁은 철제 침대에 있는 그녀는 피곤에 지친 아이 같아 보였다. 얼굴은 창백했고, 눈은 붉은 기가 돌았으며 멍하고 지쳐 보였다.

「와주셔서 감사합니다.」

그녀는 단조로운 목소리로 이렇게 말했다.

포와로는 두 손으로 그녀의 손을 잡았다.

「용기를 내세요, 마드모아젤. 희망은 늘 있는 법이니까.」

그 말에 그녀는 깜짝 놀라 얼굴을 들었다.

「오!」

그녀가 말했다.

「오!」

「이제 나에게 말해 주지 않겠소, 마드모아젤, 최근에 당신이 걱정한 게 무엇인지요? 아니면 내가 알아 맞춰 볼까요? 그리고 괜찮다면, 마드모아젤, 깊은 애도의 뜻을 표하오.」

그녀의 얼굴이 붉어졌다.

「알고 계셨군요. 오! 그런데 이제는 누가 알고 있든지 상관없어요. 이젠 모든 것이 끝난걸요. 이제 나는 그를 다시는 보지 못해요.」

그녀의 목소리는 잠겨 있었다.

「용기를 내도록 해요, 마드모아젤.」

「나에겐 아무런 용기도 남아 있지 않아요. 그런 건 지난 몇 주 동안 모조리 다 써버렸어요. 바라고, 또 바라고 그러다가 지금에 와서는 요행이라도 생겼으면 했는데.」
 나는 쳐다보고만 있었다. 한 마디도 이해할 수가 없었다.
「가엾은 헤이스팅스 좀 보구려.」
 포와로가 말했다.
「이 친구는 우리가 무슨 얘기를 하고 있는지 모르고 있어요.」
「마이클 세튼, 그 비행사 말이에요.」
 그녀가 말했다.
「나는 그와 약혼을 했어요. 그런데 그가 죽고 말았어요.」

제11장 동 기

나는 어안이벙벙했다.
나는 포와로에게 시선을 돌렸다.
「그게 당신이 말씀하시던 겁니까?」
포와로는 말했다.
「그렇다네. 오늘 아침, 나는 깨달았네.」
「어떻게 알았습니까? 어떻게 알아 맞혔나요? 아침식사 중에 그게 당신 얼굴을 빤히 쳐다보고 있었다고 했는데.」
「그렇다네. 신문 첫 장에서 말일세. 나는 어젯밤 식사중 대화를 기억해냈지. 그리고는 모든 것을 알게 되었다네.」
그는 다시 닉 쪽을 바라보았다.
「어젯밤에 그 소식을 들었소?」
「예, 전화로요. 나는 전화가 왔다고 핑계를 댔었죠. 그 소식을 혼자서 듣고 싶었어요. 만일의 경우를 위해서……」
그녀는 애써 감정을 억눌렀다.
「그런데 정말로 그 소식을 듣게 되었던 거예요…….」
「알고 있소. 다 알아요.」
그는 두 손으로 그녀의 손을 잡았다.
「그건, 너무 무서웠어요. 게다가 사람들이 모두 도착하고 있었고요. 어떻게 해냈는지도 모르겠어요. 모두 꿈처럼 느껴졌어요. 겉으로 보기에는 평소와 똑같이 행동했지요. 하지만 기분은 이상했어요.」
「그럼요, 그렇고말고요, 이해합니다.」
「그러나 프레디의 목도리를 가지러 갔을 때, 나는 잠시 정신없이 울었어요. 금방 정신을 차리긴 했지만요. 그런데도 매기는 코트에 대해서만 계속 소리치고 있더군요. 그러다가 마침내 그녀는 내 숄을 가지고 나가고, 나는 파우더와 루즈를 조금 바르고는 그녀를 따라나갔어요. 그랬더니 그녀가, 죽어 있는 거예요…….」

「예, 그래요. 정말로 끔찍한 충격이었겠죠.」

「당신은 이해 못하세요. 나는 은근히 화가 나더군요! 차라리 나였다면! 나는 죽고 싶었어요. 그런데 나는…… 이렇게 살아 있고. 아마 몇 년은 더 살겠죠! 하지만 마이클은 멀리 태평양에서 익사해 버렸으니.」

「가엾은 아가씨.」

「나는 살고 싶지 않아요. 살고 싶지 않다고요!」

그녀는 반항적으로 이렇게 외쳤다.

「알아요, 알고 있어요. 마드모아젤, 누구에게든지 사는 것보다 차라리 죽음이 더 나을 때가 있어요. 그러나 그런 순간은 지나가지요. 슬픔도 지나가고 고통도 지나갑니다. 지금은 그걸 믿을 수 없을 거란 것을 알아요. 나 같은 늙은이가 말해 봐도 소용이 없을 거요. 헛된 말이니까. 아마 그렇게 생각하겠지요. 헛된 말이라고.」

「당신은 내가 다 잊어버리고 누군가 다른 사람과 결혼할 거라고 생각하시겠죠. 하지만 절대로 안 그래요!」

두 주먹을 꽉 쥐고 뺨이 달아올라 침대에 앉아 있는 그녀의 모습은 어딘지 사랑스럽게 보이기까지 했다.

포와로는 부드럽게 말했다.

「아니, 아니오. 그런 생각은 전혀 안 합니다. 당신은 아주 운이 좋은 편이오, 마드모아젤. 용감한 사람으로부터 사랑을 받았으니까, 영웅한테서 말이오. 그 사람은 어떻게 만나게 되었습니까?」

「르 토케에서요. 지난 9월에. 거의 1년 전이죠.」

「그리고 약혼은 언제 했습니까?」

「크리스마스 직후에요. 그렇지만 비밀로 해야 했어요.」

「그건 왜죠?」

「마이클의 백부이신 고(故) 매튜 세튼 경 때문이에요. 그는 새를 사랑하면서도 여자는 증오했어요.」

「허, 그건 온당치 못한 처사로군!」

「글쎄요. 나는 그런 걸 말하려는 게 아니에요. 그는 정말 괴팍한 분이었죠. 여자들이 남자의 인생을 망친다고 생각했어요. 그런데 마이클은 전적으로 그분에게 신세를 지고 있었거든요. 그분은 마이클을 끔찍이도 자랑스러워했고, 앨버트로스 호를 조립하는 거며, 세계 일주 비행에 드는 비용을 대주시고 계셨죠. 세계 일주는 마이클뿐만 아니라 그분에게도 일생일대 최대의 꿈이었으니까요. 마이클이 만일 이번 모험을 끝까지 해냈다면…….

글쎄요. 그러면 그는 백부에게 무엇이든지 요구할 수 있었을 거예요. 그리고 매튜 경이 여전히 난폭하게 굴었다 하더라도 문제는 안 되었을 거예요. 마이클은 말하자면 세계적인 영웅이 되었을 테니까요. 그의 백부도 결국에는 동의하셨을 거예요.」

「아, 물론 그렇지요.」

「마이클은 약혼 사실이 먼저 누설된다면 치명적일 거라고 했어요. 그래서 우리는 무슨 일이 있어도 비밀을 지켜야 했죠. 나는 그대로 했어요. 아무에게도 말하지 않았죠. 심지어 프레디조차…….」

닉은 그를 가만히 쳐다보았다.

「그런데 그게 무슨 상관이죠? 그건 나에 대한 이 불가사의한 공격과 아무 상관도 없잖아요? 있을 수가 없지요. 나는 마이클에게 약속을 했고, 약속을 지켰으니까요. 그러나 끔찍했어요. 계속 걱정만 하고, 궁금해하고, 불안한 상태에 있기란 정말이지……. 사람들은 너무 신경과민이라고 하더군요. 그러나 설명할 수가 있어야죠.」

「예, 모두 이해하오.」

「그는 전에도 한 번 실종된 적이 있었잖아요. 인도로 가기 위해 사막을 횡단하다가. 그때도 너무 끔찍했지만, 결국엔 잘되었죠. 비행기가 파손되긴 했으나, 고쳐서 그는 계속 비행을 했거든요. 그래서 나는 이번에도 똑같겠거니 하고 있었어요. 모두들 그가 틀림없이 죽었을 거라고 말했지만, 나만은 그가 정말 괜찮을 거라고 생각하고 있었던 거예요. 그랬는데 어젯밤에…….」

그녀의 목소리는 점점 더 작아졌다.

「그럼 그때까지는 희망을 가지고 있었군요?」

「모르겠어요. 오히려 믿고 싶지 않았던 것 같아요. 아무한테도 절대로 말할 수 없다는 것이 너무 고통스러웠어요.」

「예, 그렇고말고요. 예를 들어, 라이스 부인에게도 말하려 했던 적이 없었습니까?」

「사실은 가끔 정말 말해 버리고 싶은 때가 있긴 했어요.」

「그녀가…… 눈치챘으리라고는 생각하지 않소?」

「그런 것 같진 않아요.」

닉은 그 이야기를 곰곰이 생각해 보았다.

「그녀는 어떤 말도 한 적이 없었거든요. 물론, 가끔씩 넌지시 암시하는 때는 있었어요. 우리가 굉장히 친한 친구 사이라는 등에 관해서 말예요.」

「마이클 세튼의 백부가 사망했을 때도 전혀 그녀에게 말할 생각이 없었습니까? 그가 1주일 전쯤 죽었다는 걸 알고 있었소?」

「알고 있어요. 그분이 수술을 받았다죠. 그때 '누구한테라도 말해버릴까!'하고도 생각해 봤어요. 그렇게 했으면 좀 시끌시끌했을 거예요. 바로 그런 순간에 그런 걸 밝힌다면 말이에요……. 신문이란 신문이 죄다 마이클에 관한 기사로 가득 차 있을 때잖아요. 약혼 얘기를 하면 기자들이 몰려 올 테고……. 하지만 그런 행동은 꽤나 저질 아니에요? 그리고 마이클도 그런 걸 무척 싫어했을 거고요.」

「농감입니다, 마느모아셀. 그것을 공공연히 빌표할 수는 없었을 게요. 나는 단지 친구한테는 사적으로라도 그 얘기를 할 수 있지 않았겠느냐는 겁니다.」

「한 사람한테 넌지시 암시를 준 적은 있어요.」

닉은 말했다.

「나는…… 그게 당연하다고 생각했거든요. 그러나 그가, 그 사람이 얼마나 이해했는지는 모르겠어요.」

포와로는 머리를 끄덕였다.

「당신의 외사촌, 바이스 씨와는 친한 사이입니까?」

그는 갑자기 화제를 바꾸어 이렇게 물었다.

「찰스요? 무엇 때문에 그 사람 생각이 났죠?」

「나는 다만 궁금해서……. 그것뿐이오.」

「찰스는 선의를 품고 있어요. 물론 그는 정말 답답하긴 하죠. 생전 자기 자리를 벗어나지를 못해요. 그는 나를 욕할 거예요..」

「오! 마드모아젤, 마드모아젤. 그런데 내가 듣기로는 그 사람은 당신에게 온갖 헌신을 다 바쳤다던데!」

「어떤 사람을 욕한다고 해서 그 사람을 사랑하지 못하란 법은 없죠. 찰스는 내 생활 방식을 못마땅하게 여기며 나의 사교 모임이나 성격, 친구들, 그리고 말하는 것까지도 부정해요. 그러나 그러면서도 나에게 어찌할 수 없는 매력을 느끼고 있나 봐요. 그는 항상 나를 바꿔 놓고 싶어하는 것 같아요.」

그녀는 말을 끊었다가 눈을 살짝 반짝이며 이렇게 말했다.

「쓸데없이 그 얘기는 또 누가 하던가요?」

「내가 그랬다고 하지 말아요, 마드모아젤. 실은 그 오스트레일리아에서 온 크로프트 부인과 잠깐 대화를 했었소.」

「꽤나 사랑스러운 부인이죠. 그녀와 함께 있어 보면 알게 되죠. 너무너무 감상적이에요. 사랑이니 가정이니 아이들이니 하는 것들 있잖아요.」

「나도 구식에다 감상적이라오, 마드모아젤.」

「그러세요? 나는 두 분 중에선 헤이스팅스 대위님만 감상적인 줄 알았는데.」

나는 얼굴을 붉혔다.

「저 사람 화났구려.」

포와로는 내가 당황해 하는 모습을 굉장히 재미있는 듯이 바라보며 이렇게 말했다.

「그러나 당신이 옳아요, 마드모아젤. 예, 당신 말이 맞습니다.」

「천만에요.」

나는 화가 나서 이렇게 말했다.

「헤이스팅스의 심성은 유난히 아름답습니다. 그래서 때때로 나에게 굉장히 방해가 될 때도 있지요.」

「그런 소리 마십시오, 포와로.」

「이 친구는 어디에서든지 불의를 보면 참지를 못해요. 그런 걸 보기만 하면 의분이 너무 커서 그냥 지나치질 않는다오. 아주 드물게 보는 아름다운 심성이지요. 아니야. 여보게, 자네가 내 말을 반박할 수는 없네. 내 말대로라니까.」

「두 분 다 나에게 너무 친절하게 해주셨어요.」

닉이 상냥하게 말했다.

「아니, 아니오, 마드모아젤. 그건 아무것도 아닙니다. 우리에게는 할 일이 훨씬 더 많이 있어요. 우선, 당신은 여기 있어야 합니다. 명령에 복종해야 하오. 내가 말하는 대로 해야 됩니다. 지금 나는 방해받으면 안 돼요.」

닉은 지친 듯이 한숨을 쉬었다.

「하라는 대로 하겠어요. 나는 어떻게 되든 상관없어요.」

「당분간은 친구도 만나서는 안 됩니다.」

「괜찮아요. 아무도 만나고 싶지 않으니까요.」

「당신은 가만히 있고 우리는 움직이는 거요. 자, 마드모아젤, 이제 그만 가봐야겠소. 더 이상 당신의 슬픔을 건드리지 않겠습니다.」

그는 문 쪽으로 가서 손을 손잡이에 얹은 채 어깨너머로 이렇게 말했다.

「참, 언젠가 유언장을 만들었다고 했죠? 그 유언장은 어디에 있습니까?」
「오! 어딘가 돌아다니고 있을 텐데.」
「엔드 하우스예요?」
「예.」
「안전합니까? 책상에 넣고 잠가 두었소?」
「글쎄요. 잘 모르겠는데요. 어딘가에 있긴 있을 텐데.」
그녀는 이마를 찌푸렸다.
「나는 너무 너저분해서요. 서류 같은 것은 대개 서재에 있는 필기용 테이블에 있을 거예요. 계산서들이 대개 거기 있으니까, 유언장도 아마 함께 있을 거예요. 아니면 내 침실에 있는지도 모르겠군요.」
「내가 좀 찾아봐도 괜찮겠습니까?」
「그렇게 하세요. 무엇이든 보고 싶은 게 있으면 보세요.」
「감사하오, 마드모아젤. 허락해 주니 고맙구려.」

제12장 엘 렌

포와로는 아무 말 없이 그 요양소에서 나왔다.
그러자 그는 내 팔을 잡았다.
「봤지, 헤이스팅스? 봤지? 아! 기가 막히는군! 내가 옳았어! 내 생각이 옳았다고! 항상 뭔가 빠진 것 같았지. 수수께끼의 어떤 조각이 없었단 말이야. 그리고 그 빠진 조각이 없이는 모든 것이 무의미했다고.」
거의 환호성을 지르기라도 할 것 같은 그의 승리감이 나에게는 통 이해가 안 되었다. 뭐 그리 획기적인 일이 일어났다고 볼 수는 없잖은가 말이다.
「그건 줄곧 거기에 있었던 거야. 다만 내가 보지 못했을 뿐이지. 하지만 내가 어떻게 볼 수 있었겠나? 뭔가 있다는 것은 알았지. 그래, 하지만 그게 무엇인지는 몰랐어. 아! 정말 어려운 일이었어.」
「그럼 그 사실이 이 사건과 직접적인 관련이 있다는 겁니까?」
「그렇고말고, 자네는 모르겠나?」
「전혀 모르겠는데요.」
「그럴 수가 있나? 뻔하잖은가, 우리가 계속 찾고 있었던 것을 말해 주고 있네. 동기 말일세. 감춰져서 눈에 띄지 않던 동기 말이야!」
「내가 너무 우둔한지 모르겠습니다만, 잘 이해가 안 갑니다. 그럼 질투심 같은 거란 말입니까?」
「질투심? 아니, 아니지, 여보게. 흔히 있는 동기야. 언제나 보는 동기라고, 돈이라네. 여보게, 돈일세!」
나는 그를 빤히 쳐다보았다. 그는 목소리를 낮춰 계속해서 말했다.
「들어 보게나. 바로 1주일 전에 매튜 세튼 경이 죽었네. 그 매튜 세튼 경은 백만장자라고. 영국에서 이름난 부자들 중 한 사람이지.」
「예, 그렇지만……..」
「잠깐, 한 번에 한 발자국씩. 그는 하나 있는 조카를 영웅으로 만들려 했을 만큼, 그에게 막대한 재산을 남겼으리라는 것은 쉽게 추측해 볼 수 있는 일이잖겠는가?」
「그러나…….」
「물론이지. 상속세도 있을 테고, 관례상 기증도 하겠지. 하지만 대부분은 다 마이클 세튼에게 돌아갔을걸세. 지난 주 화요일, 마이클 세튼이 실종되었다는 기사가 났지. 그리고 수요일에 마드모아젤의 목숨을 노리는 공격이 시작되었네. 헤이스팅스, 만일 마이클 세튼이 비행을 시작하기 전에 유언장을 만들어 그가 가진 모든 것을 다 그의 약혼녀에게 남기겠다고 했다면 어떨까?」
「그건 순전히 가정일 뿐이지요.」
「가정이지, 물론. 그러나 그렇게 된 것이 틀림없어. 왜냐하면 그렇지 않다면 어떤 일이 발생했더라도 전혀 무의미하기 때문이지. 그건 하찮은 액수가 아닐세. 정말 막대한 재산이라고.」
나는 그 문제를 생각해 보느라고 잠시 가만히 있었다. 내가 보기에 포와로는 너무 무모하게 결론으로 비약하고 있는 것 같았으나, 사실은 나도 그의 말이 옳다고 믿고 있었다. 나에게 영향을 준 것은 옳은 것을 구별해 내는 그의 비상한 재주였다. 그러나 거기에는 증명되어야 할 점이 아직 많이 있는 것 같았다.
「그러나 아무도 그 약혼 사실에 대해 모른다면……?」
내가 이렇게 물었다.
「흐음! 누군가는 알고 있겠지. 그 점에 관해서라면, 항상 누군가는 알고 있는 법이라네. 모른다면 추측이라도 하고 있을걸세. 라이스 부인이 낌새를 눈치챘다지 않던가. 닉 양이 충분히 인정한 사실이라고. 그녀가 의심하고 있던 사실을 확신하게 해준 어떤 일이 있었을지도 모르지.」

「어떤?」
「글쎄, 한 가지 예로 마이클 세튼이 닉 양에게 보낸 편지들이 틀림없이 있었을 거야. 그들은 얼마간 약혼 상태로 있었으니까. 그리고 그녀의 가장 친한 친구였으니 그녀가 부주의하다는 것을 누구보다 잘 알았겠지. 그녀는 무엇이든 여기저기 아무 데나 두고 다니니까. 그녀가 무엇이건 한 번이라도 자물쇠를 채운 적이 있었는지 의심스럽군. 오! 그렇지, 그걸 확실하게 해줄 방법이 있을걸세.」

「그럼, 프레드리커 라이스는 자기 친구가 만든 그 유언장에 대해 알고 있을까요?」

「두말할 것도 없지. 그래! 됐어, 이제 범위가 좁혀졌군. 내 명단 기억나나? A부터 J까지 번호를 매긴 사람들의 명단 말일세. 이제 딱 두 사람으로 좁혀졌어. 하인들은 제외시키겠네. 챌린저 중령도 제외시키겠어. 비록 플리머드에서 여기까지 오는 데 한 시간 반이나 걸렸지만 말이야. 단 30마일밖에 안 되는 거리를. 20파운드의 가치밖에 안 되는 그림에 50파운드를 제의한 래저러스도 제외야. 그 오스트레일리아인들도 제외고. 그 양반들은 너무 다정다감하고 상냥한 사람들이거든. 그럼 그 명단에 두 사람이 남게 되지.」

「하나는 프레드리커 라이스로군요.」

내가 천천히 말했다.

금발에, 얼굴이 하얗고 약해 보이는 그녀의 얼굴을 떠올려 보았다.

「그래, 그녀가 확실히 부각되고 있어. 버클리 양의 유언장이 아무리 적당히 만든 것이라 해도 그녀가 잔여 재산 수유자라는 것은 명백히 드러나 있을걸세. 엔드 하우스는 별도라도 모든 것이 그녀에게 가게 되어 있을 거야. 어젯밤 매기 양 대신에 닉 양이 총에 맞았다면 라이스 부인은 오늘 아주 부유한 여자가 되어 있었을걸세.」

「믿어지지가 않습니다!」

「자네는 아름다운 여자는 살인자가 될 수 없다고 믿는 건가? 그 문제에 있어서는 배심원들도 가끔 어려움을 겪지. 물론 자네가 옳을

지도 모르네. 혐의자가 한 사람 더 남아 있으니까.」
「누굽니까?」
「찰스 바이스.」
「그러나 그는 그 집밖에는 상속을 못 받는대요.」
「그렇지. 하지만 그는 그 사실을 모르고 있을지도 모르네. 버클리 양의 유언장을 그 사람이 만들었을까? 나는 아니라고 생각하네. 그가 만들었다면, 그 유언장이 집안에 뒹굴고 돌아다니지도 않을 뿐더러 버클리 양이 어떻게 썼든지 간에 그가 잘 보관하고 있었을걸세. 그러니 헤이스팅스, 그가 그 유언장에 대해서는 아무것도 모를 가능성이 훨씬 많다네. 그는 어쩌면 그녀가 생전 유언장 같은 것은 만들지도 않았을 테니, 그럴 경우 자기가 가장 가까운 친척으로서 상속받게 될 거라고 믿고 있을지도 모르네.」
「그렇죠.」 하고 내가 말했다.
「그게 훨씬 더 가능성이 있는 것 같습니다.」
「그건 자네의 로맨틱한 마음일세, 헤이스팅스. 사악한 변호사 같으니라고! 소설 속엔 그와 유사한 인물이 자주 나오지. 변호사라는 것 말고도 그가 냉정한 얼굴을 가지고 있다면 문제는 거의 확실해지지만. 사실, 어떤 면으로는 그가 라이스 부인보다 더 중요한 인물일세. 권총에 대해서 알고 있는 점이나, 그것을 사용하리라는 점에 있어서 아무래도 그 사람이 더 유력하단 말이야.」
「그리고 바위를 굴려 떨어뜨리는 사건에서도.」
「그렇겠지. 그러나 지난번에도 말했듯이 그건 지렛대를 사용하면 충분히 가능한 일이라니까. 그보다도 바위를 떨어뜨린 시각을 잘 못 맞춰서 결국 버클리 양을 놓쳤다는 사실로 보아, 여자가 했을 가능성이 많다고 보아야겠지. 자동차의 내부 기계를 건드리려는 생각은 좀 남성적인 데가 있어. 그러나 요즘은 여자들도 남자들만큼이나 기계를 잘 알고 있으니까. 그렇게 생각하다 보면 바이스를 지목하는 데에도 한두 가지 결함이 있다네.」

「어떤……?」
「그 약혼 사실을 아는가 하는 점에 있어서는 라이스 부인이 그 사람보다 더 유력해. 그리고 다른 점도 하나 있지. 그의 행동에는 좀 덤비는 데가 있었다는 말일세.」
「무슨 뜻입니까?」
「자, 어젯밤까지는 세튼이 죽었다는 사실이 전혀 확실치가 않았네. 충분한 확신도 없이 무모하게 행동한다는 것은 온전한 정신을 가진 사람이라고 볼 수 없잖은가?」
「그렇겠군요.」
내가 말했다.
「여자라면 쉽게 결론으로 비약했겠지만.」
「그렇지. 다분히 여성적이라네. 그런 식이라고.」
「닉이 요행히 그 사건들을 죄다 모면할 수 있었던 것은 정말 놀라운 일입니다. 거의 믿어지지 않을 정도예요.」
그때 나는 프레드리커가 '닉은 불사신이에요.' 하고 말했을 때 그 어조가 갑자기 생각났다. 나는 약간 몸서리를 쳤다.
「그래…….」
포와로는 생각에 잠겨서 이렇게 말했다.
「그러나 그게 내 덕은 아니잖은가? 참으로 수치스런 일일세.」
「다, 신의 섭리이십니다.」
나는 조그만 목소리로 이렇게 중얼거렸다.
「아! 여보게, 나는 사람이 잘못한 행동을 선량하신 하나님의 어깨에 짐 지우지는 않겠네. 자네는 주일날 아침에나 하는 감사의 목소리로 그렇게 쉽게 말해 버리는군. 자네가 말하고 있는 뜻이 선량하신 하나님이 매기 버클리 양을 죽였다는 것을 의미한다는 사실을 생각해 보지도 않고서 말이야.」
「아니, 포와로!」
「정말일세, 여보게! 그러나 나는 뒤로 물러앉아서 '하나님께서 모든 것을 정해 놓았으니, 나는 끼여들지 않겠다.' 하고 말하지는 않겠네. 왜냐하면 나는 하나님이 이, 에르퀼 포와로를 특히 남의 일에 끼여들라는 목적으로 창조하셨다고 믿기 때문일세. 그게 바로 나의 직업이야.」

우리는 벼랑으로 이어지는 구불구불한 오솔길을 천천히 오르고 있었다. 우리가 엔드 하우스의 정원으로 들어가는 조그만 문을 통과했을 때였다.

포와로가 말했다.

「후! 경사가 꽤나 가파른데. 더워서 콧수염이 축 늘어졌군, 그래. 방금 말했듯이 나는 약자의 편이라네. 닉 양이 공격을 받았기 때문에 그녀의 편이 되는 것이고, 매기 양이 살해되었기 때문에 그녀의 편에 서는 거야.」

「그러면 프레드리커 라이스와 찰스 바이스에게는 적대적인 입장이겠군요.」

「아니, 아닐세, 헤이스팅스. 나는 허심탄회한 심정이라네. 다만, 지금으로서는 그 둘 중 하나가 지목된다는 말이지. 쯧쯧!」

우리가 집 옆에 길쭉한 잔디밭으로 나오자 한 남자가 잔디 깎는 기계를 몰고 있었다. 그는 길고 아둔한 얼굴에 게슴츠레한 눈을 지니고 있었다. 그 옆에 열 살가량 되어 보이는 조그만 소년 하나가 있었는데, 못생기긴 했지만 똑똑해 보였다.

나는 문득 우리가 잔디 깎는 기계가 돌아가는 소리를 못 들었다는 생각이 스쳐 지나가서, 정원사가 쉬고 있었던 모양이라고 생각했다.

그는 아마 늘어지게 앉아서 놀고 있다가, 우리 목소리가 가까이 들려오자 얼른 행동을 취한 것 같았다.

「안녕하시오.」

포와로가 말했다.

「안녕하십니까, 선생님.」

「정원사인가 보구려. 집안에서 일하는 부인의 남편 말이오.」

「우리 아빠예요.」

그 조그만 소년이 말했다.

「그렇습니다, 선생님.」

그 남자가 말했다.

「선생님은 외국분이시군요, 잘 알지요. 진짜 탐정이시라는 걸 말입니다. 우리 젊은 여주인에 대한 소식이 있습니까, 선생님?」

「지금 막 요양소에서 그녀를 보고 오는 길이오. 어젯밤을 잘 보냈다고 합디다.」

「여기에 경찰이 와 있어요.」

작은 소년이 말했다.

「그 아씨가 살해당한 곳에 있어요. 계단 옆이에요. 나는 돼지가 죽는 걸 본 적이 있어요. 그렇죠, 아빠?」

「그래!」

그의 아버지는 비정하게 말했다.

「아빠는 농장에서 일할 때 돼지들을 잡곤 했어요. 그렇죠, 아빠? 나는 돼지 잡는 걸 본 적이 있어요. 신나요.」

「어린애들은 돼지 잡는 걸 보고 좋아하죠.」

그 남자는 자연의 불변하는 사실 중 하나를 말하는 것처럼 그렇게 말했다.

「그 아씨는 총에 맞았어요.」

그 소년이 계속했다.

「목이 잘리지는 않았다고요. 그건 아니에요.」

우리가 그곳을 지나쳐 집으로 가게 되었을 때, 나는 잔인한 아이에게서 벗어난 것을 감사했다.

포와로는 열려 있는 문을 통해 응접실로 들어가서 종을 울렸다. 검은색으로 단정하게 차려 입은 엘렌이 종소리를 듣고 나왔다. 그녀는 우리를 보고 조금도 놀라는 기색이 없었다.

포와로는 우리가 집을 조사해도 좋다는 버클리 양의 허가를 맡고 여기에 왔다고 설명했다.
「그렇게 하세요, 선생님.」
「경찰은 일을 끝냈습니까?」
「그 사람들 말로는 원하는 것은 죄다 살펴보았다고 하더군요, 선생님. 새벽같이 와서 계속 정원 근처를 돌아다녔어요. 쓸 만한 걸 발견해냈는지는 모르지만.」
그녀가 방을 나가려 할 때 포와로가 질문을 하며 그녀를 불러 세웠다.
「어젯밤 버클리 양이 총에 맞았다는 소리를 듣고 깜짝 놀랐죠?」
「예, 선생님, 정말 깜짝 놀랐어요. 매기 양은 참 착한 아가씨였는데. 저는 도대체 누가 그녀를 해칠 생각을 했는지 상상도 할 수가 없군요.」
「만일 다른 사람이었다면 그렇게 안 놀랐겠소?」
엘렌이 주저하며 말했다.
「저, 무슨 말씀이신지요, 선생님?」
「어젯밤 내가 홀에 들어갔을 때…….」
내가 말했다.
「당신은 대뜸 누가 다쳤냐고 물었소. 그런 일을 기대하고 있었던 게 아닌가요?」
그녀는 조용했다. 손가락으로 앞치마의 모서리 부분을 꽉 쥐고 있었다. 그녀는 머리를 저으면서 이렇게 말했다.
「선생님들께서는 이해하지 못하실 거예요.」
「자, 자…….」 하고 포와로가 말했다.
「이해할 거요. 어떤 엄청난 얘기를 해도 다 이해할 겁니다.」
그녀는 그를 의심스럽게 쳐다보더니, 이윽고 그를 믿기로 결심한 것 같았다.
「선생님도 아시겠지만,」
그녀가 말했다.

「이 집은 좋은 집이 아니에요.」
나는 놀라며 그 말을 경멸했다. 그러나 포와로는 조금도 이상하지 않은 것처럼 받아들이는 듯했다.
「오래된 집이라는 말이죠.」
「예, 선생님. 좋은 집이 아니에요.」
「여기에 오래 있었소?」
「6년 됐죠. 여기 왔을 때는 처녀였지요. 부엌에서 식모로요. 그게 돌아가신 니콜라스 경 때였어요. 그때도 마찬가지였지요.」
포와로는 그녀를 주의 깊게 바라보았다.
「오래된 집에서는……」
그가 말했다.
「가끔 불길한 기운이 감돌기도 하죠.」
「그렇습니다, 선생님.」
엘렌은 열을 올리며 말했다.
「불길함이에요. 나쁜 사고 방식에 나쁜 행동이 겹쳤어요. 그건 부패하여 말라붙어서 없앨 수가 없지요. 그건 일종의 떠도는 느낌 같은 거예요. 나는 이 집에서 언젠가 나쁜 일이 일어날 줄 알았어요.」
「그 생각이 적중했군요.」
「그렇습니다, 선생님.」
그녀의 어조에는 만족감이 약간 깔려 있는 듯했다. 자기의 우울한 예측이 맞았다는 만족감이었다.
「그러나 그게 매기 양이 될 줄은 몰랐겠죠?」
「예, 정말 그렇습니다, 선생님. 아무도 그녀를 증오하지 않았는데…… 제가 확신해요.」
나에게는 그 말에 실마리가 있을 것 같았다. 그래서 포와로도 그것을 눈치챘으리라고 예상했지만, 놀랍게도 그는 전혀 다른 화제로 넘어갔다.
「총소리는 들었소?」

「불꽃놀이가 한창이었기 때문에 들을 수가 없었어요. 굉장히 소란스러웠으니까요.」
「불꽃놀이를 구경하러 나가지 않았다던데?」
「예, 저녁 설거지를 다 끝내지 못했거든요.」
「웨이터가 좀 도와주지 않던가요?」
「아뇨, 선생님. 그는 정원으로 불꽃놀이를 구경하러 나갔어요.」
「그런데 당신은 안 나갔다?」
「예, 선생님.」
「무엇 때문이오?」
「일을 다 끝내고 싶어서였습니다.」
「불꽃놀이를 안 좋아하나요?」
「오, 아뇨, 선생님. 그건 아니에요. 그러나 이틀 밤 동안 하니까 다음날 저녁에 시내로 나가서 구경할 생각이었어요.」
「알겠소. 그럼 매기 양이 코트를 찾는 소리며 그것을 찾을 수 없다고 하는 소리를 들었습니까?」
「저는 2층에서 닉 양이 뛰는 소리와, 버클리 양이 홀에서 뭔가를 찾을 수 없다고 소리치는 것과, 그 다음에 그녀가 괜찮다면서 자기는 그 숄을 걸치겠다고 말하는 소리를 들었습니다만……」
「잠깐.」
포와로가 끼여들었다.
「당신은 그녀에게 코트를 찾아 주려 하거나 아니면 자동차에서 가져다 주려 하지 않았군요?」
「저는 할 일이 있었으니까요, 선생님.」
「그렇겠죠. 그리고 그 두 아가씨는 당신이 불꽃놀이를 구경하러 바깥에 나간 줄 알고 당신에게 부탁도 하지 않았던 게 틀림없소.」
「그렇지요, 선생님.」
「그럼 여태까지는 죽 불꽃놀이를 구경하러 밖으로 나갔었소?」
그녀의 창백한 뺨이 갑자기 붉어졌다.

「무슨 말씀이신지 잘 모르겠군요, 선생님. 우리는 항상 정원에 나갈 수 있습니다. 만일 올해는 제가 그렇게 하고 싶지 않다고 느껴서 차라리 일이나 마저 마치고 잠자리에 들겠다고 생각했다면, 글쎄요, 그건 제 맘이 아닐까요.」

「물론이오. 당신을 화나게 할 생각은 없었소. 기분 전환을 위해서 그건 유쾌한 일이죠.」

그는 멈추었다가 다시 덧붙였다.

「자, 또 한 가지 조그만 문제가 있는데 당신이 나를 도와줄 수 있을지도 모르겠군요. 이 집은 오래된 집이오. 혹시 이 집 안에는 밀실 같은 건 없습니까?」

「글쎄요. 일종의 미닫이식 패널은 있는데, 바로 이 방이에요. 처녀 때 그걸 본 기억이 나요. 단지 지금은 그게 어디 있는지 기억이 안 나지만요. 아니, 서재에 있었나? 잘 모르겠어요.」

「사람이 들어가 숨을 수 있을 만큼 큽니까?」

「오! 아니에요, 선생님! 조그만 벽장인걸요. 일종의 벽감(화분 따위를 놓는 벽의 움푹 들어간 곳)이지요. 기껏해야 1피트 정도 깊이지, 그 이상은 아닐 거예요.」

「오! 내 말은 그런 뜻이 아니었소.」

그녀의 얼굴이 다시 붉어졌다.

「만일 제가 어디엔가 숨어 있었다고 생각하신다면 저는 안 그랬어요! 저는 단지 닉 양이 계단을 뛰어내려와 나가는 소리와, 그녀가 소리지르는 소리를 들었기 때문에 혹시, 혹시 무슨 일이 있는가 하고 홀로 나왔을 뿐이에요. 그건 정말로 사실입니다, 선생님. 사실이라고요.」

제13장 편 지

 엘렌을 적당히 구슬려서 물러가게 한 다음, 포와로는 약간 생각에 잠긴 얼굴로 나를 바라보았다.
 「이제야 이상한 생각이 드는군. 그녀는 그 총소리를 듣지 않았을까? 내 생각으로는 그런 것 같은데. 그녀는 그 소리를 듣고 부엌문을 열었겠지. 닉이 계단을 뛰어내려와 밖으로 나가자 무슨 일이 일어났는가 하고 홀 쪽으로 나와서 보았을걸세. 그건 아주 당연한 얘기지. 그러나 왜 그녀는 밖으로 나가 불꽃놀이를 구경하지 않았을까? 그 점이 내가 알고 싶은 거라네, 헤이스팅스.」
 「밀실은 왜 물어보았습니까?」
 「단지 우리가 아직 J라는 인물을 확인하지 못했다는 우스운 생각이 들어서 말이야.」
 「J?」
 「그렇다네. 명단에서 마지막 인물 말일세. 불확실한 외부인이지. 엘렌과 관련된 어떤 이유로 J라는 인물이 어젯밤 집으로 들어왔다고 가정해 보세. 그는(남자라고 가정할 때) 이 방에 있는 밀실에 몸을 숨기는 거야. 한 아가씨가 지나가자 그는 그녀를 닉이라고 생각했겠지. 그는 그녀를 따라나가서 그녀를 쏘는 거야. 아니, 그건 바보 같은 짓이야! 밀실이 없다고 하니까. 어젯밤 부엌에 남기로 한 엘렌의 생각은 순전히 우연이었어. 자, 닉 양의 유언장이나 찾아보세.」
 응접실에는 아무 서류도 없었다.
 자리를 옮긴 서재는 차도가 내다보이는 좀 어두운 방이었다. 거기에는 커다란 구식 호두나무 책상이 있었다.
 그것을 샅샅이 조사하는 데는 시간이 패나 걸렸다. 모든 것이 뒤죽

박죽이었다. 계산서며 영수증이 온통 섞여 있었다. 초청장, 계산서 지불을 독촉하는 편지, 친구들한테서 온 편지들이었다.
「이 서류들을 정리해 보세.」
포와로가 말했다.
「질서 정연하게.」
그는 자기 말만큼이나 질서 정연했다.
30분 뒤, 그는 만족스러운 얼굴로 뒤로 나왔다. 모든 것이 깨끗하게 분류되어 꼬리표를 달아 묶어졌다.
「자, 됐어. 적어도 한 가지만은 안심해도 돼. 모든 것을 아주 철저하게 조사했기 때문에 하나라도 빠졌을 염려는 없네.」
「그럼요, 물론이죠. 찾아볼 게 많지도 않군요.」
「아마, 이것은 예외일걸세.」 하고 그는 편지 한 통을 던져 주었다.
그것은 글씨가 크기만 했지 불규칙해서 거의 알아볼 수가 없었다.

'얘, 파티는 너무너무 훌륭했어. 오늘은 좀 기운이 없단다. 네가 그것에 손대지 않은 게 현명했어. 시작할 생각도 하지마. 끊는다는 건 정말 지독하게도 힘든 일이야. 나는 그 남자 친구에게 빨리 좀 갖다 달라고 편지를 쓰려고 해. 산다는 게 지긋지긋해.

너의 친구 프레디'

「날짜가 지난 2월로 되어 있군.」
포와로는 생각에 잠긴 채 이렇게 말했다.
「그녀는 마약을 복용하고 있어. 나는 그녀를 보자마자 대번에 그것을 알아보았지.」
「정말입니까? 나는 그렇게는 한 번도 생각해 본 적이 없는데.」
「아주 명백한 일일세. 그녀의 눈을 한번 보게. 그리고 기분이 그렇게 급변하는 것도 이상한 일이지. 어떤 때는 안절부절못하고 홍분했다가, 또 어떤 때는 생기가 없어 축 늘어지지.」
「마약을 복용하면 도의심에 영향을 끼치지 않습니까?」
「아무래도 그렇지. 그러나 라이스 부인이 중독자라고는 생각지 않네. 그녀는 초기에 있어, 말기가 아니라.」
「그런데 닉은요?」
「그런 기미는 엿보이지 않네. 그녀는 이따금씩 재미로 마약 중독자 모임에 참석했는지는 모르겠지만, 마약 복용자는 아닐세.」
「다행이군요.」
나는 갑자기 닉이 프레드리커에 대해서, 그녀는 항상 온전하지만은 않다고 말한 것이 기억났다. 포와로는 머리를 끄덕이더니 가지고 있던 편지를 톡톡 쳤다.
「그녀가 말한 건 이것이 틀림없어. 자, 우리는 자네 말대로 여기에서는 실패했군. 그럼 마드모아젤의 방으로 올라 가보세.」
닉의 방에도 책상 하나가 있었으나, 내용물은 비교적 적었다. 여기에서도 유언장은 보이지 않았다.
우리는 그녀의 자동차 등기 장부와, 한 달 전으로 되어 있는 아주 상당한 액수의 배당금 지불증을 발견했다. 그밖에는 중요한 것이 별로 없었다. 포와로는 과장된 태도로 한숨을 푹 내쉬었다.
「젊은 아가씨들이 요즘은 영 교육이 안 되어 있단 말이야. 순서라든가 방법을 배우지 못했다고. 닉 양은 아름답지만 덤벙대는 성격이야. 그녀는 무척이나 덤벙대더군.」
그는 이제 서랍장의 내용물을 조사하고 있었다.
「설마, 포와로……」
나는 약간 당황해 하며 이렇게 말했다.
「그건 속옷입니다.」
그는 깜짝 놀라 멈추었다.
「왜 안 된다는 건가, 여보게?」
「설마, 내 말은, 우리는 그렇게까지는……」

그는 너털웃음을 터뜨렸다.

「불쌍한 헤이스팅스, 자네는 확실히 빅토리아 시대에 속해 있구만. 닉 양도 여기에 있었다면 그렇게 말했을걸세. 아마 그녀는 자네가 웅덩이 같은 마음을 가지고 있다고 말했을 거야! 요즈음의 젊은 아가씨들은 속옷을 부끄러워하지 않는다네. 캐미솔이나 캐미 니커는 이제 더 이상 수치스러운 비밀이 아닐세. 해변가에서는 매일같이 자네가 불과 2~3피트 앞에 있다 해도 이런 옷들을 벗어 던져 버릴걸세. 그런데 이 방에선 안 된다는 법이 어디 있나?」

「그렇게까지 할 필요가 있는지 이해할 수가 없습니다.」

「아니, 여보게. 그녀는 확실히 자기의 소중한 물건을 잘 잠가 두지는 않네. 만일 어떤 것을 감추고 싶다면 그녀는 어디에다 숨기겠나? 스타킹이나 페티코트 밑일 거야. 아! 이게 뭐지?」

그는 색바랜 분홍색 리본으로 묶여진 편지 꾸러미를 꺼냈다.

「마이클 세튼의 연애 편지일 거야, 내가 잘못 보지 않았다면.」

아주 묵묵히 그는 그 리본을 풀고 그 편지들을 꺼내기 시작했다.

「포와로!」

나는 울화통이 터져서 소리쳤다.

「정말 그러면 안 됩니다. 그건 정정당당한 게임이 아닙니다.」

「여보게, 나는 경기를 하고 있는 게 아닐세.」

그의 목소리는 갑자기 모질고 엄격하게 울려 퍼졌다.

「나는 살인자를 추적하고 있는 거라고.」

「그렇지만 사적인 편지들은……」

「나에게 아무 사실도 말해 주지 않을지도 모르지. 반면에, 말해 줄지도 모르잖은가? 나는 어떤 기회라도 다 잡아야만 하네, 여보게. 자, 자네도 나와 함께 읽어보는 게 좋겠어. 눈 네 개가 두 개보다 나쁠 거야 없지. 그 충실한 엘렌도 이것들을 다 외우고 있을 거라는 생각으로 자위하게나.」

나는 썩 내키진 않았다. 그러나 포와로의 입장에서라면 결벽을 따질 여유가 없으리라는 것을 깨달았고 '무엇이든 보고 싶은 게 있으면 보세요.' 하고 말한 닉의 마지막 말로 자위하기로 마음먹었다.

그 편지들은 지난 겨울부터 시작해서 여러 날에 걸쳐 있었다.

우선 설날.

'내 사랑

새해가 되어 나는 멋진 결심을 하고 있소. 너무 놀라워 믿어지지가 않소. 당신이 정말 나를 사랑하고 있다는 것이. 당신으로 해서 나의 인생은 완전히 달라졌소. 나는 우리 둘 다 그것을 알고 있다고 믿는다오. 우리가 처음 만난 순간부터. 행복한 새해가 되길,

나의 사랑스런 아가씨.

당신의 영원한 마이클'

'2월 8일

사랑하는 사람에게

당신을 좀더 자주 만날 수 있다면 얼마나 좋겠는지. 이건 너무 지독하군. 나는 이렇게 꼭 비밀로 하고 싶지는 않지만, 사정이 어떻다는 것을 당신에게도 말해서 잘 알고 있을 거요. 당신이 거짓말하는 것과, 진실을 숨기는 것을 얼마나 증오하는지 알고 있소. 나 역시 그렇거든. 그렇지만 솔직히 그건 사과를 실은 손수레를 완전히 뒤집어엎는 일과 조금도 다름없소. 매튜 아저씨는 조혼으로 남자의 인생을 파멸시키는 것에 아주 학을 떼는 분이오. 비록 당신이 나의 인생을 파멸시킨다 해도, 당신은 사랑스러운 천사라오.

용기를 내요. 모든 것이 다 잘될 거요.

당신의 마이클'

'3월 2일

150 엔드 하우스의 비극

이틀 연달아 당신에게 편지를 써서는 안 되는 형편이오. 그러나 나는 써야 하오. 어제 일어났을 때 당신 생각을 했소. 나는 스카버러로 날아왔소. 축복 받고, 축복 받고, 또 축복 받은 스카버러. 지상에서 가장 놀라운 곳이오. 나의 사랑, 당신은 내가 당신을 얼마나 사랑하고 있는지 모를 거요.

당신의 마이클'

'4월 18일
사랑하는 이에게
모든 일에 준비가 되었소, 명확하게. 만일 이 일을 무사히 해내면 (물론 해내고 말겠요.) 나는 매튜 아저씨에게 확고한 수단을 취할 수 있게 될 거요. 만일 그분이 마음에 들어하지 않는다고 하더라도, 글쎄, 내가 신경 쓸 이유가 무엇이겠소? 앨버트로스 호에 대해서 그렇게 지루한 기계적인 설명을 했는데도 당신이 그토록 흥미를 보이다니 그저 사랑스러울 따름이오. 당신을 거기에 태우면 얼마나 멋지겠소. 언젠가는 그렇게 되겠지! 제발 내 걱정은 말아요. 그 일은 생각보다 훨씬 덜 위험하오. 그리고 당신이 나를 염려하고 있는 것을 다 알고 있으니 쉽게 죽지는 않을 거요. 모든 일이 다 잘될 것이오.

당신의 진실한 마이클'

'4월 20일
천사 같은 당신.
당신이 하는 말은 모두 다 진실이오. 나는 당신의 편지를 항상 소중하게 간직하겠소. 나는 당신에 비하면 반만큼도 착하질 못하오. 당신은 다른 모든 사람들과 너무 다르오. 당신을 사랑하오.

당신의 마이클'

마지막 것은 날짜가 없었다.

'사랑하는 사람에게
자, 나는 내일 출발이오. 감정이 극도로 예민하고 흥분되어 있지만 성공하리라는 것은 절대적으로 확신하오. 앨버트로스 호는 완벽하게 점검되어 있소. 나를 저버리지 않을 거요. 용기를 내요, 나의 사랑이여, 그리고 걱정 말아요. 모험이 뒤따르는 것은 사실이지만, 인생은 모두 모험 아니겠소? 그런데 누군가가 날더러 유언장을 만들어 두어야 한다고 말하더군.(약삭빠른 친구지만 그는 선의로 한 얘기요.)
그래서 만들었소. 노트 반 장에. 그리고 휘트필드 씨에게 보냈소. 거기에 갈 틈도 없었소. 언젠가 들은 얘기인데, 어떤 사람은 '모든 것을 어머니에게'라는 딱 세 마디로 된 유언장을 썼었는데, 그것도 법률적으로 유효하다고 그러더군. 내 유언장도 그것과 좀 비슷하오. 나는 기막히게도 당신의 본명이 맥덜러라는 것을 기억해 냈소! 두 사람을 증인으로 했소.
유언장에 관한 얘기는 너무 심각하게 받아들이지 말아요. 알겠소? (장난은 아니었소. 우연한 사고라도 있을 경우가 있으니까.) 나는 늘 건강할 것이오. 인도와 오스트레일리아 등지에서 전보를 보내겠소. 용기를 잃지 말아요. 모두 잘될 테니까. 알겠소?
잘 자오. 그리고 신의 축복이 있기를.

마이클'

포와로는 그 편지들을 다시 묶었다.

「이젠 됐나, 헤이스팅스? 이것들을 죄다 읽어보아야만 했어. 확실히 하기 위해서. 내가 말한 대로라고.」

「다른 방법을 강구해 볼 수도 있었잖습니까?」

「아닐세, 여보게. 나로선 이렇게밖에 할 수 없었어. 자, 이제 아주 가치 있는 증거를 갖게 되었군.」

「어떤 면에서요?」

「이제 우리는 마이클이 닉 양을 위해 유언장을 만들었다는 사실이 실제로 있었다는 것을 알고 있는 거야. 이 편지들을 읽은 사람이라면 누구든지 그 사실을 알고 있겠지. 게다가 이렇게 아무렇게나 감춰져 있는 편지들이라면 어느 누구라도 읽어 볼 수 있었을 테고.」

「엘렌.」

「그녀는 거의 확실하다고 봐야겠지. 나가기 전에 그녀를 잠깐 시험해 봐야겠군.」

「유언장은 안 보이는군요.」

「글쎄 말이야, 이상한 일일세. 그러나 아마 책장 꼭대기에 던져져 있거나, 도자기 속에 들어 있겠지. 그 점에 대해서 버클리 양의 기억을 일깨워 봐야겠어. 어쨌든 여기에는 더 이상 찾아볼 게 없군.」

우리가 내려갔을 때 엘렌은 홀을 청소하고 있었다.

포와로는 지나가면서 그녀에게 아주 쾌활하게 아침 인사를 했다.

그는 현관에서 다시 돌아와 이렇게 말했다.

「버클리 양이 그 마이클 세튼이라는 비행사와 약혼했었다는 사실, 알고 있었겠죠?」

그녀는 가만히 쳐다보았다.

「뭐라고요? 신문에서 난리를 치는 그 사람 말인가요?」

「그렇소.」

「글쎄, 저는 전혀 몰랐는데요. 어떻게 그런 생각을……. 닉 양과 약혼했다니?」

「완전하고도 절대적으로 놀라는 표정이 역력했습니다.」
우리가 바깥에 나왔을 때 나는 이렇게 말했다.
「그러게 말일세. 정말 사실인 것 같네.」
「아마 그런 것 같습니다.」
내가 말했다.
「그럼 몇 달 동안 속옷 밑에 놓여 있는 그 편지 꾸러미는? 아닐세, 여보게.」
「알겠습니다.」
 나는 속으로 이렇게 생각했다. '그러나 우리 모두가 다 에르큘 포와로는 아닙니다. 우리는 우리와 관련된 것이 아니면 코를 들이대고 다니지 않으니까요.'
 그러나 나는 아무 말도 하지 않았다.
「그 엘렌 말이야……. 그녀는 수수께끼야.」
포와로가 말했다.
「마음에 들지 않아. 거기엔 내가 알지 못하는 무엇인가가 있어.」

제14장 사라진 유언장의 비밀

우리는 요양원으로 곧장 들어갔다.
닉은 우리를 보고 좀 놀라는 것 같았다.
「자, 마드모아젤.」
그녀의 표정을 보고 포와로가 이렇게 말했다.
「나는 사건을 다룰 때는 살인마 잭과 같은 사람이오. 나는 갑자기 다시 나타나곤 하지요. 우선 당신의 물건들을 정리해 놓았다는 것부터 알려 드리겠습니다. 이제 모든 것이 깨끗하게 정리되었습니다.」
「저어, 시간이 꽤 걸렸을 텐데요.」
닉은 마지못해 웃으며 이렇게 말했다.
「당신은 아주 깔끔하신 모양이죠, 포와로 씨?」
「여기 있는 내 친구 헤이스팅스에게 물어보십시오.」
그 아가씨는 나에게 궁금한 듯이 시선을 던졌다.
나는 포와로의 몇몇 특이한 버릇에 관해 설명해 주었다. 토스트는 네모 반듯한 빵 덩어리로 만들어져야 하고, 달걀은 크기가 잘 맞아야 하며, 골프를 가리켜 구제할 만한 유일한 특징으로는 티 박스(티는 공을 올려놓은 자리)밖에 없는 '혼란스럽고 제멋대로인' 경기라고 표현하는 점! 나는 포와로가 벽난로 위의 장식품들을 정리하는 습관으로 인해 해결해 낸 유명한 사건('스타일즈 저택의 죽음')을 마지막으로 얘기를 끝맺었다.
포와로는 웃으며 옆에 앉아 있었다.
「이 친구가 꽤나 그럴싸하게 얘기를 만들었군요.」
내가 얘기를 끝내자 그는 이렇게 말했다.
「그러나 대체로 그건 사실입니다. 한번 상상해 보겠소, 마드모아젤? 나는 헤이스팅스에게 옆 가르마 대신 앞으로 타라고 늘 쫓아다니며 말한다오. 얼마나 보기 좋을지 한번 상상해 봐요. 지금 것은 한쪽으로 기울어 균형도 안 잡혀 있으니까요.」
「그럼 나도 못마땅하시겠군요, 포와로 씨.」
닉이 말했다.
「나도 옆 가르마를 탔거든요. 프레디는 앞가르마를 탔으니 그녀는 마음에 드시겠네요.」
「이분은 요전 날 저녁 때 정말 그녀를 칭찬했었답니다.」
나는 짓궂게 끼여들었다.
「이제야 그 이유를 알겠군요.」
「그만하면 됐네.」
포와로가 말했다.
「나는 여기에 심각한 문제로 온 거예요, 마드모아젤. 당신의 유언장 말인데, 그건 못 찾았소.」
「오!」
결국 그녀는 이맛살을 찌푸렸다.
「그게 그렇게 중요한가요? 결국, 나는 이렇게 죽지 않았잖아요. 죽을 때까지는 유언장이 그렇게 중요한 게 아니잖아요?」
「맞습니다. 그렇지만 나는 당신의 유언장에 관심을 가지고 있습니다. 그것에 관계되는 여러 가지 생각들이 있거든요. 생각해 봐요, 마드모아젤. 어디에다 두었는지 잘 기억해 봐요. 마지막으로 어디에 있는 걸 보았죠?」
「나는 그것을 어떤 특별한 곳에 두었으리라고는 생각지 않아요.」
닉이 말했다.
「나는 뭐든지 제자리에 두는 법이 없으니까요. 아마 서랍 속에 밀어 넣었겠죠.」
「혹시 비밀 패널 속에 넣어 두지는 않았습니까?」
「비밀 뭐라고요?」

「당신의 하녀 엘렌이 거실인가 서재인가에 비밀 패널이 있다고 하더군요.」
「말도 안 돼요.」
닉이 말했다.
「나는 그런 것에 대해서는 들어 본 적도 없는걸요. 엘렌이 그렇게 말하던가요?」
「그렇다니까요. 그녀는 처녀 때부터 엔드 하우스에서 일했던 모양이죠? 요리사가 그녀에게 그곳을 가르쳐주었다고 하더군요.」
「나는 처음 듣는 말인데요. 할아버지께서는 틀림없이 알고 계셨지만, 그렇다고 해도 나에게는 말씀해 주시지 않았어요. 그러나 그런 것 정도는 나에게 틀림없이 말해 주셨을 텐데. 포와로 씨, 엘렌이 꾸며낸 얘기가 아닐까요?」
「글쎄요, 마드모아젤, 그럴 수도 있겠죠. 그 엘렌이라는 여자는 뭔가 이상한 구석이 있는 것 같습니다.」
「오? 그녀를 이상하다고 할 수는 없어요. 윌리엄은 얼뜨기이고, 또 한 애가 성격이 나쁘긴 하지만 엘렌만은 괜찮아요. 지극히 공손하거든요.」
「어젯밤 그녀에게 밖에 나가서 불꽃놀이를 구경해도 좋다고 허락해 주었습니까, 마드모아젤?」
「물론이죠. 그 사람들은 언제나 그렇게 해요. 그 다음에 정리를 하지요.」
「그런데 그녀는 밖에 나가지 않았더군요.」
「오? 아니에요. 그녀는 나갔어요.」
「어떻게 압니까, 마드모아젤?」
「저, 글쎄요. 잘 모르겠군요. 내가 그녀에게 나가라고 했더니 그녀는 고맙다고 했는데……. 그래서 나는 당연히 그녀가 나갔으리라고 생각했지요.」
「그와는 반대로, 그녀는 집안에 남아 있었습니다.」

제14장 사라진 유언장의 비밀 157

「그렇다면, 정말 너무 이상해요!」
닉이 말했다.
「그게 이상하다는 겁니까?」
「예, 그럼요. 전에는 한 번도 그녀가 그런 적이 없었거든요. 왜 그랬대요?」
「그녀는 이유를 사실대로 말하지 않았습니다, 분명히 말해서.」
닉은 그를 궁금한 듯이 쳐다보았다.
「그것이……, 중요한가요?」
포와로는 팔을 쫙 벌렸다.
「그게 바로 내가 말할 수 없는 점이오, 마드모아젤. 다만 이상할 뿐이라서. 그 정도로밖에는 모릅니다.」
「그 패널 건도 그래요.」
닉은 생각에 잠긴 채로 말했다.
「그건 정말 이상하다고밖에 생각할 수 없군요. 그리고 납득도 안 가고요. 그게 어디에 있는지 그녀가 보여 주던가요?」
「그녀는 기억할 수가 없다고 했습니다. 그건 확실한 것 같더군요.」
「그녀는 머리가 돈 게 틀림없어요, 가엾게도.」
「그녀는 과거의 일을 자세히 알고 있는데도요? 또, 엔드 하우스는 살기에 좋은 집이 아니라고도 말하더군요.」
닉은 약간 몸을 떨었다.
「아마 그 점에서 그녀가 옳을 거예요.」
그녀는 천천히 말했다.
「나도 간혹 그렇게 느끼거든요. 그 집에는 이상한 느낌이 감돌고 있지요……」
그녀의 눈은 크고 어두워졌다. 운명적인 표정을 담고 있었다.
포와로는 얼른 다른 화제로 돌렸다.
「지금까지 주제에서 벗어나 헤매고 있군요, 마드모아젤. 그 유언장으로 돌아갑시다. 맥덜러 버클리의 마지막 유언 말이오.」
「내가 직접 썼지요.」
닉은 자만심에 차서 말했다.
「그래서 기억하고 있는데, 나는 모든 빚과 유언서에 의한 액수를 지불하라고 썼어요. 어떤 책에 그렇게 써 있는 것을 읽은 기억이 났거든요.」
「그럼 유언장의 형식에 따르지 않았군요?」
「예, 그럴 만한 시간이 없었어요. 막 병원으로 출발할 때였는데다 크로프트 씨가 유언장의 형식은 매우 위험하다고 했거든요. 유언장은 단순하게 만들어야지 너무 지나치게 법률적으로 하지 않는 것이 좋다고요.」
「크로프트 씨라. 그가 거기에 있었습니까?」
「예, 나에게 유언장을 만들어 두었는지 물어본 것도 바로 그 사람이었어요. 나는 한 번도 그런 생각은 안 해보았거든요. 그 사람 말로는, 내가 죽었을 때 유언장이, 유언장이…….」
「유언장이 없다면?」 하고 내가 말을 이었다.
「예, 맞아요. 그분은 내가 유언장을 남기지 않은 채 죽는다면 영국 여왕이 상당한 부분을 차지하게 될 테니, 얼마나 유감스러운 일이겠느냐고 하더군요.」
「패나 협조적이군요. 그 크로프트 씨 말이오!」
「오? 정말이에요.」
닉은 포근한 감정을 나타내며 말했다.
「그분이 엘렌과 그녀의 남편을 들어오게 해서 내가 유언장을 쓰는 걸 지켜보게 했답니다. 오, 저런! 내가 무척이나 어리석었네요!」
우리는 무슨 말인가 하여 그녀를 쳐다보았다.
「내가 정말 바보였어요. 당신에게 엔드 하우스를 온통 다 뒤지게 했으니! 찰스가 그것을 가져갔거든요. 내 외사촌 오빠인 찰스 바이스 말이에요.」

「아! 그럼, 설명이 되겠군요.」
「유언장은 변호사에게 맡기는 게 가장 좋다고 크로프트 씨가 말하더군요.」
「옳은 말이오, 현명한 크로프트.」
「남자들은 그런 면에서 확실히 예리하더군요.」
닉이 말했다.
「변호사나 은행이 좋겠다고 그분이 말하더군요. 그래서 나는 찰스가 가장 좋겠다고 했지요. 그래서 우리는 그것을 봉해 가지고 그에게 곧장 부쳤어요.」
그녀는 한숨을 쉬며 베개에 뒤로 기댔다.
「죄송하게도 내가 너무 덤벙댔군요. 그렇지만 이번에는 내 말이 맞아요. 찰스가 그것을 가지고 있어요. 그러니, 만일 보고 싶으시다면 그가 기꺼이 당신에게 보여 줄 거예요.」
「당신으로부터 허가가 없으면 안 됩니다.」
포와로는 미소를 지으며 이렇게 말했다.
「나는 정말 어리석군요.」
「아니오, 마드모아젤. 단지 경솔할 뿐이오.」
「아니에요, 나는 어리석다고 생각해요.」
그녀는 침대 옆에 놓여 있는 작은 더미에서 종이 한 장을 꺼냈다.
「뭐라고 써야 하나요? 개한테 토끼를 보라고 할까요?」
「무슨 말이오?」
나는 포와로의 놀란 얼굴에 웃음을 터뜨렸다.
그가 몇 마디 형식적인 말을 부르자 닉이 순순히 받아 적었다.
「고맙소, 마드모아젤.」
포와로는 그것을 집으며 이렇게 말했다.
「여러모로 이렇게 귀찮게 해서 정말 죄송해요. 정말 까맣게 잊고 있었어요. 사람들은 갑자기 깡그리 잊어버릴 때가 있잖아요?」
「마음속에 순서와 방법이 있으면 잊어버리지 않지요.」

160 엔드 하우스의 비극

「나는 다시 교육을 받아야 할까 봐요.」
닉이 말했다.
「당신 말씀을 들으니 정말 열등감이 느껴지는군요.」
「무슨 말씀을. 다시 봅시다, 마드모아젤.」
그는 방을 휙 돌아보았다.
「꽃이 아름답군요.」
「그렇죠? 카네이션은 프레디한테서, 장미는 조지로부터, 그리고 백합은 짐 래저러스한테서 온 거예요. 그리고 여기 보세요.」
그녀는 자기 옆에 있는 커다란 포도 바구니에서 포장지를 벗겼다.
포와로의 안색이 갑자기 변했다. 그는 앞으로 휙 걸어 나왔다.
「그것을 하나라도 먹었습니까?」
「아뇨, 아직은.」
「먹지 마시오. 아무것도 먹어서는 안 돼요, 마드모아젤. 외부에서 들어온 것은. 알겠소?」
「오!」
그를 쳐다보고 있는 그녀의 얼굴은 서서히 붉어졌다.
「알고 있어요. 당신은……, 당신은 아직 끝나지 않았다고 생각하고 계시는 거군요. 당신은 그들이 여전히 저를 노리고 있다고 생각하시는 거죠?」
그녀는 거의 속삭이듯이 말했다.
포와로는 그녀의 손을 잡았다.
「그런 생각은 하지 마시오. 여기서는 안전하니까. 그렇지만 꼭 기억해둬요. 외부에서 들어온 것은 일체 금물이오.」
나는 우리가 그 방을 떠날 때 베개를 베고 있는 그녀의 하얗게 질린 얼굴을 보았다.
포와로는 시계를 보았다.
「좋아. 지금 가면 바이스가 점심식사하러 나가기 전에 사무실에서 그를 만나볼 수 있겠군.」

우리는 도착하자마자 바로 찰스 바이스의 사무실로 안내되었다.

그 젊은 변호사는 일어나서 우리를 맞이했다. 그는 변함없이 공식적이고도 딱딱했다.

「안녕하십니까, 포와로 씨. 무엇을 도와드릴까요?」

군더더기 말 없이 포와로는 닉이 쓴 편지를 내밀었다. 그는 그것을 받아 읽어보고는, 우리를 당황한 눈초리로 쳐다보았다.

「죄송합니다. 정말 무슨 말인지 이해가 안 되는데…….」

「버클리 양이 정확하게 밝혀놓지 않았습니까?」

「이 편지에는…….」

그는 손톱으로 그것을 톡톡 쳤다.

「그녀가 만들어서 지난 2월에 나에게 맡긴 유언장을 당신에게 넘겨주라고 했대요.」

「그렇습니다.」

「그러나 선생님, 나는 어떤 유언장도 맡은 적이 없습니다.」

「뭐라고요?」

「내가 아는 바로는, 내 외사촌 여동생은 결코 유언장을 만든 적이 없습니다. 나도 분명히 그녀에게 유언장을 만들어 준 적도 없고요.」

「그녀는 노트에 직접 써서 당신에게 우편으로 부친 것으로 알고 있습니다만.」

그 변호사는 머리를 저었다.

「그렇다면 내가 말씀드릴 수 있는 것은 나는 그것을 결코 받지 못했다는 겁니다.」

「정말, 바이스 씨……?」

「나는 그런 것이라면 절대 받은 적이 없습니다, 포와로 씨.」

잠깐 침묵이 흐른 뒤에 포와로는 일어섰다.

「그렇다면, 바이스 씨, 더 이상 할 말이 없군요. 뭔가 잘못된 게 틀림없소.」

「분명히 어떤 실수가 있었을 겁니다.」

그도 또한 일어섰다.
「안녕히 계십시오, 바이스 씨.」
「안녕히 가십시오, 포와로 씨.」
「그렇게 된 거로군요.」
우리가 다시 거리로 나왔을 때 나는 이렇게 말했다.
「맞았어.」
「그가 거짓말을 하고 있다고 생각하십니까?」
「말하기 불가능한 일이야. 그는 자기 감정을 전혀 드러내지 않는 것만이 아니라, 얼굴도 완전히 무표정이야. 한 가지는 분명해, 그는 자기가 택한 입장에서 조금도 물러서지 않을걸세. 그는 절대로 그 유언장을 받지 못했어. 그게 그의 입장이야.」
「닉은 분명히 수취 증명서를 가지고 있을 겁니다.」
「거의 불가능한 일이야. 그녀는 그런 것에 대해서는 결코 신경을 쓰지 않았을걸세. 그녀는 그것을 발송했어. 그것으로 그 일은 마음에서 사라져 버리는 거지. 게다가 바로 그 날 그녀는 맹장을 잘라 내려고 병원으로 갔었네. 아마도 꽤나 흥분해 있었을 거야.」
「자, 그럼 이제 무엇을 하죠?」
「가서 크로프트를 한번 만나봐야지. 그 양반이 이번 일에 대해서 기억하고 있는지 알아보세. 그의 역할이 상당히 컸던 것 같으니까.」
「그 사람이야 그 유언장으로 인해 이익 보는 것도 없잖아요.」
나는 생각에 잠겨 이렇게 말했다.
「없지, 없어. 나는 그의 입장에서는 어떤 것도 찾아낼 수가 없네. 아마 그는 참견하기 좋아하는 사람일 거야. 이웃의 문제를 해결해 주기 좋아하는 그런 사람 말일세.」
그런 태도가 실제로 크로프트의 유형이라고 나도 느꼈다. 그는 무엇이든지 아는 체해서 세상의 모든 말썽을 불러일으키는 그런 종류의 사람이었다.
크로프트는 부엌에서 셔츠 소매로, 김이 나는 주전자를 집어서 이리저리 움직이고 있었다. 그 작은 오두막에는 아주 향긋한 냄새가 가득했다. 그는 그 살인사건에 관한 이야기를 듣고 싶어서 요리하던 것을 멈추고 우리를 맞이했다.
「잠깐만요.」
그가 말했다.
「2층으로 가십시다. 집사람이 함께 듣고 싶어할 거예요. 여기 아래에서 우리끼리 얘기하는 것을 결코 용서하지 않을 겁니다. 어어이! 밀리, 친구 두 분이 올라가요.」
크로프트 부인은 우리를 따뜻하게 맞이하며 닉의 소식을 궁금해했다. 나는 그녀의 남편보다 그녀가 훨씬 더 마음에 들었다.
「불쌍한 아가씨!」
그녀가 말했다.
「요양소에 있다고 했죠? 꽤나 허약해졌나 보군요. 끔찍한 일이에요. 포와로 씨, 정말 끔찍해요. 그렇게 순진한 아가씨가 총에 맞아 죽다니. 생각만 해도 견딜 수 없군요. 그것도 무법 천지의 거친 세계에서도 아니고, 바로 유서 깊은 지방의 한가운데에서 말이에요. 밤새도록 잠을 이룰 수가 없었답니다.」
「당신을 남겨 두고 나가는 것도 불안하오, 여보.」
코트를 입고 우리와 함께 자리한 그녀의 남편이 말했다.
「나는 어젯밤 당신 혼자 여기에 남아 있었다는 사실은 생각하고 싶지도 않아요. 생각만 해도 몸서리쳐지는 일이오.」
「다시는 나를 혼자 남겨 두지 마세요.」
크로프트 부인이 말했다.
「어두워진 다음에는 말이에요. 그리고 나는 가능한 한 빨리 이곳을 떠나고 싶어요. 결코 그전과 같지 않을 거예요. 불쌍한 닉 버클리도 그 집에서는 절대로 편안히 잠들 수 없을 거예요.」
우리들이 방문한 목적을 달성하기란 좀 어려운 일이었다.
크로프트나 그 부인이나 너무 말이 많았고, 모든 것에 대해서 전부 알고 싶어했다. 그 죽은 아가씨의 친척들은 내려왔는가, 장례식은 언제인가, 검시는 있을 예정인가, 경찰은 어떻게 생각하고 있는가, 어떤 실마리라도 잡았는가, 플리머드에서 한 남자가 체포되었다는 말이 사실인가 등등.

이 모든 질문에 모조리 대답한 다음, 그들은 우리에게 점심식사를 함께 하자고 했다. 이곳 경찰서장과 점심식사를 해야 하기 때문에 서둘러 돌아갈 수밖에 없다는 포와로의 거짓말이 겨우 우리를 구해 주었다.

마침내 한순간 틈이 생겨 포와로는 우리가 묻고자 기다렸던 질문을 했다.

「그거야 물론이죠.」

크로프트가 말했다. 그는 차양 끝을 두 번 위아래로 잡아당기며 멍하니 얼굴을 찡그렸다.

「그 일은 모두 기억이 납니다. 우리가 처음 여기에 왔을 때가 틀림없어요. 기억이 납니다. 맹장염이었죠. 의사가 그렇게 말했지요.」

「아니에요. 아마 맹장염은 아니었을 거예요.」

크로프트 부인이 끼여들었다.

「요즈음 의사들은 무턱대고 잘라 내고 싶어하거든요. 하지만 그건 수술을 요하는 종류가 아니었어요. 그녀는 소화불량 정도였는데, 그녀에게 X레이를 찍어 보고 오는 게 좋겠다고 한 거예요. 그래서 그녀는 그 지긋지긋한 병원으로 떠난 거라고요.」

「나는 그녀에게 그냥 한번 물어보았을 뿐입니다.」

크로프트가 말했다.

「그녀가 유언장을 만들어 두었는가 하고요. 그냥 농담이었지요.」

「그래서요?」

「그랬더니 그녀는 그 자리에서 그것을 쓰더군요. 처음에는 경찰서에서 유언장을 얻어오겠다고 했지만, 내가 그럴 필요 없다고 말해 주었습니다. 그렇게 하면 간혹 엄청난 말썽이 일어나기도 한다고 어

제14장 사라진 유언장의 비밀 165

떤 사람한테서 들은 기억이 있었거든요. 그런데다 그녀의 외사촌 오빠가 변호사지 않습니까? 모든 것이 잘되면 나중에 그가 그녀에게 제대로 작성해 줄 수도 있지 않습니까. 그때 나는 그렇게 되리라고 생각했던 거죠. 그건 단지 예방책일 뿐이었습니다.」

「누가 입회했습니까?」

「오! 엘렌이라는 하녀 부부가 함께 있었지요.」

「그 다음에는요? 그것을 어떻게 했습니까?」

「오! 그것을 바이스에게 부쳤어요. 그 변호사 말입니다.」

「그것이 정말로 발송되었는지를 알고 있습니까?」

「포와로 씨, 바로 내가 부쳤습니다. 대문 옆에 있는 우편함에다.」

「그런데 바이스 씨가 그 유언장을 절대로 받은 적이 없다고 한다면⋯⋯.」

크로프트가 그를 쳐다보았다.

「그럼 그게 발송 도중에 분실되었다는 겁니까? 오! 그런 건 불가능한 일인데요!」

「어떻든 당신이 그것을 부쳤다는 것만은 확실하다는 거죠?」

「그렇고말고요.」

크로프트는 열을 내며 말했다.

「언제라도 맹세하겠습니다.」

「아, 그래요!」

포와로가 말했다.

「다행히도 그건 문제가 되지 않소. 마드모아젤은 아직 금방 죽을 것 같지는 않으니까.」

우리는 그곳을 빠져나왔다.

「그것 참!」

우리말이 오두막까지는 들리지 않는 곳으로 나와서 호텔 쪽으로 걸어가고 있을 때 포와로가 이렇게 말했다.

「누가 거짓말을 하고 있는 걸까? 크로프트? 아니면, 찰스 바이스?

나는 솔직히 크로프트가 거짓말할 이유가 없다고 보는데. 그 유언장을 감추어 봤자 그에게는 전혀 이익이 안 될 테니 말이야. 더구나 그는 그것을 만들라고 한 장본인이었으니. 그렇지, 그의 진술은 상당히 명확한 것 같네. 게다가 닉 양이 말한 사실과도 정확하게 들어맞고. 그런데 그럼에도 불구하고…….」

「뭡니까?」

「그럼에도 불구하고, 나는 우리가 도착했을 때 크로프트가 요리하고 있었다는 사실이 기쁘네. 그는 부엌 식탁을 덮고 있던 신문 한 귀퉁이에 기름기 있는 엄지손가락과 집게손가락 자국을 아주 선명하게 남겼다네. 나는 그가 안 볼 때 그것을 찢어 내어 왔지. 그것을 런던 경시청의 재프 경감에게 보내겠어. 그가 그것에 관해 뭔가 알고 있을 가능성도 있으니까.」

「그래서요?」

나는 궁금해서 물었다.

「여보게, 헤이스팅스, 나는 크로프트가 믿을 수 없을 정도로 너무 착한 경향이 있다고 느끼고 있단 말이야. 그럼 이제.」

그는 이렇게 덧붙였다.

「점심을 좀 먹어 볼까. 배가 고파서 힘이 하나도 없구먼.」

제15장 프레드리커의 행동

 포와로가 경찰서장 운운한 그 얘기는 뭐 그렇게 거짓말은 아니었다. 이 지방 경찰서장인 웨스턴 대령이 점심식사 뒤에 바로 우리를 찾아왔던 것이다.
 그는 상당히 수려한 외모에 군인다운 풍채를 지닌 키가 큰 남자였다. 그는 포와로의 업적에 대해 잘 알고 있는 듯 정중하게 경의를 표했다.
「여기서 유명한 당신을 만나게 되다니 정말 놀라운 행운입니다, 포와로 씨.」
 그는 거듭 이렇게 말했다.
 그에게 한 가지 걱정이 있다면, 이번 사건으로 그는 어쩔 수 없이 런던 경시청의 도움을 받아야 하리라는 것이었다. 그는 그들의 도움 없이 이 사건을 해결하여 범인을 붙잡고 싶어했다. 그러므로 근처에 포와로가 존재한다는 것은 사실 대단히 기쁜 일이었다.
 포와로는 내가 판단하는 한 그를 완전히 믿고 있었다.
「굉장히 이상한 사건입니다.」
 대령이 이렇게 말했다.
「이런 일은 생전 처음 있는 일입니다. 하지만 그 아가씨는 이제 요양소에 있으니 안전할 겁니다. 그러나 그녀를 언제까지나 거기에 있도록 할 수는 없잖습니까!」
「그게 바로 어려운 점이오, 대령. 그것을 다루는 데는 단 한 가지 방법밖에는 없소.」
「그게 무엇인데요?」
「책임져야 할 사람을 잡아야만 하오.」

「당신이 의심만 하고 있다면, 그건 그렇게 쉽지 않을 텐데요.」
「아! 나도 잘 알고 있소. 증거! 증거를 찾는 것이 골칫거리요.」
대령은 멍하니 얼굴을 찌푸렸다.
「항상 어려운 일이지요, 범죄 사건들이란 말입니다. 일상적인 일이 없는 곳에서는 특히 더 그렇죠. 그 권총을 손에 넣을 수만 있다면…….」
「아마 그것은 바다 밑바닥에 있을 거요. 범인이 조금이라도 분별력이 있다면 말이오.」
「아!」
웨스튼 대령이 말했다.
「그러나 그렇게 하지 못하는 경우도 왕왕 있죠. 사람들이 어리석은 짓을 하는 걸 보면 당신은 무척 놀라실 겁니다. 나는 살인자들 얘기를 하고 있는 게 아닙니다. 이곳에서는 살인사건이 그다지 많이 일어나지 않지요, 다행스럽게도. 평상적인 경찰 일 같은 데에서 말입니다. 사람들이 얼마나 단순하고 지독하게 어리석은지 알면 정말이지 깜짝 놀라실 겁니다.」
「그렇지만 범인들의 심리 상태하고는 다르죠.」
「그렇겠죠, 물론. 바이스가 만일 그 작자라면, 글쎄요. 우리는 이 직업을 그만두어야 할 겁니다. 그는 굉장히 신중하고도 철저한 변호사거든요. 그는 절대로 포기하지 않을 겁니다. 그 여자라면…… 글쎄요. 좀더 희망이 있겠지요. 십중팔구 그녀는 다시 시도할 겁니다. 여자들은 인내심이 없거든요.」
그는 일어났다.
「내일 아침에 검시가 있습니다. 검시관이 우리와 함께 일하니까 조그만 거라도 절대로 놓치지 않을 겁니다. 우리는 당분간은 이번 일들을 비밀로 하고 싶습니다.」
그는 문 쪽으로 향해 가다가 갑자기 돌아왔다.
「오, 참! 당신이 가장 흥미를 나타낼 만한 일을 깜박 잊고 있었는데, 당신의 의견을 한번 듣고 싶습니다.」

다시 앉아서 그는 주머니에서 뭔가 써 있는 너덜너덜한 종이 조각을 꺼내어 그것을 포와로에게 건네주었다.

「우리 경찰이 그 집 정원을 수색하던 중에 이것을 발견했습니다. 사람들이 불꽃놀이를 구경하던 곳에서 그리 멀리 떨어지지 않은 곳에서요. 이것이야말로 우리가 발견한 유일한 단서입니다.」

포와로는 그것을 편편하게 폈다. 글씨는 크고 볼품이 없었다.

'당장 돈이 있어야겠어. 만일 거절한다면, 무슨 일이 발생하게 될 거야. 이 점을 똑똑히 경고해 두겠어.'

포와로는 얼굴을 찌푸렸다. 그는 그것을 읽고 또 읽었다.
「이것 참, 재미있군.」
그가 말했다.
「이거 내가 가져도 되겠습니까?」
「물론이죠. 거기에 지문은 없습니다. 당신이 거기에서 뭔가를 알아내길 바라겠습니다.」

웨스튼 대령은 일어났다.
「이젠 정말 가야겠군요. 말씀드렸다시피 검시는 내일입니다. 그런데 당신은 증인으로 모시지 않았습니다. 그냥 헤이스팅스 대위님만 모셨습니다. 신문을 보는 사람들에게 당신이 그 일에 관여하고 있다는 것을 알리고 싶지 않아서입니다.」
「알겠습니다. 그 불쌍한 아가씨의 친척들은 어떻게 되는 겁니까?」
「부모님 되시는 분들이 오늘 요크셔에서 오기로 되어 있습니다. 그들은 5시 반경에 도착할 겁니다. 불쌍한 사람들입니다. 정말 진심으로 유감을 느낍니다. 그 사람들은 내일 모레 시체를 가지고 돌아갈 예정입니다.」

그는 머리를 절레절레 흔들었다.

「불쾌한 사건입니다. 영 마음이 내키지 않는군요, 포와로 씨.」
「누군들 안 그렇겠소, 대령? 정말 불쾌한 일이오.」
그가 떠나자 포와로는 그 종이 조각을 한 번 더 조사했다.
「중요한 단서입니까?」
내가 물었다.
그는 어깨를 움츠렸다.
「그걸 어떻게 말할 수 있겠나? 협박의 기미가 보이는군. 그날 밤 우리 일행 중 어떤 사람이 돈 때문에 아주 불쾌하게 압박을 받고 있었던 모양일세. 물론 외부인일 가능성도 있지.」
그는 돋보기로 필적을 들여다보았다.
「이 필적이 좀 눈에 익어 보이지 않나, 헤이스팅스?」
「약간 생각나는 게 있군요. 아! 알았어요……. 라이스 부인의 그 노트예요.」
「그렇지.」
포와로는 천천히 말했다.
「닮은 데가 있어. 확실히 닮았어. 이상한 일이군. 하지만 나는 이것이 라이스 부인이 쓴 것이라고는 생각하지 않네. 들어와요.」
문에 노크소리가 들리자 그는 이렇게 말했다.
챌린저 중령이었다.
「그냥, 잠깐 들렀습니다.」
그가 말했다.
「어떤 진전이 있었는지 알고 싶어서요.」
「글쎄…….」
포와로가 말했다.
「지금으로서는 오히려 상당히 밀려난 것 같군요. 후퇴했다는 뜻입니다.」
「안됐군요. 그러나 나는 그 말을 믿지 못하겠습니다, 포와로 씨. 당신에 관해 죄다 들었는데, 정말 굉장한 분이시더군요. 결코 실패하는 법이 없다고요.」
「그건 사실이 아닙니다.」
포와로가 말했다.
「나는 1893년 벨기에에서 참패당한 적이 있지요. 기억하나, 헤이스팅스? 자네에게 얘기해 주었지. 그 초콜릿 상자 사건 말일세.」
「기억납니다.」
내가 대답했다.
그리고는 슬그머니 웃음이 나왔는데, 왜냐하면 포와로는 나에게 그 얘기를 해주면서, 내가 자기가 지독한 자만심에 빠져 있다고 느낄 때면 그 '초콜릿 상자' 얘기를 하라고 가르쳐 주었기 때문이다. 그런데 그 뒤 딱 한 번인가, 내가 그 마법적인 말을 사용했더니 그는 굉장히 화를 냈었다.
「오, 저런!」
챌린저가 말했다.
「그건 기억할 수도 없는 오래 전의 일이잖습니까? 당신은 이번 사건의 진상을 반드시 규명하시겠죠?」
「그야 물론이죠. 에르퀼 포와로의 이름을 걸고 맹세하겠습니다. 나는 냄새 나는 곳에 서서 그것을 떠나지 않는 개랍니다.」
「그러세요? 무슨 생각이라도 있습니까?」
「나는 두 사람한테 혐의를 두고 있습니다.」
「그들이 누구인지 물으면 안 되겠죠?」
「그야 말할 수 없죠! 내가 잘못 짚을 수도 있으니까.」
「내 알리바이는 만족스럽다고 믿고 있습니다만.」
챌린저는 슬쩍 눈을 깜박이며 말했다.
포와로는 자기 앞에 있는 청동색 얼굴을 바라보며 관대하게 미소를 지었다.
「당신은 8시 30분이 조금 지나서 데븐포트를 떠났더군요. 그리고는 10시 50분에 여기에 도착했습니다. 사건이 저질러진 20분 뒤에 말이오. 그런데 데븐포트와의 거리는 기껏해야 30마일 정도인 데다가, 도로 사정도 좋기 때문에 한 시간이면 올 수 있는 거리 아닙니까? 그러니 보다시피 당신의 알리바이는 별로 좋지가 않군요!」

「그러나 나는…….」

「이해하겠지만, 나는 하나도 빠짐없이 다 조사해 본답니다. 당신의 알리바이는 분명히 좋지가 않아요. 게다가 알리바이 말고도 다른 상황들도 있지요. 당신은 닉 양과 결혼하고 싶어하는 것 같은데?」

그 해군의 얼굴이 붉어졌다.

「나는 늘 그녀와 결혼하고 싶어했습니다.」

그는 거칠게 말했다.

「좋아요. 그런데 닉 양은 다른 남자와 약혼했더군요. 그러니 그 사람을 죽일 이유가 성립되는 거지요. 그러나 그건 불필요한 일이었어요. 그는 영웅답게 죽었으니까.」

「그럼, 닉이 마이클 세튼과 약혼했다는 것이 사실입니까? 오늘 아침 그런 소문이 마을에 온통 퍼져 있더군요.」

「그렇소. 소문이 얼마나 빨리 퍼지는지 놀랍군. 그전에는 한 번도 그런 생각을 해본 적이 없었소, 그래요?」

「닉이 어떤 사람과 약혼했다는 것은 알고 있었습니다만. 이틀 전에 그녀가 그렇게 말하더군요. 그러나 그녀는 그게 누구인지 조금도 힌트를 준 적이 없습니다.」

「마이클 세튼이었소. 우리끼리 얘기지만, 그 친구가 그녀에게 아주 상당한 재산을 남긴 것으로 알고 있습니다. 그래요! 확실히 아직은 닉 양을 죽일 때가 아니야. 당신 입장에서 보면 말이오. 그녀는 지금은 그 약혼자 때문에 울고 있지만, 시간이 지나면 진정이 되겠지. 그녀는 젊어요. 그리고 내가 생각하기로는, 챌린저. 그녀는 당신을 아주 좋아하고 있는 것 같던데…….」

챌린저는 잠깐 동안 말이 없었다.

「그렇기만 하다면야…….」

그는 아주 작은 목소리로 중얼거렸다.

그때 문 두드리는 소리가 났다.

프레드리커 라이스였다.

「당신을 찾고 있었어요.」

그는 챌린저에게 이렇게 말했다.

「사람들이 당신이 여기에 있을 거라고 하더군요. 내 시계를 찾았는 지 알고 싶어서 왔어요.」

「오, 참! 오늘 아침에 찾았지요.」

그는 호주머니에서 그것을 꺼내어 그녀에게 주었다. 그것은 좀 특이한 모양의 시계였다. 납작한 검은색 물결 무늬 가죽끈에 공처럼 둥근 모양이었다. 나는 닉 버클리의 손목에서도 똑같은 모양의 시계를 본 기억이 났다.

「시간이 잘 맞으면 좋겠군요.」

「이젠 질렸어요. 항상 고장이라니까요.」

「그건 실용성보다는 멋으로 차는 시계인데요, 부인.」

포와로가 말했다.

「둘 다 지닐 수는 없을까요?」

그녀는 우리들을 차례로 쳐다보았다.

「얘기하는 데 내가 방해가 되었나요?」

「아닙니다, 부인. 우리는 그냥 잡담을 하고 있었는걸요. 그 사건에 대해서가 아니라 말이오. 우리는 소문이 얼마나 빨리 퍼지는가를 얘기하던 중이었습니다. 닉 양이 죽은 그 용감한 비행사와 약혼했었다는 사실을 이젠 모든 사람이 다 알고 있다고요?」

「정말로 닉이 마이클 세튼과 약혼했었군요!」

프레드리커가 소리쳤다.

「놀랐습니까, 부인?」

「조금은요. 그런데 통 영문을 모르겠어요. 지난 가을 그가 그녀를 만난 것은 확실해요. 그들은 함께 잘 돌아다녔죠. 그런 다음, 크리스마스 이후로 그들은 냉정해 보였는데. 내가 알기로, 그들은 거의 만나지도 않았거든요.」
「비밀이었으니까. 그들이 아주 잘 지킨 거죠.」
「이유는 죽은 매튜 경 때문이었을 거예요. 그분은 정말 머리가 좀 이상한 것 같았어요.」
「이상하다고 생각해본 적은 없습니까, 부인? 닉 양하고 그렇게 절친한 친구 사이라면서?」
「닉은 마음만 먹으면 아주 영악할 때가 있어요.」
프레드리커는 작은 목소리로 이렇게 말했다.
「그러나 이제야 그녀가 요즈음 들어 왜 그렇게 신경이 예민해져 있었는지 이해하겠군요. 참! 바로 요전 날 그녀가 그 말을 했을 때 눈치를 챘어야 하는 건데.」
「당신의 친구는 아주 매력적이오, 부인.」
「짐 래저러스도 그런 말을 하더군요.」
챌린저가 크고 좀 분별없게 웃으며 이렇게 말했다.
「오! 짐은……」
그녀는 어깨를 으쓱하고 말았지만, 내 생각엔 화가 난 것 같았다.
그녀는 포와로를 쳐다보았다.
「말씀해 주세요, 포와로 씨, 저……?」
그녀는 말을 하다가 말았다. 그녀의 큰 키가 흔들리더니 얼굴이 더 창백해졌다. 그녀의 눈은 테이블 가운데에 고정되어 있었다.
「몸이 안 좋으시군요, 부인.」
나는 의자를 잡아당겨 그녀가 앉도록 도와주었다. 그녀는 머리를 흔들며, 「나는 괜찮아요.」 하고 중얼거리고는 몸을 앞으로 기울여 손으로 얼굴을 감쌌다. 우리는 그녀를 어색하게 지켜보았다.
그녀는 잠시 뒤에 똑바로 앉았다.
「왜 그렇게들 얼이 빠져 있지요! 조지, 그렇게 걱정스런 표정 짓지 말아요. 살인사건에 관한 얘기를 하세요. 좀더 흥미진진한 얘기 말이에요. 포와로 씨가 단서를 잡으셨는지 궁금하군요.」
「아직 말하기는 이릅니다, 부인.」
포와로는 어물쩍 넘어가려 했다.
「그렇지만 당신은 생각이 있으신 거죠?」
「그렇다고 할 수 있죠. 그러나 나는 좀더 많은 증거를 모아야 한답니다.」
「오!」
그녀는 불안스러워 보였다.
갑자기 그녀가 일어섰다.
「머리가 아프군요. 가서 좀 누워 있어야겠어요. 아마 내일쯤이면 요양소에서도 닉을 볼 수 있도록 해주겠죠?」
그녀는 갑자기 방을 떠났다. 그러자 챌린저는 얼굴을 찌푸렸다.
「저 여자는 어떻게 된 사람인지 통 모르겠습니다. 닉은 저 여자를 좋아할지 모르지만, 아마 저 여자는 닉을 좋아하지 않을걸요. 그러나 여자들에 대해서는 장담할 수가 없지요. 사랑스럽고. 그래요. 사랑스럽지요, 늘. 아마 그런 말만 하고 있는 편이 훨씬 나을 겁니다. 나가실 겁니까, 포와로 씨?」
포와로는 일어나서 모자의 먼지를 조심스럽게 털어내고 있었다.
「홈, 시내에 좀 나가려고 합니다만.」
「나는 할 일이 하나도 없는데, 함께 가도 되겠습니까?」
「물론이오. 갑시다.」
우리는 방을 나섰다.
포와로는 미안하다고 변명을 하며 방으로 돌아갔다.
「지팡이를 잊어서.」 하고 그가 다시 돌아와서 말했다.
챌린저는 약간 으쓱해 보였다. 그 지팡이는 양각 세공을 한 금테가 둘러져 있어서 좀 화려해 보였다.
포와로가 처음 찾아간 곳은 꽃가게였다.
「닉 양에게 꽃을 좀 보내야겠소.」

그가 말했다.

그는 적당한 것을 고르느라고 한참 시간을 보냈다.

마침내 그는 화려한 금색 바구니에 오렌지색 카네이션을 채워 달라고 했다. 거기에 커다란 청색 리본이 묶여졌다.

「나도 오늘 아침에 그녀에게 꽃을 좀 보냈습니다.」

챌린저가 말했다.

「과일도 좀 보낼걸.」

「소용없어요!」

포와로가 말했다.

「예?」

「소용없어요. 먹는 것은 허락되지 않거든요.」

「누가 그래요?」

「내가 그랬습니다. 내가 정했죠. 닉 양에게도 이미 단단히 말해 두었으니 그녀도 알고 있을 겁니다.」

「맙소사!」

챌린저가 말했다.

그는 아주 깜짝 놀란 것처럼 보였다. 그는 포와로를 호기심 있게 쳐다보았다.

「그렇다면…….」 하고 그가 말했다.

「당신은 아직도 걱정하고 있는 거로군요?」

제16장 휘트필드를 만나다

검시는 꽤나 딱딱한 절차였다. 무척이나 단조로웠다.
신원 확인에 관한 증언이 있은 다음, 내가 시체 발견에 관한 증언을 했다. 의학적인 증언도 뒤따랐다. 심리는 1주일 뒤로 연기되었다.
세인트 루의 살인사건은 신문에서 일약 유명해졌다.
그것은 '세튼, 여전히 실종. 실종된 비행사의 알려지지 않은 운명'이라는 기사의 뒤를 잇고 있었다.
세튼이 죽은 뒤 그의 추도에 적절한 경의가 표해진 지금, 새로운 화젯거리가 나오게 된 것이다. 그 세인트 루의 불가사의한 사건은 8월의 뉴스를 찾느라고 진땀을 빼고 있던 신문에는 뜻하지 않은 행운이었다.
검시가 끝나고 기자들에게 적당히 둘러댄 다음, 나는 포와로와 함께 자일스 버클리 목사 부부를 만났다. 매기의 부모는 세속에 물들지 않은 소박하고 호감이 가는 사람들이었다.
버클리 부인은 키가 크고 아름다우면서 품위가 있는 여자로 북쪽 지방 출신임을 아주 뚜렷하게 드러내고 있었다. 그녀의 남편은 희끗희끗한 머리에 내성적인 태도를 지닌 키가 작은 남자였다. 가엾게도 그들은 자기들이 그토록 애지중지하던 딸, 그들 말을 빌리자면 '우리 매기'를 빼앗아 간 불행에 완전히 넋이 나가 있었다.
「나는 아직도 실감이 나지 않아요.」
버클리 목사가 말했다.
「그렇게 귀여운 아이를 말입니다, 포와로 씨. 그토록 조용하고 사심이 없이 항상 남을 생각해 주던 아이를, 대체 누가 그 애를 해치고 싶어할 수 있겠습니까?」

「나는 그 전보를 이해할 수가 없었답니다.」
버클리 부인이 말했다.
「우리가 그 애를 배웅한 것이 바로 그 날 아침이었는데.」
「죽음은 언제 불어닥칠지 모르는 일이지요.」 하고 목사가 말했다.
「웨스튼 대령님은 참 친절하게 해주셨어요.」
버클리 부인이 말했다.
「그분은 이 일을 저지른 사람을 찾기 위해 모든 노력을 다하고 있다고 하시더군요. 살인범은 미치광이인 게 틀림없어요. 다른 말로는 설명이 불가능한 일이에요.」
「부인, 나는 이 불행한 일을 당한 당신에게 어떻게 조의를 표해야 할지 모르겠습니다. 그리고 당신의 그 용기, 정말 존경해 마지 않습니다!」
「목놓아 운다고 해서 매기가 우리에게 다시 돌아오는 것은 아니잖아요.」
버클리 부인이 애처롭게 말했다.
「집사람은 대단한 여자입니다.」
목사가 말했다.
「아내의 신앙과 용기는 나보다 훨씬 크답니다. 정말 너무, 너무 끔찍한 사건입니다, 포와로 씨.」
「압니다. 알아요, 버클리 씨.」
「당신은 위대한 탐정이시죠, 포와로 씨?」
버클리 부인이 말했다.
「남들이 그렇게 말은 하죠, 부인.」
「나는 알고 있어요. 우리가 사는 외딴 시골 마을까지 당신의 명성이 알려져 있으니까요. 당신은 진실을 밝혀내시겠죠, 포와로 씨?」
「그렇게 할 때까지는 가만히 쉴 수 없을 겁니다, 부인.」
「당신은 꼭 밝혀내실 겁니다, 포와로 씨.」
그 목사는 떨리는 목소리로 이렇게 말했다.

「악은 벌을 받게 되어 있으니까요.」

「악은 반드시 벌을 받습니다. 그러나 그 벌은 때때로 은밀하게 가해지지요.」

「무슨 말씀이십니까, 포와로 씨?」

포와로는 그저 머리만 흔들고 있었다.

「가엾은 닉.」

버클리 부인이 말했다.

「그 애도 정말 안됐어요. 나는 아주 애처로운 편지를 받았답니다. 그 애는 자기가 괜히 매기를 불러서 죽게 한 것 같다고 하더군요.」

「그건 말도 안 되는 소리죠.」

버클리 씨가 말했다.

「그래요. 하지만 나는 그 애의 심정을 알아요. 그 애를 한 번 만나 보았으면 좋겠군요. 친척들조차도 못 만나게 한다는 것은 너무 이상한 것 같아요.」

「의사와 간호사들은 매우 엄격하지요.」

포와로는 이렇게 얼버무렸다.

「그들은 규칙을 한번 만들었으면 무슨 일이 있어도 철저하게 지키거든요. 그 사람들도 그녀의 감정 상태를 걱정하고 있을 겁니다. 그녀가 당신들을 만나보면 느끼게 될 자연적인 감정까지도요.」

「그렇겠지요.」

버클리 부인이 미심쩍은 듯이 말했다.

「그러나 나는 요양소를 찬성하지 않아요. 그 애를 나한테 보내는 게 닉한테 훨씬 더 좋을 텐데. 이곳을 지금 당장 떠나게요.」

「그것도 가능한 일이지만 요양소 쪽에서 동의하지 않을 것 같습니다. 버클리 양을 만난 지도 꽤 오래 되셨지요?」

「작년 가을 이후로는 그 애를 본 적이 없어요. 그때, 그 애는 스카버러에 있었죠. 매기가 거기에 가서 그 애와 하룻밤 보낸 다음, 우리 집에 와서 하루를 묵고 갔어요. 그 애는 참으로 귀여운 처녀예요. 하지만 그 애의 친구들은 마음에 들지 않아요. 그리고 그 애의 생활도. 그렇지만 그건 그 애의 잘못이라고 할 수 없겠죠. 그 애는 가정교육이라고는 전혀 못 받았으니까.」

「이상한 집입니다. 그 엔드 하우스 말이죠.」

포와로가 생각에 잠겨 말했다.

「나는 그 집이 마음에 들지 않아요.」

버클리 부인이 말했다.

「좋다고 생각해 본 적은 한 번도 없지요. 그 집은 뭔가 아주 잘 못되어 있어요. 나는 고(故) 니콜라스 경을 굉장히 미워했었죠. 그를 보면 몸이 후들후들 떨렸다니까요.」

「좋은 사람은 아니었던 것 같습니다.」

그녀의 남편이 말했다.

「그러나 이상한 매력이 있었지요.」

「내겐 절대로 그렇게 느껴지지 않았어요.」

버클리 부인이 말했다.

「그 집에는 어떤 사악한 느낌이 깃들어 있어요. 무슨 일이 있어도 우리 매기를 거기에 보내서는 안 되는 거였는데.」

「아, 정말이오!」

버클리 씨는 이렇게 말하며 머리를 내저었다.

「자.」

포와로가 말했다.

「더 이상 당신들을 방해해서는 안 되겠군요. 나는 단지 깊은 조의를 표하고 싶었을 뿐입니다.」

「정말 친절하신 분이시군요, 포와로 씨. 우리는 당신의 모든 처사에 정말로 감사 드립니다.」

「요크셔에는 언제 돌아가십니까?」

「내일이오. 슬픈 여정이 될 겁니다. 안녕히 가십시오, 포와로 씨. 그리고 다시 한 번 감사 드립니다.」

제16장 휘트필드를 만나다   181

「아주 소박하고 즐거운 사람들이더군요.」

우리가 자리를 뜬 다음에 나는 이렇게 말했다.

포와로는 머리를 끄덕였다.

「마음이 아프지 않나, 여보게? 비극이란 너무 헛되고도, 너무 무모해. 그 처녀를……. 아! 나로선 심한 자책감이 드는군. 나, 에르퀼 포와로가 바로 그 자리에 있으면서도 범죄를 막지 못했다니!」

「누구라도 그것을 막지는 못했을 겁니다.」

「자네는 생각도 해보지 않고 말하는구먼, 헤이스팅스. 평범한 사람이라면 당연히 그것을 막을 수 없었겠지. 그러나 평범한 사람들이 할 수 없는 것을 자네야 어떻게 하지 못했다 치더라도, 다른 사람 이상의 훌륭한 뇌세포를 지닌 이 에르퀼 포와로가 그랬다는 것이 뭐를 잘했다는 건가?」

「글쎄요, 물론…….」

내가 말했다.

「그렇게 받아들이신다면…….」

「그렇다네, 정말. 나는 부끄럽고 의욕마저 상실해 버릴 지경이네. 정말 굴욕스러워.」

나는 포와로의 굴욕이 이상하게 다른 사람의 우쭐함과 같다는 생각이 들었으나, 신중하게 그런 말은 삼갔다.

「자, 그럼.」

그가 말했다.

「시작해야지. 런던으로.」

「런던?」

「그렇다니까. 2시 기차를 충분히 탈 수 있겠어. 여기는 모든 것이 평화로워. 마드모아젤은 요양소에 있으면 안전하고. 아무도 그녀를 해칠 수 없어. 그러니 집 지키는 개가 자리를 비울 수 있단 말씀이야. 나는 한두 가지 알고 싶은 문제가 있다네.」

런던에 도착하여 첫 번째로 한 일은 죽은 세튼의 변호사 사무실인

'휘트필드, 파기터 앤드 휘트필드'를 찾아가는 것이었다.

포와로가 미리 약속을 정해 두었는지, 6시가 넘었는데도 우리는 그 회사의 대표인 휘트필드 씨와 금방 만날 수 있었다.

그는 도시풍이 완연한 패나 인상적인 사람이었다. 그의 앞에는 세인트 루 경찰서장에게서 온 편지 한 통과 런던 경시청의 어떤 고위 관리로부터 온 다른 편지 한 통이 놓여 있었다.

「이것은 무척 비정상적이며 드문 일입니다, 포와로 씨.」

그는 안경을 닦으며 이렇게 말했다.

「정말 그렇습니다, 휘트필드 씨. 살인사건 또한 비정상적이죠. 그리고 이렇게 말하게 되어 다행입니다만, 극히 드문 일이고요.」

「맞습니다, 맞아요. 그러나 이건 좀 억지 아닙니까? 그 살인사건과 내 고객의 유산을 관련시킨다는 것은?」

「나는 그렇게 생각지 않소.」

「아! 당신은 그렇게 생각하지 않는다고요. 글쎄요. 그런 상황 아래서라면. 그리고 나는 헨리 경이 편지에 그렇게 강경하게 쓴 걸로 봐서 내가, 음, 내 힘닿는 데까지 도와드릴 수 있었으면 좋겠군요.」

「당신은 죽은 세튼 씨의 법률 고문으로 일하셨죠?」

「세튼 집안의 모든 사람에게 그랬지요, 선생님. 우리는 그렇게 해왔습니다. 회사가 그렇게 해왔다는 말입니다. 지난 100년 동안.」

「잘됐군요. 고 매튜 경은 유언장을 만드셨죠?」

「우리가 만들어 드렸죠.」

「그럼 그는 유산을 남겼을 텐데. 어떻습니까?」

「몇 개의 유산이 있지요. 자연사 박물관에도 남긴 게 있지만, 그의 막대한, 아주 막대하다고 해도 좋을 그의 재산 대부분은 오로지 마이클 세튼에게만 남겼습니다. 그분에게는 다른 가까운 친척이 없었으니까요.」

「아주 막대한 재산이라고요?」

「고 매튜 경은 영국에서 둘째가는 부자였죠.」

휘트필드 씨는 냉정하게 대답했다.
「그분은 좀 이상한 성격을 가지고 있지 않았습니까?」
휘트필드 씨는 포와로를 엄격하게 쳐다보았다.
「백만장자라면, 포와로 씨, 으레 괴상하기 마련이죠. 그분에게는 거의 당연한 일입니다.」
포와로는 이 말을 순순히 받아들이고 다른 질문을 했다.
「그는 갑작스럽게 죽은 걸로 아는데요?」
「아주 갑작스러운 일이었죠. 매튜 경은 남달리 건강이 좋으셨거든요. 그러나 아무도 의심하지 않았지만 그는 내장종양을 가지고 있었습니다. 그게 중요한 조직에까지 퍼져서 긴급한 수술이 불가피했지요. 그 수술은, 그런 경우에 있어서는 항상 그렇듯이 대단히 성공적이었습니다만, 그럼에도 불구하고 매튜 경은 죽고 말았지요.」
「그래서 그의 재산은 세튼에게 넘어갔군요.」
「그렇습니다.」
「세튼도 이번 비행 전에 유언장을 만든 것으로 알고 있는데요?」
「그것을 유언장이라고 한다면야 맞는 말이지요.」
휘트필드 씨는 굉장히 혐오스러운 듯이 이렇게 말했다.
「그게 법적으로는 유효합니까?」
「법적으로야 완벽하지요. 유언자의 의지가 똑똑하게 드러나 있고, 입회 문제도 완전합니다. 오! 그래요, 그것은 합법적입니다.」
「그러나 당신은 승인하지 않는단 말씀이군요?」
「선생님, 우리가 무엇을 승인하겠습니까?」
나는 늘 궁금했었다. 언젠가 아주 간단한 유언장을 만들어야겠다고 생각한 적이 있었는데, 나는 변호사 사무실에서 만들어 준 그 유언장의 길이와 용어에 깜짝 놀라고 말았었다.
「사실은……」
휘트필드 씨가 계속했다.
「그 당시 세튼은 남길 만한 게 거의 없다시피 했지요. 그는 자기 백부가 주는 용돈에 의존하고 있었으니까요. 그는 아무래도 좋다고 생각했었던 것 같습니다.」

나는 그의 생각이 옳다고 혼자서 속으로 말했다.

「그럼 그 유언장의 내용은?」 하고 포와로가 물었다.

「그는 자기가 죽을 때 가지고 있는 모든 것을 약혼녀인 맥덜러 버클리 양에게 분명히 남겼습니다. 그 실행자로는 나를 지명했고요.」

「그럼 버클리 양이 상속받습니까?」

「물론 버클리 양이 상속받죠.」

「만일에 버클리 양이 지난 월요일에 죽었다면?」

「세튼이 그녀보다 먼저 죽을 경우, 그 돈은 그녀의 유언장에 잔여 재산 수유자로 지명한 사람에게 가게 되어 있습니다. 만일 유언장이 없다면, 그녀와 가장 가까운 친족이 갖게 되겠죠.」

「아마.」

휘트필드 씨는 재미있다는 듯이 이렇게 덧붙였다.

「그 상속세만 해도 굉장할걸요. 어마어마한 액수일 거예요! 바로바로 연달아 세 명이나 죽는 거니까요.」

그는 머리를 설레설레 흔들었다.

「어마어마하지요!」

「그래도 남는 게 있겠죠?」

포와로는 자신 없는 목소리로 조그맣게 말했다.

「선생님, 아시다시피 매튜 경은 영국에서 둘째가는 부자입니다.」

포와로는 일어섰다.

「대단히 감사합니다, 휘트필드 씨, 정보를 제공해 주어서요.」

「천만에요. 천만의 말씀입니다. 아마 나는 버클리 양에게 연락해야 될 것 같습니다. 편지가 이미 도착했으리라 믿습니다만, 그녀에게 조금이라도 도움이 된다면 좋겠군요.」

「그녀는 젊은 아가씨지요.」

포와로가 말했다.

「누구든 법률에 관해서 충고를 해주어야 할 겁니다.」
「재산을 노리고 결혼하려는 사람이 많겠군요.」
휘트필드 씨가 머리를 저으며 말했다.
「그렇겠죠.」 하고 포와로가 동의했다.
「안녕히 계십시오.」
「안녕히 가십시오, 포와로 씨. 당신을 도와드릴 수 있어서 반가웠습니다. 당신의 성함을. 잘 알고 있습니다.」
그는 존경한다는 태도로 정중하게 인사했다.
「모두 당신이 생각했던 대로 들어맞았군요, 포와로.」
밖에 나와서 나는 이렇게 말했다.
「여보게, 그건 뻔한걸세. 다른 길이 있을 리 없지. 자, 이제 '체셔 치즈'에 가서 재프와 만나 일찌감치 저녁이나 먹어 볼까.」
약속한 장소에 도착하자 런던 경시청의 재프 경감이 우리를 기다리고 있었다. 그는 포와로를 극진히 맞이했다.
「당신을 만나 뵌 지도 벌써 몇 년이 되었군요, 포와로 씨! 시골에서 호박을 재배하고 있는 줄 알았는데요.」
「해봤지, 재프. 해보고말고. 그런데 호박을 재배할 때조차도 살인사건에서 벗어날 수는 없더구먼.」
그는 한숨을 내쉬었다. 나는 그가 무슨 생각을 하고 있는지 알고 있었다. 펀리 파크에서 있었던 그 이상한 사건이었다.('애크로이드 살인사건') 내가 그때 그렇게 멀리 떨어져 있었다는 것이 얼마나 유감스러웠던지.
「그리고 헤이스팅스 대위도.」
재프가 말했다.
「안녕하셨습니까?」
「아주 좋습니다, 덕분에.」
내가 말했다.
「그런데 살인사건이 또 있다고요?」

재프는 익살맞게 말했다.

「그렇다네. 또 살인사건일세.」

「하지만 우울해 하지는 마십시오, 영감님.」 하고 재프가 말했다.

「길이 똑똑히 안 보인다고 하더라도. 글쎄요. 그 나이에 다니면서 과거에 했던 성공을 다시 거두리라고는 기대하지 마십시오. 해가 가면 우리 모두가 늙어 가는 거지요. 젊은 사람들에게 기회를 주어야 한다고요.」

「그러나 늙은 개는 모든 속임수를 빤히 알고 있단 말이야.」

포와로가 중얼거렸다.

「약삭빠르지. 냄새를 그냥 지나치지 않고.」

「오! 그렇지만, 우리는 사람에 관한 얘기를 하고 있습니다, 개가 아니라.」

「거기에 뭐 별다른 차이나 있나?」

「글쎄요, 어떻게 보는가에 달렸겠죠. 하지만 당신은 늘 좀 달랐지요. 안 그렇소, 헤이스팅스 대위? 항상 그랬죠. 정말 여전해 보이십니다. 머리 꼭대기의 머리카락은 좀 빠졌지만, 얼굴의 버섯은 전보다 더 풍부해졌군요.」

「응?」

포와로가 말했다.

「그게 무슨 소리인가?」

「당신의 콧수염에 대해서 찬사를 보내고 있는 겁니다.」

내가 안심시키느라 이렇게 말했다.

「이거야 물론 훌륭하지.」

포와로는 만족스럽게 그것을 쓰다듬으며 말했다.

재프는 한바탕 웃음을 터뜨렸다.

「자.」

그는 잠시 뒤에 이렇게 말했다.

「당신 일을 조금 거들었습니다. 보내 주신 이 지문들은……」

「어떤가?」

포와로는 커다란 관심을 표시하며 말했다.

「아무것도 없습니다. 그 양반이 누구인지는 모르겠지만 우리들의 손을 거쳐간 적이 없습니다. 그리고 멜버른에도 전보를 쳐보았는데, 그런 이름의 그러한 사람은 거기에 알려져 있지 않다고 하더군요.」

「아!」

「사실은 그런 것이 더욱 비린내나는 점인지도 모르지. 그러나 그는 젊은 사람이 아닐세.」

「또 한 가지 일에 대해서는……」

재프가 계속했다.

「어떻게 되었나?」

「래저러스 부자(父子)는 훌륭한 평판을 듣고 있어요. 거래에서도 아주 솔직하고 존경할 만하더군요. 물론, 매몰찬 점이 있긴 하지만 그거야 별개의 문제 아닙니까? 사업을 할 때에는 매몰차게 한답니다. 그러나 사람들은 괜찮습니다. 그런데 요즘은 형편이 안 좋다는군요. 경제적으로 말입니다.」

「오, 그래?」

「예. 그림이 부진해서 호되게 당하고 있다는군요. 고가구도 그렇고요. 대륙에서 몰려온 현대풍이 유행하고 있으니까요. 그 사람들은 작년에 새로 집과 대지를 사들였는데 아마, 퀴어 가(街)에서 그리 멀지 않은가 봐요.」

「정말 고맙네.」

「천만에요. 그런 일은 사실 내 전문이 아니죠. 그렇지만 당신이 원하신 대로 밝혀내 보기로 마음먹었습니다. 우리는 항상 정보를 입수할 수 있으니까요.」

「재프, 자네 없이 내가 무슨 일을 할 수 있겠나?」

「오! 괜찮습니다. 옛 친구를 도와주는 일은 항상 즐겁죠. 과거에 내가 당신을 얼마나 많이 끌어들였습니까?」

과거에 경감을 쩔쩔매게 만든 많은 사건을 포와로가 해결해 주었을 때 신세졌던 것을 재프는 잊지 않고 있었다.
「그 시절이 좋았지. 그럼.」
「지금이라도 이따금씩 당신과 얘기를 나누면 좋겠습니다. 당신의 방법은 구식일지는 모르나 빈틈이 없거든요, 포와로 씨.」
「다른 문제는 어떻게 됐나, 그 맥칼리스터 박사는?」
「오, 그 사람! 그는 여자들 상대의 의사예요. 부인과 의사 말고요. 신경과 의사 말입니다. 벽은 자주색으로 칠하고 천장은 오렌지색으로 칠한 방에서 잠을 자라고 한다든지 당신의 리비도(정신분석학에서 인간의 성적 욕망)에 관한 얘기를 한다든지 그냥 내버려두라고 말하는 사람 말입니다. 그는 약간은 돌팔이 의사입니다. 하지만 여자들에 대해서는 잘 알죠. 여자들이 그에게 떼지어 몰려든다니까요. 외국에도 자주 나가나 봅니다. 파리에 의학 관계로 일이 자주 있는 것 같습니다.」
「맥칼리스터 박사는 왜요?」
나는 영문을 몰라 이렇게 물었다. 한 번도 그 이름을 들어 본 적이 없었기 때문이다.
「그는 어디에서 튀어나온 겁니까?」
「맥칼리스터 박사는 챌린저 중령의 백부라네.」
포와로가 설명해 주었다.
「그가 자기 백부가 의사라고 한 얘기를 기억하나?」
「정말 철두철미하시군요.」
내가 말했다.
「그가 매튜 경을 수술했으리라고 생각했습니까?」
「그는 외과 의사가 아닙니다.」
재프가 말했다.
「여보게…….」
포와로가 말했다.

「나는 모든 것을 조사하고 싶다네. 에르큘 포와로는 훌륭한 개일세. 개는 냄새를 쫓아다니지. 그리고 만일 유감스럽게도 따라다닐 냄새가 없으면 코를 킁킁거리며 항상 좋지 않은 것을 찾아다닌다네. 에르큘 포와로가 바로 그렇다네. 그리고 가끔, 오! 정말 가끔씩, 그는 찾아낸단 말일세!」

「좋은 직업은 못 됩니다, 우리들의 직업은요.」

재프가 말했다.

「스틸턴(고급 치즈)이라고 했나요? 나는 그래도 괜찮습니다. 물론, 훌륭한 직업은 아니지만. 당신이야 나보다 더 나쁜 직업이지요. 공무원이 아니니까 문제를 캐내는 것도 훨씬 비밀스러운 방법으로 해야 되잖습니까.」

「나는 나 자신을 숨기지는 않는다네, 재프. 한 번도 나를 숨겨 본 적이 없어.」

「그럴 수도 없지요.」

재프가 말했다.

「당신은 특이하니까요. 한번 보면 절대로 잊을 수가 없죠.」

포와로는 좀 의아스러운 듯이 그를 쳐다보았다.

「농담입니다.」

재프가 말했다.

「신경 쓰지 마십시오. 포트 와인으로 하시겠습니까? 그러시다면…….」

그 날 저녁은 무척이나 정다운 분위기였다. 우리는 이윽고 추억 속에 잠겼다. 이런 사건, 저런 사건, 또 다른 사건……. 나도 지난 얘기를 하는 것에 정말로 신이 났다. 좋은 날들이었다. 지금 나는 얼마나 늙고 이것저것 일도 많이 겪었던가!

불쌍한 늙은 포와로. 그는 이 사건으로 쩔쩔매고 있었다……. 나는 그것을 알 수 있었다. 그의 능력도 옛날 같지가 않은 모양이었다. 나는 그가 점점 더 기력을 잃어 가고 있다는 생각이 들었다. 아마 매기 버클리의 살인범은 결코 책에 등장하지 않을지도 모른다.

「용기를 내게나, 여보게.」

포와로가 내 어깨를 철썩 때리며 이렇게 말했다.

「모두 다 사라져 버린 것은 아닐세. 그렇게 우울한 표정 짓지 말게, 제발.」

「괜찮습니다. 나는 괜찮다니까요.」

「나도 마찬가지야. 재프도 마찬가지고.」

「우리는 모두 괜찮습니다.」

재프는 들뜬 목소리로 이렇게 외쳤다.

그리고 우리는 유쾌한 기분으로 헤어졌다.

다음날 아침 우리는 세인트 루로 돌아왔다. 호텔에 도착하자마자 포와로는 그 요양소에 전화를 걸어서 닉을 바꿔 달라고 했다.

그러자 갑자기 그의 안색이 달라졌다. 하마터면 그는 수화기를 떨어뜨릴 뻔했다.

「뭐라고? 어떻게 됐다고요? 다시 말해 주시오, 어서!」

그는 잠시 듣고만 있었다. 그런 다음 이렇게 말했다.

「알았어요, 알았어. 당장 가리다.」

그는 창백한 얼굴로 나를 보았다.

「내가 그곳을 왜 떠났었지, 헤이스팅스? 이 일을 어쩌나! 내가 왜 떠났었지?」

「무슨 일입니까?」

「닉 양이 위독하다는군. 코카인 중독으로. 결국 그녀를 잡고야 말았어. 어쩌면 좋은가? 어쩌면 좋아, 왜 내가 떠났었지?」

제17장 초콜릿 한 상자

요양소로 가면서 포와로는 계속 혼자서 중얼거렸다. 그의 머릿속은 자책으로 꽉 차 있었다.
「미리 짐작했어야 했는데.」
그는 신음했다.
「짐작했어야 했어! 그러나 내가 무엇을 할 수 있었겠나? 나는 철저하게 예방책을 강구했어. 불가능한 일이야, 불가능해. 아무도 그녀에게 접근할 수 없었다고! 누가 내 명령에 따르지 않은 거지?」
요양소에서 우리가 아래층에 있는 작은 방으로 안내된 뒤, 곧 그레이엄 박사가 들어왔다. 그는 지쳐서 창백하게 보였다.
「그녀는 살아날 겁니다.」
그가 말했다.
「괜찮아질 거예요. 문제는 그녀가 그 독한 것을 얼마나 많이 먹었느냐는 겁니다.」
「그게 무엇이었습니까?」
「코카인.」
「살아날까요?」
「예, 물론 살아날 겁니다.」
「그런데 어떻게 그런 일이 일어났죠? 놈들이 그녀에게 어떻게 접근했습니까? 누구를 들여보냈나요?」
포와로는 무기력한 흥분에 완전히 녹초가 되어 있었다.
「아무도 들여보내지 않았습니다.」
「그렇지 않았을 거요.」
「사실입니다.」

「그러면……?」
「문제는 초콜릿 상자였습니다.」
「아, 빌어먹을! 내가 그녀에게 아무거나 먹지 말라고 일러두었는데 아무것도. 외부에서 들어온 것이면 죄다.」
「그 점은 모르겠습니다. 처녀들이 초콜릿 상자를 멀리하기란 어려운 일이지요. 그녀는 딱 한 개 먹었더군요. 다행히도.」
「그 초콜릿에 코카인이 몽땅 다 들어 있었습니까?」
「아뇨. 그 아가씨가 한 개를 먹었고, 위칸에 두 개가 더 있었습니다. 나머지는 괜찮았고요.」
「어떻게 그렇게 됐죠?」
「아주 서툴게 조작했더군요. 초콜릿을 반으로 잘라내어 코카인과 혼합한 다음 다시 붙여 놓았더군요. 아마추어 같습니다. 집에서도 너끈히 할 수 있는 일이지요.」
포와로는 신음소리를 내며 말했다.
「아! 미리 짐작했더라면, 마드모아젤을 만나볼 수 있을까요?」
「한 시간 뒤에 다시 오시면 만날 수 있을 것 같습니다.」
의사가 말했다.
「기운을 차리십시오. 그녀는 죽지 않을 겁니다.」
한 시간 동안 우리는 세인트 루의 거리를 걸어 다녔다. 나는 포와로의 마음을 진정시키기 위해서 최선을 다했다. 모든 것이 괜찮으며, 결국 잘못된 것은 하나도 없다고 말해 가며.
그러나 그는 단지 머리만 내저으면서, 이따금씩 이렇게 되풀이할 뿐이었다.
「걱정이야, 헤이스팅스. 나는 두렵다네…….」
그가 말하는 모양이 너무 이상해서 나도 역시 두려워졌다.
그는 대뜸 내 팔을 잡았다.
「여보게, 나는 완전히 틀렸어. 처음부터 몽땅 다 틀렸네.」
「그 말은 돈 때문이 아니었다는…….」

「아니, 아닐세. 그것은 내가 옳아. 오, 물론일세! 그러나 그 두 가지가 너무 단순하고, 너무 간단한 것이었는데. 아직 왜곡된 것이 있어. 그래, 뭔가가 있어!」

그런 다음 분노를 못 이겨 이렇게 토로했다.

「아, 유감스러운 일이야! 그거야 내가 그녀에게 금지시킨 일이 아닌가? 내가 일러두지 않았는가 말이야. 외부에서 들어온 것은 어떤 것에도 손대지 말라고. 그런데 그녀가 내 말에 따르지 않았어. 나를, 에르큘 포와로를 말이야. 네 번씩이나 죽을 뻔하고도 충분하지 않다는 건가, 응? 꼭 다섯 번째까지 가야 해? 아, 놀랍군!」

마침내 우리는 돌아갔다.

잠시 기다린 뒤에 우리는 2층으로 안내되었다. 닉은 침대에 일어나 앉아 있었다. 눈동자가 넓게 팽창되어 있었다. 그녀는 열이 있어 보였고, 손에는 심한 경련이 일고 있었다.

「또 걸려들었어요.」

그녀는 조그만 목소리로 이렇게 말했다.

포와로는 그녀를 보자마자 정말 크게 흥분했다. 그는 헛기침을 하며 그녀의 손을 잡았다.

「아, 마드모아젤, 마드모아젤!」

「나는 개의치 않았을 거예요.」

그녀는 도전적으로 말했다.

「이번에 나를 죽였다고 하더라도 말이에요. 나는 이 모든 것에 진저리가 나요. 정말이지 진저리가 난다고요!」

「가엾게도!」

「내 마음속에 있는 무엇인가가 그들의 승리를 인정하고 싶어하지 않아요!」

「그게 올바른 정신이오. 경기에서는 훌륭한 경기를 해야 하오, 마드모아젤.」

「이 전통 있는 요양소도 결국 그렇게 안전하지가 않군요.」

닉이 말했다.
「당신이 내 말에 따르기만 했어도, 마드모아젤.」
그녀는 약간 놀라는 것 같았다.
「따랐어요.」
「외부에서 온 것은 절대 먹지 말라고 내가 말하지 않았던가요?」
「그렇게 한 적 없어요.」
「그러면 그 초콜릿은……?」
「하지만 그건 괜찮은 것이었잖아요. 당신이 보냈으니까.」
「무슨 말이오, 마드모아젤?」
「당신이 그걸 보내 주셨다고요!」
「내가? 난 그런 적 없소. 절대로 그런 적이 없어요.」
「그렇지만…… 당신의 카드가 상자 속에 있었는데요.」
「뭐라고?」
닉은 침대 옆에 있는 테이블을 향해 발작적으로 몸을 움직였다.
간호사가 앞으로 나왔다.
「상자 속에 들어 있는 카드 말씀이세요?」
「예, 그래요. 간호사.」
잠깐 동안 침묵이 흘렀다.
그 간호사가 그것을 가지고 방으로 돌아왔다.
「여기 있어요.」
나는 숨을 몰아쉬었다. 포와로도 그랬다.
그 카드에는 화려한 필체로, 포와로가 그 꽃바구니와 함께 보낸 카드에 썼던 글씨와 똑같이 '에르큘 포와로의 인사와 함께'라고 적혀 있었다.
「빌어먹을!」
「보셨죠.」
닉은 비난조로 말했다.
「나는 이것을 쓰지 않았소!」

제17장 초콜릿 한 상자 195

포와로가 외쳤다.

「뭐라고요?」

「그러나.」

포와로가 중얼거렸다.

「틀림없이 이건 내 글씨인데.」

「나도 알아요. 오렌지색 카네이션과 함께 온 카드와 아주 똑같잖아요. 그래서 당신이 보낸 초콜릿이라는 것을 결코 의심하지 않았죠.」

포와로가 머리를 가로저었다.

「어떻게 의심했겠소? 오, 이럴 수가! 사악한 악마 같으니라고! 그런 것까지 다 생각해 내다니! 아, 하여튼 그는 비상한 재주를 가졌군, 천재라고! '에르큘 포와로의 인사와 함께' 아주 간단하지. 그렇지만 그런 것까지도 생각하다니……. 그런데 나, 나는 미처 생각지 못했어. 이런 것은 미처 생각지도 못했어.」

닉은 불안하게 움직였다.

「동요하지 말아요, 마드모아젤. 당신은 잘못이 없소. 욕먹어야 할 사람은 마땅히 나요. 내가 얼마나 비참할 정도로 우둔한지 모르겠구려! 이러한 일을 미리 알아차렸어야 했는데. 알았어야 했소.」

그는 턱을 가슴 위로 떨구었다. 그는 불행의 화신 같았다.

「저, 이젠 그만!」

간호사가 말했다.

그녀는 못마땅한 표정으로 옆에서 멈칫거리고 있었다.

「어? 알았어요, 알았어, 가겠소. 용기를 가져요, 마드모아젤. 이건 나의 최후의 실수가 될 겁니다. 나는 부끄럽고 우울하고, 속고, 허를 찔리고 말았으니. 마치 내가 어린 학생인 것 같구려. 그러나 다시는 이런 일이 없을 거요. 절대로. 약속하리다. 자, 그럼, 헤이스팅스.」

포와로가 제일 먼저 한 일은 간호원장과의 면담이었다. 그녀는 당연한 일이겠지만 그 모든 일에 대해 굉장히 당황한 상태였다.

「내게는 모두 거짓말 같습니다, 포와로 씨, 정말 믿어지지가 않아요. 그와 같은 일이 우리 요양소에서 있었다니.」
 포와로는 동정을 하면서도 재치가 있었다.
 그녀를 충분히 위로한 다음, 그는 그 불길한 물건이 도착한 경위를 조사하기 시작했다. 여기에서 그 간호원장은 그것이 도착했을 당시의 당번을 만나보는 게 좋겠다고 했다.
 호드라는 이름을 가진 그 남자는 어리숙하지만 정직해 보이는 22살가량의 젊은이였다. 그는 불안하고 놀란 것처럼 보였다.
 그러나 포와로는 그를 편안히 대해 주었다.
「자네한테는 아무런 잘못이 없네.」
 그는 친절하게 말했다.
「그러나 이 소포가 언제 어떻게 도착했는지 정확하게 말해 주었으면 좋겠네.」
 그 당번은 꽤나 당황한 모양이었다.
「말하기가 어렵습니다, 선생님.」
 그는 천천히 말했다.
「수많은 사람들이 와서 묻고는 서로 다른 환자에게 물건을 남기니까요.」
「간호사 말로는 어젯밤에 들어왔다고 하던데?」
 내가 말했다.
「6시쯤.」
 그 청년의 얼굴이 밝아졌다.
「이제야 기억이 납니다, 선생님. 어떤 신사 분이 그것을 가지고 왔습니다.」
「얼굴이 마른 신사던가? 금발 머리의?」
「금발이긴 했는데……, 얼굴이 말랐는지는 잘 모르겠습니다.」
「찰스 바이스가 가져왔을까요?」
 내가 포와로에게 조그맣게 얘기했다.
 나는 청년이 그 이름을 알고 있으리라고는 염두에 두지 않았다.

제17장 초콜릿 한 상자 197

「바이스 씨는 아니었습니다.」
「저는 그분을 알고 있어요. 체구가 좀더 큰, 아주 잘생긴 신사 분이었어요. 커다란 차를 타고 왔었죠.」
「래저러스.」
내가 소리쳤다.
포와로가 나에게 경고하는 시선을 보내는 것을 보고 나는 나의 경솔함을 후회했다.
「그가 큰 차로 와서 이 상자를 남겨 두고 갔단 말이군. 그게 버클리 양 앞으로 주소가 써 있던가?」
「예, 선생님.」
「그래서 그것을 어떻게 했나?」
「저는 건드리지 않았습니다, 선생님. 간호사가 집어갔어요.」
「그랬겠지, 물론. 하지만 자네도 그 신사 양반한테 그것을 전해 받을 때는 건드렸을 것 아니겠나?」
「오, 그야 물론이죠, 선생님! 저는 그것을 받아 테이블 위에 올려놓았습니다.」
「어느 테이블인가? 괜찮다면 좀 보여 주게.」
그 당번은 우리를 홀로 안내했다. 현관문은 열려 있었다.
홀 안에 편지와 소포를 두는 대리석으로 덮힌 긴 테이블이 있었다.
「들어온 것은 모두 여기에 놓여집니다, 선생님. 그러면 간호사들이 환자들에게 물건을 갖다 주지요.」
「혹시 그 상자가 언제 도착했는지 알고 있나?」
「5시 반이나, 아니면 조금 더 뒤가 틀림없습니다. 우편물이 그때 막 도착되었는데, 5시 반경이거든요. 아주 바쁜 오후였습니다. 많은 사람들이 꽃을 두고 가거나 환자들을 만나러 왔었죠.」
「고맙네. 자, 그럼, 그 상자를 집어간 간호사를 만나봐야겠군.」
그녀는 수습 간호사 중 하나였는데, 너무 흥분해서 법석을 떠는 것이 약간 경박해 보였다. 그녀는 자기가 그 상자를 가져간 때를 당번 시간인 6시로 기억하고 있었다.

「6시라.」

포와로가 중얼거렸다.

「그럼 그 상자가 아래층 테이블에 놓여 있던 시간은 약 20분 정도였구먼.」

「예?」

「아니오, 아가씨. 계속해 봐요. 아가씨가 그 상자를 버클리 양에게 갖다 주었소?」

「예, 그녀에게 여러 가지 물건들이 와 있었어요. 그 상자와 꽃과, 크로프트 부부가 보낸 스위트피가 있었어요. 저는 그것들을 한꺼번에 가져왔어요. 그리고 우편으로 온 소포도 하나 있었는데 정말 이상하게도 그것도 풀러스 초콜릿 상자였어요.」

「뭐라고? 상자가 또 있었다고요?」

「예, 정말 우연한 일이죠. 버클리 양은 둘 다 열어 보았어요. 그녀는 '오! 이게 무슨 창피람. 먹지 말라는 말을 듣고선' 하고 말하더군요. 그러더니 그녀는 뚜껑을 열고 안을 들여다보며 두 개가 똑같은지 살펴보더니, 당신의 카드가 그중 하나에 들어 있는 것을 보고는 '저 불순한 상자는 당장 치워 버려요, 간호사. 혹시 내가 혼동할지도 모르니까' 하고 말했어요. 오! 그런데 누가 그런 일을 생각이나 했겠어요? 꼭 에드가 위러스 같지 않아요?」

포와로는 이 수다스러운 말을 일축해 버렸다.

「상자가 두 개라고 했죠? 또 하나는 어디에서 온 것이었소?」

「안에 아무 이름도 없었어요.」

「그럼 나한테서 온 것처럼 꾸민 것은 어느 쪽이오? 소포로 온 거요, 아니면 다른 쪽이오?」

「분명히 말씀드려서, 저는 기억할 수가 없어요. 올라가서 버클리 양에게 물어볼까요?」

「그러면 좋지요..」

제17장 초콜릿 한 상자 199

그녀는 계단을 뛰어올라갔다.
「상자가 두 개라면……」
포와로가 중얼거렸다.
「혼란해지는데.」
그 간호사가 숨을 헐떡이며 돌아왔다.
「버클리 양도 잘 모르겠대요. 그녀는 둘 다 포장지를 벗긴 다음 안을 들여다보았거든요. 그러나 그녀는 그게 소포로 오지 않은 상자였던 것 같대요.」
「그래요?」
포와로는 좀 얼떨떨한 모양이었다.
「당신에게서 온 상자가 소포로 오지 않은 것이라고요. 적어도 그녀는 그렇게 생각하고 있지만, 확신하지는 못하겠대요.」

「악마 같은 놈!」
밖으로 걸어나오며 포와로가 이렇게 말했다.
「확실하게 말할 수 있는 사람이 아무도 없잖나? 추리소설에서나 할 수 있겠지. 그러나 인생이란—실제적인 생활이란—항상 혼란으로 가득 차 있어. 나 자신도 뭐 한 가지라도 확신하고 있는 것이 있겠나, 응? 천만에, 아닐세, 천부당만부당이라고.」
「래저러스.」
내가 말했다.
「그래, 좀 놀라운 일이지?」
「그에게 그것에 대해서 물어봐야겠죠?」
「물론이지. 그가 그것을 어떻게 받아들이는지 보고 싶군 그래. 그런데 마드모아젤의 심각한 상태를 과장시켜도 괜찮겠지? 그녀가 지금 죽음의 문턱에 있는 것처럼 가장해도 안 될 것은 없을 거야. 알겠나? 심각한 얼굴로, 훌륭해. 마치 장의사 같군, 아주 훌륭해.」
우리는 다행히도 곧 래저러스를 찾았다. 그는 호텔 밖에서 자기 자동차의 본네트에 몸을 구부리고 있었다.
 포와로는 곧장 그에게로 다가갔다.
「어제 저녁에, 래저러스 씨, 마드모아젤에게 초콜릿 상자를 갖다 주었더군요?」
 그는 서두도 없이 시작했다.
 래저러스는 좀 놀라는 것 같았다.
「그런데요?」
「정말 친절하시군요.」
「사실, 그건 프레디, 그러니까 라이스 부인이 보낸 거였습니다. 그녀가 나에게 갖다 달라고 부탁해서요.」
「오, 그렇습니까?」
「나는 차로 그것을 갖다 주었죠.」
「알겠습니다.」
 포와로는 잠시 가만히 있다가 이렇게 말했다.
「라이스 부인은 어디에 있죠?」
「라운지에 있을 겁니다.」
 프레드리커는 차를 마시고 있었다. 그녀는 걱정스러운 표정으로 우리를 쳐다보았다.
「닉이 아프다고 들었는데, 어떻게 된 거죠?」
「정말 알 수 없는 일입니다, 부인. 당신이 어제 초콜릿 상자를 그녀에게 보냈습니까?」
「예, 그녀가 나에게 갖다 달라고 부탁했거든요.」
「그녀가 갖다 달라고 부탁했다고요?」
「예.」
「하지만 그녀는 아무도 만날 수 없도록 되어 있는데, 어떻게 그녀를 만났습니까?」
「안 만났어요. 그녀가 전화를 했더군요.」
「아, 그래요? 그녀가, 뭐라고 했습니까?」

제17장 초콜릿 한 상자 201

「풀러스 초콜릿 2파운드짜리 한 상자를 갖다 주겠냐고요.」
「그녀의 목소리는 어떻게 들렸습니까, 약하게?」
「아뇨, 전혀요. 아주 건강했어요. 그러나 약간 달랐어요. 처음에는 그녀의 목소리가 아닌 줄 알았으니까요.」
「그녀가 자신을 밝힐 때까지 말입니까?」
「예.」
「그것이 당신의 친구였다는 것을 확신합니까, 부인?」
프레드리커는 깜짝 놀라는 것 같았다.
「저, 저, 글쎄요. 당연히 그랬죠. 그밖에 누구일 수 있다는 거죠?」
「그건 좀 재미있는 질문이군요, 부인.」
「그 말씀은……?」
「그녀가 뭐라고 말했든지 간에 그것이 당신 친구의 목소리였다는 것을 보증할 수 있습니까, 부인?」
「아뇨.」
프레드리커는 천천히 말했다.
「확신할 수 없어요. 그녀의 목소리는 확실히 달랐어요. 나는 전화 상이라서 그런가보다 생각했었죠. 아니면 그녀가 아프다거나…….」
「그녀가 누구인지 밝히지 않았다면, 당신은 그녀인지 알지 못했겠군요?」
「예, 그랬을 거예요. 그게 누구였는데요, 포와로 씨? 누구였어요?」
「나도 그것을 알고 싶습니다, 부인.」
그가 심각한 표정을 짓자 그녀 역시 의심이 나는 모양이었다.
「닉한테……, 무슨 일이 생겼나요?」
그녀는 숨을 몰아쉬며 이렇게 물었다.
포와로가 머리를 끄덕였다.
「그녀는……, 위독하답니다. 그 초콜릿에 극약이 들어 있었어요.」
「내가 보낸 초콜릿예요? 아니, 그럴 리가 없는데, 그럴 리가!」
「불가능한 일이 아닙니다, 부인. 실제로 마드모아젤은 죽을 지경에 이르렀습니다.」

「오, 맙소사!」

그녀는 손에 얼굴을 파묻더니 하얗게 질린 얼굴을 들고 바르르 떨었다.

「이해가 안 가요. 이해할 수가 없어요. 다른 거라면 모르지만, 그것은 아니에요. 거기에 극약이 들어 있을 수가 없어요. 나와 짐 이외에는 아무도 그것에 손대지도 않았는데. 뭔가 단단히 잘못 알고 계시군요, 포와로 씨.」

「잘못한 것은 내가 아니오. 비록 내 이름이 그 상자 안에 있긴 했지만.」

그녀는 그를 망연히 쳐다보았다.

「만일, 닉 양이 죽는다면…….」

그는 이렇게 말하며 손으로 위협적인 몸짓을 해보였다.

그녀는 나지막이 소리를 질렀다.

포와로는 그녀를 외면하고는 내 팔을 잡고 거실로 올라갔다.

그는 테이블 위에 모자를 벗어 던졌다.

「아무것도 이해할 수가 없군. 아무것도! 나는 모르겠어. 나는 어린애라네. 마드모아젤의 죽음으로 이득을 보는 사람이 누구지? 라이스 부인이—그 초콜릿을 샀다는 것을 시인하고 전화를 받았단 얘기를 했는데, 그게 이론적으로 들어맞을 수가 있을까? 라이스 부인.—그건 너무 단순하고, 너무 어리석어. 그렇지만 그녀는 어리석지 않다네. 결코.」

「글쎄요, 그렇다면……?」

「그러나 그녀는 코카인을 복용한다네, 헤이스팅스. 나는 그녀가 코카인을 복용하고 있다는 것을 확신하지. 그건 틀림없어. 그런데 초콜릿에도 코카인이 들어 있었단 말이야. 그리고 그녀가 한 '다른 거라면 모르지만, 그것은 아니에요.' 한 말은 무슨 뜻일까, 응? 그건 설명을 요하는 말이라고! 그리고 그 빤지르르한 래저러스, 그는 이번 일에서 어떤 역할을 담당하고 있는 거지? 라이스 부인은 뭔가를 알고 있는걸까? 그녀는 틀림없이 뭔가를 알고 있어.

그러나 그녀에게 털어놓게 할 수가 없군. 그녀는 윽박질러서 입을 열게 할 수 있는 사람은 아니야. 그러나 틀림없이 그녀는 뭔가를 알고 있다고, 헤이스팅스. 전화에 관한 그녀의 얘기가 사실일까, 아니면 그녀가 꾸며낸 얘기일까? 만일 그것이 사실이라면, 그건 누구의 목소리지? 정말, 헤이스팅스, 이건 아주 짙은 암흑이야. 아주 짙어.」

「동트기 전이 가장 캄캄한 법이죠.」

나는 이렇게 위로를 했다.

그는 머리를 가로저었다.

「그런데 그 다른 상자 말이야. 소포로 온 것 말일세. 그것을 배제해도 될까? 안 되지, 그럴 수 없어, 마드모아젤이 확신하지 못한다고 했으니까. 성가신 일이야!」

그는 끙끙 앓았다.

내가 말을 꺼내려 하자 그가 제지시켰다.

「아닐세. 아니야. 속단은 그만두게. 나는 견딜 수가 없다네. 만일 자네가 좋은 친구라면. 나에게 도움이 되는 친구라면.」

「그렇습니다.」

나는 진심으로 그렇게 말했다.

「제발, 나가서 나에게 카드 좀 사다 주게나.」

나는 그를 쳐다보았다.

「좋습니다.」

나는 딱 잘라 말했다.

나는 그가 나를 쫓아내려고 일부러 그런 말을 했다고밖에 생각할 수 없었다. 그러나 여기에서 나는 그를 잘못 판단했다.

그날 밤 내가 10시쯤 거실로 들어갔을 때 포와로는 조심스럽게 카드로 집을 짓고 있었다. 그리고 보니 기억이 났다! 그것은 그의 신경을 달래기 위한, 그의 오래된 비결이었다. 그는 나를 보고 웃었다.

「그래, 자네도 기억하는군. 정확해질 필요가 있어. 한 카드를 다른 카드 위에 아주 정확한 장소에, 정확하게 얹으면 그게 맨 위에 있는 카드의 무게를 지탱해 내지. 그 다음 계속해서 쌓고 또 쌓는 거야. 어서 가서 자게, 헤이스팅스. 나를 여기 내버려두게나, 카드로 집을 쌓으면서 나는 정신을 가다듬고 있는 거니까.」

누가 흔들어 깨우는 바람에 내가 일어났을 때는 새벽 5시경이었다. 포와로가 내 침대 옆에 서 있었다. 그는 즐겁고 신나 보였다.
「꼭 자네가 말한 대로였다네, 여보게. 오! 바로 그대로였다니까. 게다가 그건 상당히 재치가 있는 말이었어!」
나는 잠이 덜 깬 상태로 눈을 껌벅이고 있었다.
「동트기 전이 가장 캄캄한 법이라고 자네가 말했지. 그건 정말 캄캄했어. 그러나 이제는 먼동이 텄다네.」
나는 창문을 바라보았다. 그의 말이 정말 맞았다.
「아니, 아니, 헤이스팅스, 머릿속 말이야! 마음! 작은 회색 뇌세포 말일세!」
그는 잠깐 멈추었다가 다시 조용하게 말을 이었다.
「여보게, 헤이스팅스, 마드모아젤은 죽었다고 알고 있게.」
「뭐라고요?」
나는 갑자기 잠이 확 깼다.
「쉿! 쉿! 그건 내가 하는 말이야. 사실이 아닐세, 물론. 그러나 그런 체하는 거야. 그래, 24시간 동안만 그런 체하라는걸세. 의사와 간호사들에게도 그렇게 시키는 거야. 이해하겠나, 헤이스팅스? 그 살해범은 성공을 거둔 거야. 네 번 시도했다가 실패했지만, 다섯 번째는 성공을 한 거라네. 그런 다음, 우리는 무슨 일이 일어나는지 잠자코 두고 보는걸세……. 아주 재미있을 거야.」

제18장 창문의 얼굴

그 다음 날에 일어난 사건들은 내 기억 속에서 아주 몽롱하다.

열병으로 깨어 있어야 했다니, 지독히도 불행한 일이었다. 나는 언젠가 말라리아에 걸린 이후로는 꼭 불편한 때만 골라 가며 열병을 앓는 경향이 있었다.

그 결과 그 날의 사건들은 악몽 비슷하게 내 기억 속에 자리하고 있다. 포와로는 서커스에 이따금씩 출연하는 우스꽝스러운 광대처럼 왔다갔다 하고 있었다.

그는 자기 자신을 마음껏 즐기고 있는 것 같았다. 그가 절망적으로 좌절하는 모습은 보기에도 안타까웠다. 그가 자기 계획을 어떻게 진행해 나갔으며, 또한 그 날 아침 일찍 내게 말해 준 그 내용에 관해서는 나는 밝힐 수 없다.

어떻든 그는 자기 계획을 달성하고 말았다. 그게 쉬웠을 리는 없다. 속임수며 거짓이 엄청나게 많이 포함되었을 것이다. 영국인의 기질이 커다란 방해 요인으로 작용했을 터이지만, 그럼에도 불구하고 그런 사실이 포와로의 계획에는 필요했다.

그는 제일 먼저 그레이엄 박사에게 그 계획에 따르도록 했다. 그 다음, 그 박사의 힘을 이용하여 간호원장과 그 요양소의 몇몇 직원들에게 그 계획에 협조해 달라고 설득했다. 거기에도 엄청난 어려움이 있었을 것이다. 그 계획에 동조하게 한 데는 아마 그레이엄 박사의 영향이 컸을 것이다.

그 다음 경찰서장과 경찰이 있었다. 여기에서도 포와로는 관리들의 기질이라는 것에 부딪쳤을 것이다. 어떻든 그는 마침내 웨스튼 대령으로부터 마지못한 승낙을 받아내는 데 성공했다. 그 대령은 그게 결코 자기 책임은 아니라는 것을 확실히 해두었다. 포와로만이 그 거짓 보도에 책임이 있는 것이라고. 포와로는 동의했다. 그는 자신의 계획을 실행하도록 허락만 해준다면 어떤 조건에라도 동의했을 것이다. 나는 그 날 커다란 안락 의자에 앉아서 무릎에 덮개를 덮고 대부분의 시간을 졸면서 보냈다.

두세 시간마다 포와로가 뛰어들어와서 진행 상황을 얘기해 주었다.
「좀 어떤가, 여보게? 정말 딱하구먼. 그러나 잘된 일인지도 모르네. 자네는 나만큼 완벽하게 연기해 내지 못할 테니까. 나는 지금 화환을 주문하고 오는 길이라네. 엄청나게 거대한 화환을 말이야. 백합으로 했다네, 굉장히 많은 백합으로, '진심으로 애도하며, 에르큘 포와로로부터' 아! 정말 기막히게 재미있을걸세.」

그는 다시 떠났다.
「라이스 부인과 아주 애절한 얘기를 나누고 오는 길이네.」
그가 그 다음에 와서 해준 말이었다.
「상복을 아주 멋지게 차려 입었더군. '이 무슨 비극인가요?' 나는 가엾다는 듯이 신음소리를 냈지. 그녀는 닉이 참으로 명랑했고, 참으로 생기에 가득 찼다고 하더군. 그녀가 죽었다고는 생각할 수 없다는 거야. 나도 동감이라고 했지. '그렇게 되는 것이 죽음의 얄궂은 장난입니다. 늙고 쓸모 없는 인간은 남아 있는데' 하고 말해 두었다네. 오, 그 꼴이라니! 나는 계속 신음소리만 내는 거야.」
「당신은 그것을 굉장히 즐기고 있군요.」
내가 힘없는 목소리로 조그맣게 중얼거렸다.
「천만에, 그건 내 계획의 일부일 뿐이라네. 희극을 성공적으로 연기하려면 마음을 온통 거기다 주입시켜야만 되는 거라네. 자, 그렇게 해서 상투적인 애도의 표현이 끝나자 그 부인은 본론으로 접어들었다네. 그녀는 그 초콜릿에 대한 의구심으로 밤을 지새웠다는 거야. 그건 불가능하다고, 불가능한 일이라고 말이야. '부인…….' 하고 내가 말했지. '불가능한 일이 아닙니다. 전문가의 보고서를 보지 않았습니까?' 그랬더니 그녀는 더욱 차분한 목소리로, '그것이……, 코카인이었다고 하셨죠?'라고 말하더군. 내가 그렇다고 했지. 그랬더니 그녀는 '오, 하나님! 나는 이해할 수가 없어요.' 하고 말하더군.」

「아마 그건 사실이겠죠.」

「그녀는 자기가 위험하다는 것을 충분히 이해하고 있어. 영리하다고. 내가 전에도 그렇게 말했지. 그래, 그녀는 위험에 빠져 있고, 또한 그것을 잘 알고 있어.」

「그런데 내게는 처음으로 당신이 그녀가 죄가 없다고 믿는 것처럼 보이는데요.」

포와로는 미간을 찌푸렸다. 그의 흥분된 감정도 다소 누그러졌다.

「자네가 지금 한 말은 의미 심장한데, 헤이스팅스. 그렇다네. 나에게는 사실들이 이제는 더 이상 맞아 들어가지가 않는 것 같네. 이 사건은—지금까지는 가장 두드러진 점이—교묘하다는 것 아니었나? 그런데 여기에는 전혀 교묘한 점이 없어 단지 미숙할 뿐이야, 조잡하고 간단해. 정말이지 맞아 들어가지가 않아.」

그는 탁자에 앉았다.

「자, 사실들을 검토해 보세. 세 가지 가능성이 있어. 라이스 부인이 사고, 래저러스가 갖다 준 초콜릿이 있네. 그럴 경우 죄는 한쪽, 아니면 다른 쪽, 그것도 아니면 두 사람 다에게 있는걸세. 그러면 닉 양에게서 걸려 왔다는 전화는 순전히 꾸며낸 얘기가 되지. 그건 간단하고 **빤한** 해답이야.

두 번째 해답. 다른 한 상자, 소포로 왔다는 것 말일세. 누구라도 그것을 보냈을 수가 있지. 우리 명단상에서 A에서 J에 이르는 혐의자들 중의 누구라도 말이야.(기억나나? 아주 광범위하지.) 그러나 그것이 독이 든 상자였다면, 그 전화의 목적은 무엇일까? 두 번째 상자에 어째서 복잡한 문제가 생긴 거지?」

나는 힘없이 머리를 저었다. 39도의 신열을 가진 나에게는 어떤 복잡한 문제도 극히 불필요하고 불합리해 보였다.

「세 번째 해답. 라이스 부인이 산 상자가 독이 든 상자와 바꿔치기 당했다면, 그럴 경우, 그 전화의 교묘함을 이해할 수가 있지. 그 부인이 이를테면 새끼 고양이의 발이 된 셈이지. 그녀가 불에 굽고 있는 밤을 꺼내도록 되어 있는 거라고. 그래서 세 번째 해답이 가장 논리적인데 또한, 그게 가장 복잡하기도 하다네. 바로 그 순간에 상자를 바꿀 수 있으리라는 것을 어떻게 확신할 수 있겠는가? 그 당번이 위층으로 바로 가져가 버리면 어떻게 하려고. 혹시 바꿔치기를 못 하게 될 수도 있을 것 아닌가. 그러니 그것은 확실히 이치에 안 맞아.」

「래저러스가 아니라는 조건 하에서라면요.」

포와로는 나를 쳐다보았다.

「자네, 열병을 앓고 있다면서 열이 오르지 않는가?」

내가 머리를 끄덕였다.

「몇 도의 열이 지능을 자극한다니 신기한 일이군. 자네가 그 점에 관해 쉬우면서도 의미 깊은 발견을 해냈구먼. 너무 간단했는데도 나는 그것을 깨닫지 못했네. 그러나 그것은 아주 이상한 상태를 전제로 한걸세. 라이스 부인의 소중한 친구인 래저러스가 그녀를 목매달게 하려고 애를 쓰고 있다는 얘기가 되는데, 그건 아주 이상한 성질의 가능성을 열어 준다네. 어떻든 복잡해, 아주 복잡하다고.」

나는 눈을 감았다. 내가 그렇게 똑똑한 말을 했다니 기뻤지만, 더 이상 복잡한 생각은 하고 싶지 않았다. 나는 잠을 자고 싶었다.

포와로는 계속해서 말을 했던 것 같은데, 나는 거의 듣지 않았다. 그의 목소리는 몽롱하게 가라앉고 있었다…….

그 다음에 그를 본 때는 느지막한 오후였다.

「내 조그만 계획하에 꽃가게는 톡톡히 재미를 봤다네.」

하고 그가 알려 주었다.

「모든 사람들이 화환을 주문하고 있다네. 크로프트, 바이스, 챌린저 중령…….」

그 마지막 이름을 듣고 나는 양심의 가책을 느꼈다.
「이것 보십시오, 포와로.」 하고 내가 말했다.
「그에게는 사실을 털어 놓아야죠. 불쌍한 친구, 그는 슬퍼서 미칠 지경일 겁니다. 그건 부당해요.」
「자네는 그 친구한테 항상 관대하구먼, 헤이스팅스.」
「나는 그가 마음에 듭니다. 아주 점잖은 친구예요. 그에게는 비밀을 털어놓으시죠.」
포와로는 머리를 저었다.
「안 되네, 여보게. 예외는 없어.」
「그렇지만 그 친구가 이 사건과 어떤 관련이 있으리라고 의심하지는 않잖습니까?」
「예외는 없다니까.」
「그가 얼마나 괴로워하고 있을지 생각해 보십시오.」
「그와 반대로, 나는 그를 위해 깜짝 놀랄 만큼 신나는 일을 준비하고 있다고 생각하네만. 사랑하는 사람이 죽은 줄 알았다가 살아 있는 것을 발견한다면 말이야! 그건 유일무이한 대 사건이 될 거야. 굉장한 일이지.」
「당신은 정말 고집이 센 사람이군요. 그는 비밀을 지킬 겁니다.」
「나는 확신할 수가 없어.」
「그 친구라면 믿어도 됩니다. 나는 확신한다고요.」
「그렇게 하면 비밀을 지키기가 훨씬 어려워져. 비밀을 지킨다는 일은 수많은 거짓말을 그럴싸하게 꾸며야 하는 하나의 예술일 뿐만 아니라 희극을 위하고, 또 그것을 즐기는 대단한 재능을 요하는 일이라네. 시치미를 잘 뗄 수 있을까, 챌린저 중령이? 그가 비록 자네가 말하는 그런 사람이라고 하더라도, 그것은 정말 할 수 없을걸세.」
「그럼 그 친구한테 말을 안 하겠다는 겁니까?」
「나는 절대로 감정에 사로잡혀 내 계획을 수포로 돌아가게 하지는 않겠네. 우리가 하고 있는 일은 생사가 달린 문제일세. 좌우간, 그만

한 고통은 그 친구를 위해서도 괜찮을 거야. 수많은 유명 목사들이 그렇게 말했다네. 아마 주교까지도 그랬을 거야.」

 나는 더 이상 그의 결심을 흔들지 않기로 했다.

「나는 저녁식사 때 정장을 하지 않겠어.」

 그가 중얼거렸다.

「나는 너무나 비참한 늙은이라네. 그게 바로 내가 맡은 역할이지. 내 모든 자존심이 꺾였어. 나는 비참하다네. 실패하고 말았지. 나는 저녁식사를 하지 않을걸세. 음식엔 손도 대지 않을 거야. 나는 그런 태도를 취해야 한다네. 내 방에서 브리오쉬(버터, 달걀이 든 롤빵)와 초콜릿 에이클리어(슈크림 과자)나 좀 먹겠어. 이럴 줄 알고 과자 상점에서 미리 사두었지. 자네는?」

「키니네나 좀더 먹겠어요.」 하고 내가 힘없이 말했다.

「안됐구먼, 불쌍한 헤이스팅스. 그렇지만 힘을 내게. 내일이면 모두 괜찮아질 테니.」

「정말 그럴 겁니다. 이 병은 꼭 24시간 동안만 괴롭히다 낫는 경향이 있거든요.」

 나는 나중에 그가 방에 돌아오는 소리를 듣지 못했다. 잠에 빠져 있었던 게 틀림없다.

 내가 일어났을 때, 그는 테이블에 앉아서 뭔가를 쓰고 있었다.

 그의 앞에는 꾸깃꾸깃한 종이 한 장이 펴져 있었다. 나는 그것이 A부터 J까지 사람들의 명단을 썼다가 나중에 구겨 버린 종이라는 것을 알아차렸다.

 그는 나의 이런 생각을 알고는 고개를 끄덕였다.

「그렇다네, 헤이스팅스. 그것을 다시 끄집어내어 다른 각도에서 검토해 보고 있는 중이야. 각 사람에게 관련되어 있는 문제들을 수집하고 있다네. 그 문제들 중에는 사건과 관련이 없는 것들도 있어. 다만 내가 모르는 사실을 적어 보았네. 아직 해명이 안 되어 있기 때문에 머리를 짜내어 해답을 구해 보려고 말이야.」

「어디까지 진척이 되었습니까?」
「지금 막 끝났어. 듣고 싶은가? 이젠 좀 괜찮은가, 응?」
「예, 훨씬 좋아진 것 같습니다.」
「다행이군! 좋아, 내가 자네에게 읽어 주지. 그중 어떤 것들은 좀 미숙한 데가 있을걸세.」
그는 목청을 가다듬었다.

A. 엘렌 ; 그녀는 나가서 불꽃놀이를 보지 않고 왜 집에 남아 있었는가?(마드모아젤의 증언과 그녀가 놀라는 것을 보더라도 이상한 일.) 그녀는 무슨 일이 일어났으리라고 생각, 의심했는가? 그녀는 혹시 누군가를(이를테면 J) 집 안으로 들어오게 하지는 않았을까? 그 비밀 패널에 관해서 그녀가 정말로 바른 말을 하고 있는걸까? 만일 그런 게 있다면 그게 어디에 있는지 그녀는 왜 기억을 못 하는가?(마드모아젤은 그런 것이 없다고 아주 확신하는 것 같은데. 만일 있다면, 그녀는 확실히 알고 있었을 텐데.) 만일 그녀가 꾸며낸 얘기라면, 왜 그랬을까? 그녀는 마이클 세튼의 편지를 읽어보았을까? 아니면 닉 양의 약혼에 대해 정말로 놀란 것일까?
B. 그녀의 남편 ; 그는 보기만큼 그렇게 어리숙한가? 무엇인지는 몰라도 엘렌이 알고 있는 사실을 그도 알고 있을까? 모르고 있을까? 그는 어떤 면에서 정신질환자는 아닐까?
C. 그 아이 ; 피를 보고 그 애가 기뻐하는 것은 그의 나이와 발달기에 나타나는 흔한 본능인가? 아니면 병적인 것인가? 그리고 그 병적인 상태는 부모 중 어느 쪽에게서 물려받은 것인가? 그는 장난감 권총을 쏘아 본 적이 있는가?
D. 크로프트 ; 그는 어떤 인물인가? 그는 정말 어디에서 왔는가? 닉 양의 유언장을 그가 맹세한 대로 확실히 부쳤을까? 그것을 부치지 않았다면 어떤 연유일까?

E. 위와 같음. 크로프트 부부는 어떤 사람들일까? 그들은 어떤 이유 때문에 숨어 있는 것은 아닐까? 만일 그렇다면 그 이유는? 그들은 버클리 집안과 어떤 관계를 가지고 있을까?

F. 라이스 부인 ; 그녀는 닉과 마이클 세튼의 약혼을 사실은 알고 있었던 게 아닐까? 단순히 그것을 추측하고 있었을까? 아니면 실제로 그들 사이에 오간 편지들을 읽었을까?(그런 경우라면 그녀는 마드모아젤이 세튼의 상속인이라는 것을 알고 있었을 텐데.) 그녀는 자기가 마드모아젤의 잔여 재산 수유자라는 사실을 알고 있었는가?(이것은 그럴 법한 일이다. 마드모아젤이 그녀에게 아마 거기서 많이 얻지는 못할 거라는 말을 덧붙여 가며 말해 주었을 것 같다.) 래저러스가 마드모아젤을 좋아했다는 챌린저 중령의 언질에 어떤 진실이 숨어 있을까?(이것은 지난 몇 달 동안에 소원해 보인 그 두 친구간의 우정 상태를 설명해 줄지도 모른다.) 그녀의 짧은 편지에서 마약을 조달해 준다는 그 '남자 친구'는 누구일까? 혹시 J가 아닐까? 언젠가 이 방에서 그녀는 왜 기운이 없어졌을까? 그녀가 무슨 말인가 들었기 때문인가? 혹은 뭔가를 보았기 때문인가? 그녀에게 초콜릿을 사달라고 요청한 그 전화 내용에 관한 그녀의 설명은 맞는 말인가? 아니면 교묘한 거짓말인가? 그녀가 '다른 거라면 이해할 수 있지만……, 이것은 아니에요.'라고 한 말의 의미는 무엇인가? 만일 그녀 자신은 죄가 없다고 할지라도, 그녀가 알고 있는 어떠한 사실을 감추고 있는 것은 아닐까?

「자네도…….」

포와로는 갑자기 말을 중단했다가 다시 이었다.

「라이스 부인에 관련된 문제들이 거의 셀 수 없을 정도로 많다는 것을 알걸세. 처음부터 끝까지 그녀는 수수께끼의 인물이야. 결국 나는 한 가지 결론밖에 내릴 수가 없네. 라이스 부인한테 죄가 있거나,

아니면 그녀는 알고 있다는 거지. 뭐라고 할까, 그녀는 안다고 생각하고 있어. 누가 범인인지 말이야. 그렇지만 그녀가 옳을까? 그녀는 정말로 알고 있는걸까? 아니면 단순히 의심하고 있는걸까? 그리고 어떻게 하면 그녀를 털어놓게 할까?」

그는 한숨을 내쉬었다.

「자, 명단이나 계속 읽겠네.」

   G. 래저러스 ; 묘함. 실제로 그와 관련된 문제는 없다. 단 한 가지 노골적인 것만 제외하면. 즉, '그가 독이 든 초콜릿으로 바꿔치기 했을까?' 그렇지 않으면 딱 한 가지 전혀 무관한 질문이 하나 있다. 어쨌든 적어 둔다. '래저러스는 겨우 20파운드 가치밖에 안 되는 그림을 왜 50파운드에 사겠다고 했을까?'

「닉에게 호의를 보이느라고 그랬겠죠.」

내가 의견을 말했다.

「그래도 그런 식으로 베풀지는 않을걸. 그는 상인이라네. 손해를 보고 사지는 않지. 만일 그가 그녀에게 친절을 베풀고 싶었다면 개인적으로 돈을 빌려 주거나 했을 테지.」

「하여간 그건 사건과는 아무런 관련이 없습니다.」

「맞아, 그건 사실이야. 그러나 어떻든 간에 나는 알고 싶다네. 나도 심리학도라는 걸 알잖나. 자, 이제 H로 넘어가네.」

   H. 챌린저 중령 ; 닉 양은 왜 자기가 다른 사람과 약혼했다고 그에게 말했을까? 무엇이 그녀에게 그 말을 하지 않을 수 없게끔 만들었는가? 그녀는 그 말고 아무에게도 말하지 않았다는데, 그래도 그가 그녀에게 청혼을 했을까? 그와 그의 백부는 어떤 관계가 있는가?

「그의 백부라구요, 포와로?」
「그렇다네, 그 의사 말이야. 좀 의심해 볼 만한 여지가 있는 인물이지. 혹시 마이클 세튼의 죽음에 대한 비공식적인 소식이 공식적으로 발표되기 이전에 해군 본부에 들어가지 않았을까?」
「나는 당신이 무엇을 말하고 있는지 도무지 모르겠군요, 포와로. 챌린저가 설사 죽음에 관해 미리 알았다고 하더라도, 그 이상 의심할 만한 점은 없는 것 같은데요. 그렇다고 해서 그게 자기가 사랑하는 아가씨를 살해할 만한 동기를 제공하지는 않잖아요.」
「나도 전적으로 동감일세. 자네 말은 지극히 조리가 있네. 그러나 이것들은 단지 내가 알고 싶은 문제들일 뿐이야. 나는 아직도 개라니까, 여보게. 별로 좋지 않은 것들을 찾느라고 코를 킁킁거리고 다니는 개라고!」

I. 바이스 ; 그는 자기 사촌 여동생이 엔드 하우스를 광적으로 좋아하는 것에 대해서 왜 그렇게 말했는가? 그렇게 말하는 데는 어떠한 동기가 있는 게 아닐까? 그는 그 유언장을 받았는가? 못 받았는가? 그는 정말로 정직한 사람인가? 아니면 그렇지 못한 사람인가?

그리고 마지막으로 J ; J는 내가 전에 거대한 의문 부호를 찍어 두었던 인물이지. 그러한 사람이 있을까? 혹은 없을까……?

「저런! 여보게, 왜 그러나?」
나는 갑자기 비명을 지르며 의자에서 벌떡 일어서서 떨리는 손으로 창문을 가리켰다.
「얼굴이, 포와로!」
내가 외쳤다.
「어떤 얼굴이 유리창에 바싹 붙어 있었어요. 아주 흉측한 얼굴이에

제18장 창문의 얼굴

요! 지금은 없어졌지만, 나는 똑똑히 보았어요.」
 포와로는 창문으로 성큼성큼 걸어가더니 창문을 열었다.
 그는 바깥으로 몸을 쑥 내밀었다.
「아무도 없는데?」 하고 그는 생각에 잠겨서 말했다.
「잘못 본 것은 아닌가, 헤이스팅스?」
「아니에요. 아주 무시무시한 얼굴이었어요.」
「발코니가 있으니까, 물론 누구라도 우리가 말하고 있는 것을 엿듣고 싶었다면 아주 쉽게 거기로 올 수 있었을걸세. 그런데 아주 흉측한 얼굴이라니. 헤이스팅스, 그게 대체 무슨 뜻인가?」
「창백한 인상으로 노려보는 얼굴이었는데, 거의 사람 같지가 않았어요.」
「여보게, 그건 열병 때문일 거야. 얼굴도 좋고 불쾌한 얼굴도 다 좋은데, 거의 사람 같지 않은 얼굴이라니. 말도 안 되는 소리! 그것은 얼굴이 유리창에 너무 바싹 붙어 있었기 때문이었을걸세. 그런데서 봤다는 충격도 있었을 테고.」
「정말 흉측한 얼굴이었다니까요.」
 나는 고집스럽게 이 말을 고수했다.
「자네가 아는 얼굴은 아니었나?」
「전혀요, 정말.」
「흠, 그렇지만 아는 얼굴이었을 수도 있었을 거야! 그런 상황 아래에서 자네가 그것을 알아차리기란 지극히 어려운 일이지. 그런데 이상한 일이군. 그래, 정말 이상한 일이야…….」
 그는 생각에 잠긴 채로 종이를 챙겼다.
「적어도 한 가지는 잘됐어. 그 얼굴의 주인공이 우리의 대화를 엿들었다손 치더라도, 우리는 닉 양이 건강하게 살아 있다는 사실은 언급하지 않았으니까. 그밖의 무슨 얘기를 들었든지 간에, 그 얘기만큼은 못 들은 거야.」
「그렇지만 확실히…….」

내가 말했다.

「당신의 그, 그러니까, 훌륭하고 교묘한 조치에도 현재까지는 이렇다 할 결과가 나오지 않고 있군요. 닉이 죽었다는데도 아무런 놀랄만한 진전이 없다니!」

「아직까지는 그것을 기대하지 않고 있네. 24시간이라고 내가 말했지! 여보게, 내일, 내 말이 틀리지 않다면 희한한 일들이 발생할걸세. 그렇지 않다면 나는 처음부터 끝까지 잘못된 거야. 우편물이 있지 않은가! 나는 내일의 우편물에 희망을 걸고 있다네.」

내가 아침에 깨어났을 때는 기력은 없었으나 열병은 수그러져 있었다. 나는 몹시 배가 고팠다.

포와로와 나는 우리 거실로 날라 온 아침식사를 먹었다.

「어떻게 됐습니까?」

그가 편지를 분류할 때 나는 짓궂게 질문을 했다.

「당신이 기대했던 우편물이 왔습니까?」

청구서가 들어 있음직한 봉투 두 개를 막 뜯은 포와로는 아무 대답도 하지 않았다. 나는 그가 좀 낙담한 것처럼 보였으며, 평소의 그 의기양양한 모습이 아니라고 생각했다.

나는 나에게 온 우편물을 열어 보았다. 그 첫 번째 것은 강령술사(降靈術師) 모임을 알리는 것이었다.

「모든 것이 다 실패하면 강령술사 모임에나 갑시다.」

내가 말했다.

「나는 그런 종류는 왜 시도하지 않는가 의아스러울 때가 있습니다. 희생자의 영혼이 돌아와 살해범의 이름을 대줄지도 모르거든요. 그것도 하나의 증거가 될 거예요.」

「그건 거의 도움이 안 돼.」

포와로는 멍하니 이렇게 말했다.

「매기 버클리가 누구의 손에 맞고 쓰러졌는지 과연 알고나 있는지 의심스럽군. 그녀가 설령 말할 수 있다 하더라도 우리에게 말해 줄

만한 게 하나도 없을걸세. 이것 보게, 이상한 일도 다 있군.」
「뭐가요?」
「자네는 죽은 사람을 말한다고 했는데, 그 순간에 내가 이 편지를 뜯었거든.」
그는 그것을 나에게 던져 주었다. 그것은 버클리 부인에게서 온 것이었다.

'랭글리 목사관
친애하는 포와로 씨
이곳에 도착해서 나는 우리 불쌍한 애가 세인트 루에 도착해서 쓴 편지 한 통을 발견했답니다. 거기에 당신이 관심을 가질 만한 내용이 없을지도 모르겠지만, 혹시 당신이 보고 싶어할까 하여 보내 드립니다.
당신의 친절함에 감사 드리며,

충심으로 진 버클리'

동봉된 편지를 보고 나는 가슴이 뭉클했다. 그것은 너무나 평범했으며, 비극에 대한 조금의 걱정도 전혀 없었다.

'사랑하는 어머니
무사히 도착했어요. 대단히 편안한 여정이었어요. 엑세터까지 오는 동안 기차에 탄 사람이라곤 딱 두 사람이 더 있었을 뿐이에요.
이곳의 날씨는 아주 좋아요. 닉은 아주 건강하고 명랑해 보여요. 약간 들떠 있는 것 같긴 하지만. 저는 그녀가 저에게 왜 그런 식으로 전보를 보냈는지 알 수가 없군요. 화요일이라도 괜찮았을 것 같은데. 지금은 이만 줄일게요. 우리는 이웃 사람 몇 명과 차를 마시게 되어 있거든요. 그 사람들은 오스트레일리아인인데, 그 오두막에 세

들어 있다는군요. 닉의 말로는 그 사람들은 꽤 친절하기는 하지만 좀 불쾌하대요. 라이스 부인과 래저러스 씨가 와서 머물 예정이랍니다. 그는 미술상이에요. 이 편지를 대문 옆에 있는 우편함에 부치겠어요. 그럼 우체부가 가져갈 거예요.

그럼 내일 또 쓰겠어요.

사랑하는 딸 매기가'

추신. 닉은 자기가 전보를 친 이유가 따로 있대요. 차를 마신 뒤에 말해 줄 거예요. 그녀는 아주 이상하게 흥분해 있어요.'

「죽은 사람의 목소리로구먼.」
포와로는 나지막한 목소리로 얘기했다.
「그런데 우리에게 말해 주는 게 없어……. 아무것도.」
「대문 옆에 있는 우편함이라면…….」
나는 아무 쓸모도 없는 말을 했다.
「크로프트가 그 유언장을 부쳤다고 한 곳이로군요.」
「그렇다고 했지. 맞네. 이상하군. 정말 이상한 일일세.」
「다른 편지는 주의를 끌 만한 게 없습니까?」
「전혀 없다네, 헤이스팅스. 나는 정말로 실망했다네. 모르겠어. 여전히 오리무중이야. 나는 아무것도 이해가 안 가네.」
그 순간 전화벨이 울렸다. 포와로가 그리로 갔다.
이윽고 나는 그의 얼굴에 변화가 덮치는 것을 보았다.
그는 감정을 꽤나 억제하고 있었지만, 그럼에도 불구하고 나에게 그의 강렬한 흥분을 감추지는 못했다. 그 통화에서 그는 모호한 말만 해대서 나는 그게 무슨 전화인지 알 수가 없었다.
이윽고, 「좋습니다. 정말 감사합니다.」라는 말을 끝으로 그는 수화기를 내려놓고 내가 앉아 있는 곳으로 되돌아왔다.

그의 눈은 흥분으로 반짝거리고 있었다.
「여보게!」
그가 말했다.
「내가 뭐라고 했던가? 일이 일어나기 시작했네.」
「무슨 일인데요?」
「찰스 바이스가 전화를 했네. 그는 오늘 아침 우편으로 자기 외사촌 여동생인 버클리 양이 서명하고 끝에 2월 25일이라고 날짜가 적힌 유언장을 받았다고 내게 알려 왔다네.」
「뭐라고요? 그 유언장을요?」
「물론이지.」
「그게 나타났군요.」
「바로 이 순간에 말이야. 안 그런가, 응?」
「그가 진실을 말하고 있다고 생각합니까?」
「그렇지 않다면 그가 유언장을 줄곧 가지고 있었다고 생각하느냐고? 자네 말은 그런 뜻인가? 글쎄, 그건 좀 이상한데. 그러나 한 가지만은 확실하지. 내가 자네에게 마드모아젤이 죽은 것으로 하면 진전이 있을 거라고 했었지. 그런데 정말 그런 일이 생긴 거라고!」
「놀랍게도.」
내가 말했다.
「당신이 옳았군요. 그것이 프레드리커 라이스를 잔여 재산 수유자로 명명한 유언장이겠죠?」
「바이스는 유언장의 내용에 대해서는 아무 말도 없었네. 그는 지나칠 정도로 정확했어. 그러나 그것이 그런 내용의 유언장이라는 것은 거의 의심할 여지가 없는 것 같네. 그는 거기에 엘렌 윌슨과 그녀의 남편이 입회한 것으로 되어 있다고 말했거든.」
「그럼 다시 그 오랜 문제로 되돌아왔군요.」
내가 말했다.
「프레드리커 라이스.」

「그 수수께끼의 인물!」
「프레드리커 라이스라.」
나는 핀트에 안 맞는 말을 했다.
「예쁜 이름입니다.」
「그녀의 친구들이 부르는 이름보다 더 예쁘지. 프레디라는 이름보다 말이야.」
그는 얼굴을 찌푸렸다.
「그건 어울리지 않아, 젊은 여성한테는.」
「프레드리커의 약칭은 많지가 않습니다.」
내가 말했다.
「약칭이 여섯 개나 되는 마거릿과는 다르지요. 매기, 마거트, 마지, 페기…….」
「사실이야. 그런데, 헤이스팅스, 이제 좀 마음이 놓이는가? 일이 일어나기 시작했으니 말일세.」
「예, 그럼요. 그런데 당신은 이런 일이 일어나리라고 기대를 했었습니까?」
「아니, 정확하게 말하면 아닐세. 나는 아무것도 명확하게 말할 수 있는 게 없었다네. 내가 말한 모든 것은 어떤 결과가 주어졌을 때, 그 결과의 원인이 저절로 뚜렷하게 드러난 것뿐이었다네.」
「그랬군요.」
나는 정중하게 말했다.
「전화벨이 울리기 전에 내가 말하려고 한 게 뭐였더라?」
포와로는 깊이 생각했다.
「오, 맞아! 매기 양에게서 온 그 편지였지. 그것을 한 번 더 살펴보고 싶네. 마음 한구석에 뭔가 좀 이상한 감이 들거든.」
나는 아까 던져두었던 곳에서 그것을 집어내어 포와로에게 건네주었다. 그는 그것을 혼자 꼼꼼하게 읽어 나갔다.
나는 방안을 이리저리 돌아다니며 창 밖을 내다보기도 하고, 만(灣)

제18장 창문의 얼굴   221

에서 경주하고 있는 요트를 지켜보기도 했다.
 갑자기 탄성을 울리는 바람에 나는 깜짝 놀라 휙 돌아보았다.
 포와로는 손으로 머리를 움켜잡고 고통스러운 듯이 이리저리 혼들었다.
「오!」
 그는 신음하듯 말했다.
「내가 눈이 멀었구먼. 눈이 멀었어.」
「무슨 일입니까?」
「어렵다고 내가 말했었던가? 복잡하다고? 천만에! 지극히 간단한 일을 가지고. 지극히! 참 비참하군. 내 자신이, 내가 아무것도 보지 못했다는 것이 말이야. 아무것도.」
「저런, 포와로, 갑자기 또 무슨 일로 그러십니까?」
「기다리게, 기다려. 말하지 말고. 생각을 좀 정돈해 봐야겠어. 이렇게 엄청난 발견을 했으니 거기에 맞춰 다시 정리를 해야겠네.」
 그 문제의 명단을 잡고, 그는 입술을 바쁘게 움직이며 묵묵히 그것을 훑어보았다. 한두 번인가 그는 머리를 힘차게 끄덕였다.
 그런 다음 그는 그것을 내려놓고 의자에 몸을 기대고 눈을 감았다. 나는 마침내 그가 잠이 들었다고 생각했다.
 갑자기 그는 한숨을 쉬며 눈을 떴다.
「맞았어!」
「모두 맞아 들어가는군! 나를 어리둥절하게 만들었던 모든 것들이. 나한테는 좀 무리하게 보이던 것들이 말일세. 그게 모두 제자리를 찾았어.」
「그럼, 모든 것을 다 알고 있다는 말입니까?」
「거의 모든 것이지. 그 모든 문제들을 말이야. 어떤 점에서 보면 내 추론이 옳았어. 다른 한편으로 보면 진실에서 너무 바보스러울 정도로 멀어져 있었고. 그러나 이제 모든 것이 명백해졌네. 나는 오늘 두 가지 질문을 전보로 써서 보내겠네. 그러나 그 대답을 나는 이미 알고 있지. 지금 여기에서 알고 있다고!」

그는 자기 이마를 톡톡 두드렸다.

「그럼 대답을 받고 난 다음에는요?」

나는 호기심을 느끼며 물어보았다.

그가 일어섰다.

「여보게. 자네, 닉 양이 엔드 하우스에서 연극을 상연해 보고 싶다고 한 말 기억나나? 오늘밤 우리가 엔드 하우스에서 연극을 상연해 보는 게 어때? 그러나 그것은 에르퀼 포와로가 연출한 연극이 되겠지. 닉 양은 거기서 한 역할을 맡게 되고.」

그는 갑자기 씩 웃었다.

「알겠나, 헤이스팅스? 이 연극에는 유령이 하나 등장하게 되는 거야, 유령이. 엔드 하우스에 여태까지는 한 번도 유령이 나타난 적이 없지만, 오늘밤에 나타날걸세. 안 돼!」

내가 질문을 하려고 하자 그는 나를 막았다.

「더 이상 말하지 않겠네. 오늘밤일세, 헤이스팅스. 우리는 희극을 상연해서 진실을 밝혀내게 되는 거라고. 그러니 지금은 할 일이 많아, 할 일이 많다고.」

그는 서둘러 방을 나갔다.

제19장 포와로, 연극을 연출하다

그날 밤 엔드 하우스에서는 이상한 모임이 있었다.

나는 하루 종일 포와로를 보지 못했다. 그는 저녁식사를 하러 나갔는데 나에게 9시에 엔드 하우스로 오라는 전갈만 남겨 놓았다. 그가 덧붙여 말한 야회복은 필요가 없었다.

모든 것이 좀 엉뚱한 꿈 같았다.

도착 후 식당으로 안내되어 주위를 둘러보니, 포와로의 명단에 있던 A에서부터 I에 이르는(J는 '아무도 환자는 없었다'의 해리스 부인 같은 위치여서 부득이 제외되었다.) 모든 사람들이 참석해 있었다.

심지어 크로프트 부인까지 거기에 와서 환자용 의자에 앉아 있었다. 그녀는 나를 보고 그녀는 명랑하게 말했다.

「이건 뜻밖의 일이죠? 내게는 좋은 기분 전환이 된답니다. 가끔씩 밖으로 나와 봐야겠어요. 모두 포와로 씨의 계획 덕분이죠. 와서 내 옆에 앉으세요, 헤이스팅스 대위님. 나는 어쩐지 좀 무시무시한 느낌이 드는군요. 하지만 바이스 씨가 괜찮다고 하더군요.」

「바이스 씨가요?」

나는 좀 놀라서 이렇게 말했다.

찰스 바이스는 선반 옆에 서 있었다. 포와로는 그 옆에서 나지막한 목소리로 그에게 뭐라고 열심히 얘기하고 있었다.

나는 방을 죽 둘러보았다. 정말 모든 사람들이 다 와 있었다.

나를 안내해준 뒤(나는 1~2분 정도 늦었다.) 엘렌도 문 바로 옆의 의자에 자리잡고 앉았다. 다른 의자에는 애써 똑바로 앉아 숨을 거칠게 쉬고 있는 그녀의 남편도 있었다. 그 앨프리다라는 아이는 자기 아버지와 어머니 사이에서 불안하게 꿈틀거리고 있었다.

나머지는 식탁에 빙 둘러앉아 있었다.

프레드리커는 상복을 입고, 래저러스는 그녀 옆에, 조지 챌린저와 크로프트는 식탁의 맞은편에 있었다. 나는 그곳에서 약간 떨어진 곳에 크로프트 부인 근처에 앉았다. 그리고 이제 찰스 바이스가 마지막으로 머리를 끄덕이며 식탁의 상석에 자리를 잡고, 포와로는 래저러스 옆 좌석으로 쑥 들어갔다.

포와로 자신이 이미 밝혔듯이 연출자는 확실히 그 연극에서 눈에 띄는 역할을 맡지 않기로 되어 있었다. 외관상으로는 찰스 바이스가 그 진행을 주관하고 있었다. 나는 포와로가 그를 위해 어떤 놀라운 일을 준비하고 있는지 궁금했다.

그 젊은 변호사가 목청을 가다듬으며 일어섰다. 그는 언제나 그렇듯이 냉정하고 딱딱하며 감정이 없는 것처럼 보였다.

「오늘밤 우리는 여기에서 좀 비관례적인 모임을 갖게 되었습니다.」 하고 그가 말했다.

「모든 상황이 극히 좋지 않은 상태입니다. 내 외사촌 여동생 버클리 양의 죽음을 둘러싸고 있는 상황을 말하는 겁니다. 당연히 시체 해부가 있어봐야 알겠지만 그녀가 독약으로 죽었으며, 또 그 독약은 살해할 의도로 투약되었다는 것만큼은 의심할 여지가 없는 것 같습니다. 그건 경찰의 일이니까 내가 말할 필요는 없겠지요. 물론 경찰도 내가 그렇게 하는 것을 좋아하지 않을 겁니다.

통상적으로 사망자의 유언장은 장례식을 치른 뒤에 읽기로 되어 있습니다만, 포와로 씨의 특별한 요청으로 나는 장례식이 거행되기 전에 읽고자 합니다. 그것을 지금 여기서 읽을 예정입니다. 그것이 여러분을 이 자리에 모이도록 부탁한 이유입니다. 지금 방금 말씀드렸다시피 상황이 여느 때와 다르며, 진례를 벗어난 일임을 분명히 밝혀둡니다. 유언장은 좀 이상한 방법으로 나한테 들어오게 되었습니다. 날짜는 지난 2월로 되어 있으나, 나는 오늘 아침에야 우편으로 그것을 받았습니다. 그러나 그것은 분명히 내 외사촌 여동생의 필적입니다. 그 점은 의심할 여지가 없으며, 비록 아주 격식이 없는 서류이나 정당함이 입증되었습니다.」

그는 말을 멈추고 다시 한 번 목청을 가다듬었다.

모든 시선이 그의 얼굴에 집중되었다.

손에 있는 긴 봉투에서 그는 내용물을 꺼냈다. 그것은 우리가 이미 익히 보아 온, 이 엔드 하우스에서 쓰는 평범한 노트장이었다.

「아주 짧습니다.」 하고 바이스가 말했다.

그는 적당히 사이를 두었다가 읽기 시작했다.

이것은 맥덜러 버클리의 유언장입니다.

나는 내 장례식에 드는 모든 비용을 지불할 것을 명하며, 내 외사촌 오빠 찰스 바이스를 유언 집행자로 지명합니다. 나는 내가 죽을 때 소유한 모든 것을 밀드레드 크로프트에게 남기며, 그녀가 나의 아버지 필립 버클리에게 영원히 어떤 것으로도 보상받을 수 없는 봉사를 행해 주신 것에 깊이 감사 드립니다.

서명 맥덜러 버클리

입회인 엘렌 윌슨
윌리엄 윌슨

나는 어이가 없어서 말문이 막혔다! 다른 모든 사람들도 그랬으리라고 생각한다. 단지 크로프트 부인만이 조용히 머리를 끄덕였다.

「그것은 사실이에요.」 라고 그녀는 조용히 말했다.

「절대로 그 얘기를 입 밖에 내지 않으려고 했는데. 필립 버클리가 오스트레일리아에 나와 있을 때, 만일 내가 없었더라면……. 글쎄요, 그 얘기는 그만두겠어요. 여태까지도 비밀로 해왔는데 앞으로도 비밀로 남겨 두는 게 좋겠군요. 그런데 그녀는 알고 있더군요. 닉 말이에요. 그녀의 아버지가 말한 게 분명해요. 우리가 여기에 온 것은 단지 이곳을 한 번 보고 싶었기 때문이었죠. 나는 필립 버클리가 늘 말하던 이 엔드 하우스에 대해 항상 호기심을 느껴왔거든요. 그 귀여운 처녀는 그 모든 일에 대해 죄다 알고 있었는데, 우리를 위해 달리 해줄 것이 없었어요. 그래서 그녀는 우리에게 와서 함께 살아 달라고 했지요. 그러나 우리는 그렇게 하지 않으려고 했답니다.

그런데도 그녀는 우리에게 그 오두막집을 가지라고 고집하더군요. 집세는 한푼도 받지 않겠다면서요. 우리는 뒷말이 없도록 하기 위해서 집세를 지불하는 체하긴 했지만, 그녀는 그것을 우리에게 다시 되돌려주었어요. 그런데 지금, 이렇게 된 거예요! 만일 누가 이 세상에 도대체 감사의 마음이라는 것이 없다고 말한다면, 나는 감히 틀렸다고 하겠어요! 이것이 입증해 주었잖아요.」

너무 놀랐기 때문인지 계속 침묵이 흘렀다.

포와로가 바이스를 바라보았다.

「이 사실에 관해 아는 바가 있습니까?」

바이스는 머리를 흔들었다.

「나는 필립 버클리 씨가 오스트레일리아에 갔었다는 것은 알고 있습니다. 그러나 그곳에서 어떤 일이 있었는지는 한 번도 들은 적이 없는데요.」

그는 크로프트 부인을 미심쩍은 듯이 쳐다보았다.

그녀는 머리를 저었다.

「안 돼요. 당신은 나에게서 한마디도 듣지 못할 거예요. 나는 지금까지 입 한 번 뻥긋한 적이 없었고, 앞으로도 그럴 거예요. 그 비밀은 무덤까지 나와 함께 갈 겁니다.」

바이스는 아무 말도 하시 않았다.

그는 연필로 탁자를 두드리며 묵묵히 앉아 있었다.

「내 추정인데, 바이스 씨.」

포와로는 몸을 앞으로 내밀었다.

「가장 가까운 친척으로서, 당신은 그 유언장에 이의를 제기할 수도 있지 않습니까? 그 유언장이 만들어진 당시에는 없었던 막대한 재산이 걸려 있는 것으로 아는데요?」

바이스는 그를 냉정하게 바라보았다.

「이 유언장은 완벽하게 유효합니다. 나는 내 외사촌 여동생이 자기 재산을 분배한 데 대해 이의를 제기할 생각이 조금도 없습니다.」

「당신은 아주 정직한 사람이로군요.」

크로프트 부인이 만족한 듯이 말했다.

「그리고 나는 당신이 그것으로 인해서 손해는 보지 않으리라 생각해요.」

찰스는 선의이긴 하지만 약간 난처한 이 말에 조금 움츠렸다.

「자, 여보.」

크로프트가 억제할 수 없는 의기양양한 목소리로 이렇게 말했다. 「이거 놀라운 일이구려! 닉은 나에게 자기가 어떤 내용을 썼는지 말해 주지 않았는데.」

「그 착하고 사랑스러운 처녀가,」

크로프트 부인은 손수건을 눈에 갖다 대며 말했다.

「그녀가 여기에 와서 우리를 볼 수만 있다면 좋겠어요. 아마 그녀는 그렇게 하고 있을 거예요. 누가 알아요?」

「아마 그렇겠죠.」 라고 포와로가 동감을 표시했다.

갑자기 어떤 생각이 그에게 떠오른 것 같았다.

그는 빙 둘러보았다.

「좋은 생각이 하나 있어요! 우리는 여기 식탁 둘레에 모두 모여 앉아 있습니다. 우리, 강령술 모임을 갖는 게 어떻겠습니까?」

「강령술 모임?」

크로프트 부인이 좀 놀라며 말했다.

「그렇지만 확실히……」

「아, 좋아요, 좋아요. 아주 재미있을 겁니다. 여기 있는 헤이스팅스가 영매력(靈媒力)을 가지고 있지요.」

(왜 하필 나를 택했을까?)

「저 세상에서 전해 오는 내용을 통과시키는 힘 말입니다. 기회는 한 번뿐입니다! 나는 상태가 아주 좋은 것 같은데. 자네도 그런가, 헤이스팅스?」

「그렇습니다.」

나는 용감하게 벌떡 일어섰다.

「좋았어. 나도 그러리라고 알고 있었지. 빨리 불을 꺼야지.」

다음 순간 그는 일어나서 스위치를 내렸다.

모든 일은 그들이 반대하고 싶었다고 하더라도 미처 그러기도 전에 연달아서 급히 진행되어 나갔다. 사실상 그들은 아직까지도 그 유언장에 대한 놀라움 때문에 얼떨떨해 있었던 것 같았다.

그 방은 아주 깜깜하지는 않았다. 커튼이 열려져 있던데다 더운 밤이라 창문을 열어 두었기 때문에 창을 통해 희미한 빛이 들어오고 있었다. 침묵 상태로 1~2분간이 지나자 가구들의 윤곽이 어렴풋이 드러났다.

나는 어떻게 해야 하는 건지 정말 궁금했으며, 사전에 지시를 안 해준 데 대해 포와로에게 속으로 욕설을 퍼붓고 있었다. 어찌됐든, 나는 눈을 감고 약간 코고는 듯한 방법으로 숨을 쉬었다.

이윽고 포와로가 일어나 내 의자를 발끝으로 톡톡 쳤다.

그런 다음 자기 자리로 돌아가 낮은 목소리로 이렇게 말했다.

「예, 그는 벌써 몽환의 경지에 빠져 있군요. 곧, 뭔가 일어나기 시작할 겁니다.」

어둠 속에 기다리며 앉아 있으려니, 이건 정말이지 참을 수 없을 정도로 두려워졌다. 나는 공포의 노예가 되어 있었으며, 물론 다른 사람들도 그랬으리라 믿는다.

그러나 나는 적어도 다음에 무슨 일이 일어날 것인가는 알고 있었다. 나는 아무도 모르는 한 가지 중요한 사실을 알고 있었던 것이다.

그러나 그렇다손 치더라도 마침내 식당 문이 스르르 열리는 것을 보았을 때 나의 심장은 쿵쿵 뛰기 시작했다.

게다가 문 열리는 소리가 전혀 나지 않아서(기름칠을 해둔 게 분명하다.) 소름이 오싹 끼쳤다. 문이 천천히 열리더니 한동안은 그대로 있었다. 문이 열리자 차가운 공기가 방안에 엄습해 들어오는 것 같았다. 창문도 이미 열려 있었기 때문에 평범한 정원 바람 정도에 불과했으리라 보지만, 마치 내가 여태까지 읽은 모든 괴기 소설에 언급되어 있던 그 얼음같이 차가운 한기처럼 느껴졌다.

바로 그런 순간 우리는 드디어 유령을 보게 되었다! 그 문 한복판에 하얗고 희미한 물체가 서 있었던 것이다. 닉 버클리가…….

그녀는 천천히 소리 없이 앞으로 나왔다. 정말 사람이라는 느낌이 안 드는 가볍게 떠다니는 것 같은 동작으로…….

나는 그때 세상이 기가 막힌 여배우 하나를 놓쳤다는 생각이 들었다. 닉은 엔드 하우스에서 연극을 해보고 싶다고 했었다. 이제 그녀가 바라던 대로 연극을 하며, 그것을 톡톡히 즐기고 있는 것이다. 그녀는 연기를 완벽하게 해냈다.

그녀가 방으로 미끄러져 들어오자 침묵이 깨지고 말았다.

내 옆에 있는 환자용 의자에서 숨이 막힌 듯한 비명소리가 들렸다. 크로프트에게서는 꼴깍하는 소리, 챌린저한테서는 깜짝 놀라 내뱉는 소리, 찰스 바이스는 의자를 뒤로 밀친 것 같았다. 래저러스는 몸을 앞으로 기울였다. 프레드리커만이 아무 소리도, 아무 동작도 취하지 않았다.

그때 비명소리가 방이 떠나갈 듯이 울렸다.

엘렌이 의자에서 벌떡 일어난 것이다.

「바로 그녀예요!」

그녀는 소리를 꽥 질렀다.

「그녀가 돌아왔어요. 그녀가 걷고 있어요! 살해된 사람은 항상 걸어다닌대요. 저건 그녀예요! 그녀라고요!」

그때 '철커덕' 소리가 나며 불이 들어왔다.

나는 포와로가 벽 옆에 서서, 얼굴에 서커스 연출자 같은 미소를 띠고 있는 것을 보았다.

닉은 방 한가운데 하얀 천을 두른 채 서 있었다.

처음으로 입을 연 사람은 프레드리커였다.

그녀는 믿지 못 하겠다는 듯이 손을 뻗어 친구를 만져보더니 말했다.

「닉. 너는, 너는 진짜잖아!」

그것은 거의 속삭임에 가까웠다.

닉이 소리내어 웃었다. 그녀는 앞으로 나왔다.

「그래.」

그녀가 말했다.

「나는 정말 진짜야. 우리 아버지를 위해 해주신 일에 대해 정말 감사 드려요, 크로프트 부인. 그러나 당신은 아직 그 유언장의 은혜를 즐길 수 없을 것 같은데요.」

「오, 맙소사!」

크로프트 부인이 숨을 헐떡였다.

「오, 하느님!」

그녀는 의자에서 이리저리 뒤척였다.

「나를 옮겨 줘요, 버트. 나를 데려다 줘요. 그건 모두 장난이었어요. 맙소사! 모두 장난이었다고요, 그것은 모두!」

「꽤나 이상한 종류의 장난이었죠.」 하고 닉이 말했다.

문이 다시 열리고 한 남자가 들어왔는데, 너무 조용히 들어와서 나는 들어오는 것도 몰랐다. 놀랍게도 내가 본 것은 재프였다.

그는 포와로와 새빠른 고갯짓을 교환하며 믿기 그에게 만족의 뜻을 전하는 것 같았다. 그러더니 그의 얼굴이 갑자기 밝아지며 환자용 의자에 앉아 있는 그 허우적거리는 사람을 향해 다가갔다.

「여어, 어—어.」 하고 그가 말했다.

제19장 포와로, 연극을 연출하다

「이게 누구야? 옛 친구로구먼! 밀리 머튼 아니오! 그리고 다시 옛날에 하던 그 속임수를? 맙소사!」

그는 크로프트 부인의 날카로운 비명을 무시한 채, 상황을 설명하려는 듯이 사람들을 둘러보았다.

「여태까지 본 가장 재주 있는 위조범이오. 이 밀리 머튼 말입니다. 우리는 그들이 타고 마지막으로 도망치던 차에 사고가 있었다는 것을 알고 있었소. 그러나 저런! 척추에 상처를 입고서도 밀리의 재주는 까딱없군요. 그녀는 정말 예술가랍니다!」

「그 유언장은 위조된 것이었습니까?」

바이스가 말했다.

그는 깜짝 놀란 목소리로 말했다.

「물론 위조된 거였죠.」 하고 닉이 경멸하듯이 말했다.
「내가 그렇게 바보 같은 유언장을 만들었으리라고 생각하지는 않죠? 나는 당신에게 엔드 하우스를 남겼어요, 찰스. 그리고 그밖의 모든 것을 프레드리커에게요.」

그녀는 말을 하며 가로질러서 친구 옆에 섰는데, 바로 그 순간에 사건이 일어났다!

창문으로부터 불꽃을 튀기며 쉿 하고 날아든 총알! 그리고 한 발 더. 동시에 신음소리와 함께 밖에서 쓰러지는 소리…….

그리고 팔에서 피를 뚝뚝 흘리며 서 있는 가엾은 프레드리커…….

제20장 J의 등장

그건 모두 너무나도 갑작스러운 일이어서 한동안은 아무도 무슨 일이 일어났는지를 알지 못했다.
그때 시끄러운 소리를 외치며 포와로가 창문으로 달려갔다. 챌린저가 그 뒤를 쫓아갔다.
잠시 뒤 그들은 절뚝거리는 한 남자의 몸을 끌고 다시 나타났다. 그들이 그를 커다란 가죽 안락 의자에 앉혀 놓아서 그의 얼굴이 시야에 들어왔을 때 나는 비로소 소리를 쳤다.
「그 얼굴이야. 창문에 있던 그 얼굴!」
그 남자는 바로, 전날 밤 우리를 들여다보고 있다고 했던 사람이었다. 나는 그를 단번에 알아보았다. 그가 거의 사람 같지가 않다고 한 내 말이, 포와로가 나무랐듯이 과장이었다는 것을 깨달았다.
그러나 그의 얼굴에는 내 느낌을 정당화시켜 주는 어떤 것이 있었다. 그것은 파멸된 얼굴이었다. 평범한 인간의 모습을 벗어난 얼굴 말이다. 창백하고, 야위고, 타락해서 그 얼굴은 꼭 가면처럼 보였다. 마치 그 속의 영혼은 오래 전에 사라져 버린 것처럼.
그 옆면 아래에서 핏줄기가 줄줄 흐르고 있었다.
프레드리커가 천천히 앞으로 나와 그 의자 옆에 섰다.
포와로가 그녀를 가로막았다.
「다쳤습니까, 부인?」
그녀는 머리를 흔들었다.
「총알이 내 어깨를 스쳐 지나갔어요. 그뿐이에요.」
그녀는 그를 조용히 뿌리치고 몸을 굽혔다.
그 남자는 눈을 뜨고 그녀가 자기를 들여다보고 있는 것을 보았다.

「이번에는 당신을 해치우리라고 마음먹었는데.」 하고 그는 낮고 사악한 목소리로 소리를 버럭 지르더니, 갑자기 목소리가 바뀌어 마치 어린애 같은 목소리로 말했다.
「오! 프레디, 나는 그렇게 하려고 했던 게 아니야. 그러려고 하지 않았어. 당신이 나에게 항상 그토록 친절하게 해주었는데…….」
「됐어요…….」
그녀는 그 옆에 무릎을 꿇었다.
「나는 그러려고 하지…….」
그는 머리를 떨구었다. 말도 채 끝내지도 못한 채.
프레드리커는 포와로를 올려다보았다.
「예, 부인, 죽었습니다.」
그는 상냥하게 말했다.
그녀는 천천히 일어서서 그를 내려다보고 있었다. 한쪽 손으로 그의 이마를 짚고 있는 모습이 어쩐지 처량해 보였다. 그리고는 한숨을 쉬더니 우리 쪽으로 몸을 돌렸다.
「이분은 내 남편이었어요.」
그녀는 조용하게 말했다.
「J로군.」
내가 중얼거렸다.
포와로는 내 말을 알아듣고는 얼른 동의하며 머리를 끄덕였다.
「그래.」
그는 온화하게 말했다.
「항상 J라는 인물이 있다고 생각했지. 내가 처음부터 그렇게 말하지 않았던가?」
「이분은 내 남편이었어요.」
프레드리커가 다시 말했다. 그녀의 목소리는 굉장히 지쳐 있었다.
그녀는 래저러스가 그녀에게 갖다 준 의자에 앉았다.
「여러분에게 모든 것을 다 털어놓는 게 좋겠군요, 지금. 이분은 완전히 타락했어요. 마약 상습자였죠. 그가 나에게 마약을 가르쳐 주었지요. 나는 그를 떠나 그 습관에서 벗어나려고 무척 애를 썼답니다.

내 생각에는 이젠 거의 완치된 것 같아요. 그러나 그건 어려운 일이었죠. 오! 정말 너무나도 어려웠어요. 아무도 그 어려움을 모를 거예요! 나는 이분에게서 결코 도망칠 수가 없었답니다. 그는 툭하면 나타나서 돈을 요구하곤 했죠, 위협을 하면서. 일종의 협박이었죠. 만일 내가 그에게 돈을 주지 않으면 나를 쏘겠다고요. 항상 그렇게 위협했었죠. 그는 책임감이 도무지 없었지요. 게다가 실성했거든요. 그는 미치광이였어요……. 나는 매기 버클리를 쏜 사람이 이분이었을 거라고 생각합니다. 물론 그녀를 쏘려고 했던 것은 아니었겠죠.

그는 분명히 나인 줄 알았을 거예요. 진작에 이 모든 걸 털어놓았어야 했다고 생각해요. 그러나 나는 확신할 수가 없었어요. 게다가 닉이 당한 이상한 사건들로 보아서……. 어쩌면 그의 짓이 아닌지도 모르겠다고 생각했었거든요. 그건 영 다른 사람이었을 수도 있었죠. 그런데, 어느 날 나는 포와로 씨의 탁자 위에 놓인 찢어진 종이 조각에 그의 글씨가 써 있는 것을 보았어요. 그것은 그가 내게 보낸 편지의 한 부분이었죠. 그때 나는 포와로 씨가 단서를 잡았다는 것을 알아차렸죠. 그 다음부터는 단지 시간 문제라고 생각했어요…….

그러나 나는 그 초콜릿에 관해서는 이해할 수가 없어요. 그는 닉을 독살하기를 원하지는 않았을 거예요. 그리고 그가 그 일과 조금이라도 관련이 있으리라고는 보지 않아요. 나는 도무지 모르겠어요.」

그녀는 그동안 마음 속에 간직했던 말을 꺼내듯이 힘들게 말을 이었다. 그리고는 두 손으로 얼굴을 감쌌다가 다시 치우고 이상하고도 애처로운 목소리로 말을 맺었다.

「그게 진부예요…….」

제21장 K라는 인물

래저러스가 얼른 그녀 옆으로 갔다.
「프레디…….」
그가 말했다.
「프레디.」
포와로는 식기장으로 가서 포도주 한잔을 따라 그녀에게 갖다 주고, 그녀가 마시는 것을 보고 있었다.
그녀는 컵을 그에게 다시 주며 웃었다.
「난 이제 괜찮아요.」 하고 그녀가 말했다.
「이제 무, 무엇을 해야 되죠?」
그녀는 재프를 바라보았으나, 그 경감은 머리를 저었다.
「나는 지금 휴가중입니다. 라이스 부인, 단지 옛 친구의 은혜를 갚기 위해 이 모든 것을 할 뿐입니다. 이 사건은 세인트 루 경찰 담당이죠.」
그녀는 포와로를 바라보았다.
「그럼, 포와로 씨가 세인트 루 경찰을 맡고 있나요?」
「오! 무슨 그런 말씀을. 나는 그저 변변찮은 조언자일 뿐이오.」
「포와로 씨.」
닉이 말했다.
「우리가 입을 다물고 있으면 안 될까요?」
「그러기를 바라오, 마드모아젤?」
포와로가 말했다.
「예, 결국 내가 가장 관련이 깊은 사람이에요. 그리고 더 이상 나를 해치려 하는 일도 없을 거고요, 이제는.」

「그렇죠, 그건 사실이오. 이제 더 이상 당신을 해치는 일은 없을 겁니다.」

「당신은 매기 생각을 하고 계시는군요. 하지만, 포와로 씨, 아무것도 매기를 다시 살아나게는 못해요. 당신이 이 모든 것을 세상에 알린다면, 단지 프레드리커에게 엄청난 고통과 소문만 가져다 줄 뿐이에요. 그리고 그녀는 그럴 만한 잘못도 없어요.」

「그녀가 그럴 만한 잘못이 없단 말이오?」

「물론 없죠! 내가 처음부터 그녀는 짐승 같은 남편을 가졌다고 말씀드렸잖아요. 당신도 오늘밤 보셨죠. 그가 어떤 사람인지. 그런데 그는 죽었어요. 그것으로 사건을 일단락 짓기로 해요. 경찰에서 매기를 쏜 사람을 계속 찾아다니게 내버려두고요. 그들이 그를 찾지 못하면 그뿐이죠, 뭐.」

「그게 당신이 말하는 겁니까, 마드모아젤? 그 모든 것에 대해 입을 다물고 있으라고?」

「예, 제발. 오, 부탁해요! 제발, 친애하는 포와로 씨.」

포와로는 천천히 둘러보았다.

「여러분들은 모두 어떻습니까?」

각자 돌아가며 말했다.

「나는 찬성입니다.」

포와로가 나를 바라보자 내가 선뜻 말했다.

「나도요.」

래저러스가 말했다.

「그게 최선의 방법입니다.」 하고 챌린저도 한마디.

「오늘밤 이 방에서 있었던 일은 모두 잊어버리기로 합시다.」

이것은 크로프트의 아주 단호한 말.

「당신이 그렇게 말할 줄 알았소!」

재프가 끼여들었다.

「나에게 너무 모질게 하지 말아요.」 하고 그의 아내가 닉의 눈치를 살폈으나, 닉은 그녀를 경멸의 시선으로 쳐다보았을 뿐 아무 대답도 하지 않았다.
「엘렌은?」
「저와 윌리엄은 한마디도 하지 않겠어요, 선생님. 말은 적을수록 좋으니까요.」
엘렌이 대답했다.
「그리고, 당신은, 바이스 씨?」
「이런 일은 묵살되어서는 안 됩니다.」
찰스 바이스가 말했다.
「진실은 적당한 방법으로 알려져야만 합니다.」
「찰스!」
닉이 외쳤다.
「미안해. 나는 법률적인 각도로 보겠어.」
포와로는 갑자기 소리내어 웃었다.
「그럼 7대 1이로구먼. 재프는 중립일 테고.」
「나는 휴가중입니다.」
재프가 씩 웃으며 말했다.
「상관하지 않겠어요.」
「7대 1입니다. 오직 바이스 씨만이 법과 질서의 편을 계속 지탱하고 있군요! 바이스 씨, 당신은 정말 인격자이구려!」
바이스는 어깨를 으쓱했다.
「사태는 아주 명백합니다. 할 일은 단 한 가지뿐입니다.」
「예, 당신은 정직한 사람이오. 실은, 나도 소수 편에 서 있소. 나 역시 진실을 위한 편입니다.」
「포와로 씨!」
닉이 외쳤다.
「마드모아젤, 당신이 나를 이 사건에 끌어들였소. 나는 당신이 원하는 대로 거기에 뛰어들었습니다. 이제 당신은 나를 침묵시킬 수 없소.」

그는 내가 익히 알고 있는 몸짓으로 둘째손가락을 위협하듯이 들었다.

「앉으십시오. 여러분, 내가 모두 말해 주겠소. 진실을.」

그의 절박한 태도에 억눌려 우리는 순순히 자리에 앉아 그를 향해 주의 깊게 얼굴을 돌렸다.

「이것 보십시오! 여기에 명단이 하나 있습니다. 사건과 관련된 사람들의 명단이오. 나는 거기에다 J를 포함한 알파벳 문자를 매겼습니다. J는 알려지지 않은 사람을 위해 매겨 두었지요. 이 중 누군가에 의해 사건과 관련된 사람 말이오. 나는 오늘밤까지도 J가 누구인지는 몰랐지만, 그런 사람이 있다는 것은 알고 있었습니다. 오늘밤의 사건들은 내가 옳았다는 것을 증명해 주었소. 그러나 어제 나는 문득 내가 엄청난 실수를 저질렀다는 것을 깨달았소. 나는 하나를 빠뜨렸던 겁니다. 그래서 내 명단에 또 다른 문자를 하나 첨가시켰소. K라는 문자를 말이오.」

「아직 알려지지 않은 사람이 또 있습니까?」

바이스가 약간 냉소적으로 물었다.

「정확하지는 않소. 나는 어떤 알려지지 않은 사람을 위한 상징으로 J를 설정해 두었소. 다른 사람이라도 아직 알려지지 않은 사람이 있으면 또 다른 J가 될 겁니다. K는 그와는 다른 의미를 가지고 있습니다. 그것은 원래의 명단에 마땅히 포함되어 있어야 했으나, 빠뜨려진 사람을 위한 문자요.」

그는 프레드리커에게 몸을 굽혔다.

「안심하시오, 부인. 당신의 남편은 살인범이 아닙니다. 범인은 그 K라는 사람입니다. 매기 양을 쏜 사람이지요.」

그녀는 빤히 쳐다보았다.

「그럼 K가 누구죠?」

포와로는 재프에게 머리를 끄덕였다. 그는 앞으로 걸어나와 자기가 재판소에서 증거를 제출하던 시절을 생각나게 하는 어조로 말했다.
「나는 포와로 씨의 지시에 따라 행동하려고 초저녁에 와서는, 포와로 씨의 안내로 몰래 이 집에 들어왔습니다. 나는 응접실의 커튼 뒤에 숨어 있었지요. 모든 사람들이 이 방에 모여 있을 때, 어떤 젊은 아가씨가 그 응접실에 들어와 불을 켜더군요. 그녀는 벽난로로 가서 스프링으로 작동되는 것 같은 패널에서 조그만 벽감을 열었습니다.
그녀는 그 벽감에서 권총을 꺼내더군요. 그러더니 그것을 손에 쥐고 방을 나갔습니다. 나는 뒤따라가서 문을 조금 열어 두고 그녀의 다음 행동을 지켜볼 수 있었죠. 홀에는 도착한 방문객들의 외투가 있었습니다. 그 젊은 아가씨는 손수건으로 권총을 조심스럽게 닦은 다음 회색 외투의 호주머니에 넣었는데, 그것은 라이스 부인의 옷이었습니다.」

닉이 비명을 질렀다.
「그건 거짓말이에요. 하나같이 다!」
포와로는 그녀에게 손으로 가리켰다.
「여기에 있소!」
그가 말했다.
「그 K라는 사람 말이오! 자기의 사촌인 매기 버클리를 쏜 사람은 바로 닉 양이오.」
「당신 미쳤어요?」
닉이 외쳤다.
「왜 내가 매기를 죽이겠어요?」
「마이클 세튼이 그녀에게 물려준 재산을 상속받기 위해서죠! 그녀의 이름 역시 맥덜러 버클리였소. 그리고 그와 약혼한 사람은 바로 그녀였소. 당신이 아니라.」
「당신은, 당신은…….」
그녀는 거기에서 벌벌 떨며 서 있었다, 아무 말도 못한 채.
포와로는 재프에게 말했다.

「경찰에게 전화 걸었나?」
「예, 지금 홀에서 기다리고 있습니다. 영장을 가지고 왔어요.」
「당신들 모두 미쳤군요!」
닉은 경멸하듯이 소리쳤다.
그녀는 프레드리커 옆으로 얼른 달려갔다.
「프레디, 네 손목 시계를, 내게 주겠니?」
프레드리커는 천천히 그 보석 박힌 시계를 풀어서 닉에게 주었다.
「고마워. 자, 이제, 우리는 이 더할 나위 없이 우스운 희극을 끝내야 할 것 같군요.」
「당신이 엔드 하우스에서 계획하고 상연한 희극이오. 그러나 에르큘 포와로에게 주연 자리를 넘겨주어서는 안 되는 거였소. 그것이 마드모아젤, 당신의 실수였소. 아주 심각한 실수였단 말이오.」

제22장 결 말

「내 설명을 원하시오?」

포와로는 내가 익히 알고 있던 그 만족스러운 미소를 하고 짐짓 겸손한 체하며 주위를 둘러보았다.

우리가 응접실로 자리를 옮겼을 때는 사람들이 줄어 있었다.

하인들은 약삭빠르게 물러가 버렸고, 크로프트 부부는 경찰에 연행되어 갔다. 프레드리커, 래저러스, 챌린저, 바이스, 그리고 내가 남아 있었다.

「그럼, 솔직히 말해서 나는 우롱당했습니다. 아주 완전히 우롱당했소. 그 깜찍한 닉, 그녀는 당신네들 관용구가 그렇게 잘 표현해 주듯이 나를 가지고 놀았다고요. 아, 부인! 당신이 그 친구가 아주 영악하고 깜찍한 거짓말쟁이라고 말했을 때, 그때는 당신 말이 그렇게 정확하다는 걸 몰랐습니다! 그건 정말로 정확한 말이오!」

「닉은 항상 거짓말을 했거든요.」

프레드리커는 차분하게 말했다.

「그래서 처음엔 그녀가 죽음을 모면했다는 그 놀라운 얘기를 믿지 못한 거라고요.」

「그런데 나는, 얼마나 우둔했는지. 정말!」

「그 일들이 실제로 일어났던 게 아니었나요?」 하고 내가 물었다.

나는 그때까지도 절망적인 혼란에 빠져 있었음을 시인해야겠다.

「그 일들은 효과를 노리기 위해 아주 교묘하게 꾸며진 일이라네.」

「어떤 효과였는데요?」

「그건 닉 양의 생명이 위험하다는 암시를 주었지. 그러나 나는 그 이전의 얘기부터 시작하겠소. 내가 이어서 맞춘 얘기를 들려드리리다. 나한테 이 사건이 들어왔을 때처럼 불완전하지도, 툭툭 끊어지지도 않은 얘기가 될 겁니다. 사건의 발단에서 우리는 이 닉 버클리라는 젊고 아름답고, 거리낌이 없고, 자기의 집에 열정적이고도 광신적으로 애착을 가지고 있는 아가씨를 만나게 됩니다.」

찰스 바이스가 고개를 끄덕였다.

「내가 당신에게 그렇게 말씀드렸었죠.」

「그래요, 당신 말이 옳았소. 닉 양은 엔드 하우스를 사랑했습니다. 그런데 그녀는 돈이 없었어요. 그 집은 저당잡혀 있었고, 그녀는 돈이 필요했소. 돈이 없어 미칠 지경이었소. 하지만 어디에서도 구할 수가 없었지요. 그녀는 르 토케에서 그 세튼이라는 청년을 만났는데, 그는 그녀에게 호감을 표시했습니다. 그녀는 아마 세튼이 그의 아저씨의 상속인이라는 것과, 그 아저씨가 백만장자라는 사실을 알고 있었을 거요. 그녀는 다행히 자기의 운이 트였다고 생각했죠.

그러나 그 친구는 정말로 그녀를 좋아하지는 않았소. 그는 그녀가 단지 재미있다고 생각했을 뿐이오. 그들은 스카버러에서 만나, 그가 그녀를 자기 비행기에 태워 주게 되는데 이때, 그 파국이 일어났던 거요. 그는 거기에서 매기를 만나 첫눈에 그녀를 사랑하게 됩니다.

닉 양은 어이가 없어 말문이 막힐 지경이었죠. 그녀는 자기 사촌인 매기를 한 번도 예쁘다고 생각해 본 적이 없었는데 말이오! 그러나 세튼에게는 그렇지 않았습니다. 그에게는 세상에 하나밖에 없는 여자였지요. 그들은 비밀리에 약혼했습니다. 단지 한 사람만이 알고 있었지요. 아니, 알아야 했습니다. 그 사람이 바로 닉 양입니다.

그 불쌍한 매기는 자기가 말할 수 있는 사람이 한 사람이라도 있다는 것을 기뻐했습니다. 그녀가 자기 사촌에게 약혼자의 편지를 읽어 주었으리란 것은 뻔한 일이죠. 그렇게 해서 미드모아젤은 유언장에 대해서 듣게 됩니다. 그녀는 그 당시에 그것에 주의를 기울이지 않았습니다. 단지 그녀의 마음속에 남아 있는 거죠.

그때, 매튜 세튼 경의 갑작스럽고도 예기치 못했던 죽음이 오고,

바로 잇따라 마이클 세튼의 실종에 관한 소문이 떠돌게 됩니다. 그리고 곧바로 우리의 젊은 아가씨의 머릿속에는 잔인무도한 계획이 떠오릅니다. 세튼은 그녀의 이름 또한 맥덜러라는 것을 모르지요. 그는 그녀를 단지 닉으로만 알고 있으니까. 그 유언장은 지극히 비형식적이어서 단지 이름밖에는 언급해 놓지 않았습니다. 그런데 세상 사람들의 눈에는 세튼이 어엿한 그녀의 친구거든요! 그의 이름과 함께 결부시켜 생각된 사람은 바로 그녀였소. 그녀가 그와 약혼했노라고 주장한다고 해도, 아무도 놀라지 않았을 겁니다. 그러나 그것을 성공적으로 하기 위해서는 매기가 당연히 없어져야 했습니다.

시간이 촉박합니다. 그녀는 매기에게 와서 며칠간 머무르게 하기 위해 작업을 합니다. 자기가 죽음으로부터 모면한 것처럼 꾸미는 거지요. 그림의 끈을 잘라 놓고, 자동차의 브레이크를 고장나게 하고, 그 바위는 아마 자연적인 것이었는데, 그녀가 단순히 그 오솔길 밑에 있었다는 얘기만 꾸며냈을 겁니다. 그러다가 그녀는 신문에서 내 이름을 보게 됩니다.(내가 말했었지, 헤이스팅스. 모든 사람들이 에르퀼 포와로를 알고 있다고!) 그리고 그녀는 뻔뻔스럽게도 나를 공범자로 만듭니다! 모자를 관통한 총알이 내 발 앞에 떨어집니다.

오, 기가 막힌 희극이지요! 그래서 나는 말려들고 말았소! 나는 위험이 그녀를 위협하고 있는 줄 알았지요! 좋습니다! 그녀는 훌륭한 증인을 자기편으로 만드는 데 성공했소! 나는 그녀의 손에 놀아나면서 그녀에게 친구 하나를 부르도록 요청했지요. 그녀는 하루 일찍 기회를 잡아 매기를 불러들였습니다. 그 범행은 실제로 얼마나 간단했는지 모릅니다. 그녀는 우리를 만찬 테이블에 남겨 두고 세튼의 죽음이 사실이라는 전갈을 들은 뒤, 자기의 계획을 행동에 옮기기 시작합니다. 그녀에게는 그때 세튼이 매기에게 보낸 편지를 가져와서, 그것들을 조사하여 자기의 목적에 대답을 마련해 줄 몇 통을 뽑아낼 시간이 충분히 있었습니다. 그녀는 이것을 자신의 방에 갖다 둡니다. 그런 다음, 그녀와 매기는 불꽃놀이를 하는 곳에서 집으로 돌아옵니다. 그녀는 자기의 사촌에게 자기의 숄을 걸치라고 말합니다. 그리고는 몰래 그녀를 따라가 총을 쏘았습니다. 그리고는 재빨리 집으로 들어가 권총을 그 비밀 패널 속에(그녀는 그것이 있는 줄은 아무도 모르리라고 생각했죠.) 감춥니다.

그런 다음 2층으로 올라가죠. 거기에서 목소리가 들려올 때까지 기다립니다. 시체가 발견되었습니다. 그것이 그녀에게 신호가 되었죠. 그녀는 달려 내려와 창문을 통해 바깥을 내다봅니다. 그녀는 얼마나 훌륭하게 연기를 했는지 모릅니다. 정말로 훌륭했어요! 오, 예! 그녀는 여기에서 훌륭한 연극을 상연한 겁니다. 그런 뒤에 그 엘렌이라는 하녀가 이 집은 불길한 집이라고 했지요. 나는 그녀의 말에 동감을 표시했습니다. 마드모아젤이 계획의 영감을 얻은 것은 바로 이 집으로부터 받은 것이었소.」

「그런데 그 독이 든 초콜릿은요?」

프레드리커가 말했다.

「나는 아직까지도 그것을 이해하지 못하겠어요.」

「그것도 모두 같은 계획의 일부였습니다. 매기 양이 죽은 뒤에도 닉 양의 생명에 공격이 가해지면 매기의 죽음이 실수였다는 문제가 확고해질 것 아니겠습니까? 그녀는 적당한 때가 되었다고 생각했을 때 라이스 부인에게 전화를 걸어 초콜릿 한 상자를 갖다 달라고 부탁을 했습니다.」

「그럼, 정말로 그녀의 목소리였군요?」

「물론 그렇죠! 단순한 설명이 더 진실한 때가 많아요! 안 그렇습니까? 그녀는 목소리를 약간 다르게 들리도록 했지요. 그뿐입니다. 그래서 당신은 내 질문을 받자 의심스러워졌던 겁니다. 그리고 그 상자가 도착했을 때, 그건 또 얼마나 간단한 일이었는지 모릅니다. 그녀는 그 초콜릿 중 세 개에 코카인을 채워 넣고(그녀는 코카인을 교묘하게 감춰 가지고 있었죠.) 그중 하나를 먹고 앓는 겁니다. 그러나 그리 심각한 정도는 아니죠. 그녀는 얼마만큼의 코카인을 먹어야 어느 정도로 증세가 나타나는지를 아주 잘 알고 있었습니다.
 그리고 그 카드, 내 카드를! 아, 빌어먹을! 그녀는 정말 대담하더군요! 그것은 내 카드였어요. 내가 꽃과 함께 보낸 것 말이오. 간단하잖소? 그러나 머리를 써야 할 일이었죠.」
 잠깐 말이 끊기자 프레드리커가 다시 물었다.
「그녀는 권총을 왜 하필 내 코트 속에 넣은 거죠?」
「당신이 그것을 물을 줄 알았죠, 부인. 당신에게 떠오르지 않을 수가 없는 문제이니까. 말해 주시오……. 닉 양이 당신을 더 이상 좋아하지 않는다는 생각을 한 적이 혹시 있었소? 혹시, 그녀가 당신을 미워하고 있을지도 모른다는 생각이 든 적은 없었소?」
「말하기가 좀 어렵군요.」
 프레드리커는 천천히 말했다.
「우리는 불성실하게 살았으니까요. 과거에는 나를 좋아했지요.」
「말해 주시오, 래저러스 씨. 지금은 겸손한 체하고 있을 때가 아닙니다. 혹시 당신과 그녀 사이에 무슨 일이 있었습니까?」
「아뇨.」
 래저러스는 머리를 저었다.
「나는 한때 그녀에게 매료되긴 했었죠. 그러나 그 다음에—이유는 모르겠으나—나는 그녀를 떠나 버렸습니다.」
「아!」
 포와로는 머리를 끄덕였다.
「그것이 그녀의 비극이었구먼. 사람들은 처음엔 그녀에게 매료되었지만, 그 다음에 그들은 '그녀를 떠나 버렸군요.' 그녀를 점점 더 좋아하게 된 것이 아니라, 오히려 그녀의 친구와 사랑에 빠지게 되었군요. 그녀는 부인을 미워하기 시작했습니다. 부유한 친구를 배경으로 하고 있는 부인을요. 지난 겨울, 그녀가 유언장을 만들 때만 해도 그녀는 부인을 좋아했었지요. 그러나 그 뒤 상황이 달라졌습니다.
 그녀는 그 유언장을 기억해 냈습니다. 그녀는 크로프트가 그것을 감추어 둔 줄은 몰랐죠. 그건 목적지에 결코 도착하지 않았습니다. 부인은 그녀의 죽음을 기도할 동기를 가지고 있었습니다.(아니, 세상 사람들이 그렇게 말할 겁니다.) 그래서 그녀는 부인에게 전화를 걸어 초콜릿을 부탁했지요. 오늘밤, 부인을 그녀의 잔여 재산 수유자로 지명한 그 유언장이 읽혀지도록 되어 있었던 겁니다. 그런 다음 권총이 부인의 코트에서 나오도록 되어 있었죠. 매기 버클리를 쏜 바로 그 총 말이오. 부인이 그것을 발견하면, 부인은 그것을 없애버리려고 함으로써 스스로 함정에 빠졌을는지도 모릅니다.」
「그녀는 나를 증오한 게 틀림없어요.」
프레드리커가 중얼거리듯이 말했다.
「그래요, 부인. 당신은 그녀가 갖지 못한 것을 가졌으니까요. 사랑을 얻고, 그것을 보존하는 솜씨 말입니다.」
「나는 좀 우둔한가 봅니다.」
챌린저가 말했다.
「그 유언장 문제를 아직 잘 이해하지 못하겠습니다.」
「그런가요? 그건 전혀 다른 문제인데, 아주 간단하죠. 크로프트 부부가 그 아래에 숨어 있는 겁니다. 닉 양은 수술을 해야만 합니다. 그런데 그녀는 유언장을 만들어 두지 않았습니다. 크로프트 부부는 기회를 노립니다. 그들은 그녀를 설득해서 유언장을 만들게 한 다음, 우편으로 부친답시고 그것을 떠맡았습니다. 그런 다음, 만일 그녀에게 무슨 일이 일어나면—만일 죽는다면—그들은 아주 교묘하게 위조된 유언장을 만들어—오스트레일리아와, 필립 버클리가 언젠가 그 나라를 방문했다는 사실을 언급해 가며—그 돈을 크로프트 부인에게 남긴 것으로 조작하는 거지요.

그러나 닉 양의 맹장 수술은 아주 성공적으로 끝나서 그 위조 유언장은 소용이 없게 됩니다. 당분간은 그렇죠. 그때 그녀의 생명을 노리는 공격이 시작됩니다. 크로프트 부부는 한 번 더 희망을 갖습니다. 마침내, 내가 그녀의 죽음을 발표했습니다. 그거야말로 절호의 기회라 놓칠 수가 없죠. 그 위조 유언장이 바이스 씨에게 즉각 발송됩니다. 물론 그들은 그녀가 실제보다 훨씬 더 부자인 줄 알고 있었죠. 그들은 저당에 관해서는 아무것도 모르고 있었거든요.」

「내가 정말로 알고 싶은 것은, 포와로 씨.」

래저러스가 말했다.

「당신이 어떻게 그 모든 것을 알게 되었느냐는 겁니다. 언제부터 의심하기 시작하셨습니까?」

「아! 그 얘기라면 부끄럽소. 나는 너무 오래 걸렸소, 너무 오래. 나를 난처하게 만든 일이 있었지요. —예, 정말 그럴듯하지 않은 일들이었소. 그건 바로 닉 양이 나에게 하는 말과 다른 사람들이 하는 말 사이의 모순점들이었소. 불행히도 나는 항상 닉 양을 믿었습니다.

그러다가 나는 갑자기 어떤 계시를 받았습니다. 닉 양이 한 가지 실수를 했지요. 그녀는 너무 영리했습니다. 내가 그녀에게 친구를 부르라고 했을 때 그녀는 그렇게 하겠다고 약속했습니다. 그리고 그녀가 이미 매기 양을 불렀다는 사실을 감추었죠. 그녀에게는 덜 의심스러워 보였겠지만, 그것이 실수였소.

이유인즉, 매기 버클리가 도착하자마자 바로 집으로 편지를 보내어 거기다 나를 당황하게 한 순진한 문구를 썼기 때문이오. '저는, 그녀가 저에게 왜 그런 식으로 전보를 보냈는지 알 수가 없군요. 화요일이라도 괜찮았을 것 같은데.' 그 화요일 얘기는 무엇을 의미하는 걸까요? 그것은 한 가지를 의미할 수 있을 뿐입니다. 매기는 화요일에 오게 되어 있었던 겁니다. 그러나 그럴 경우 닉 양이 거짓말을 했겠죠. 아니면 어떻게 해서든지 사실을 숨겼을 테고.

그래서 나는 그녀를 다른 각도에서 보기 시작했습니다. 그녀의 진술을 비판해 보았죠. 그 얘기를 믿는 대신에, '이것이 사실이 아니었다고 가정해 보면' 하고 말입니다. 그러자 여러 가지 모순점들이 생각났습니다. 그래서 '매번 거짓말하고 있는 사람이 다른 사람이 아니라 바로 닉 양이었다면 어떻게 될까?' 하고 질문을 던져 보게 된 거죠. 나는 나 자신에게, '쉽게 생각하자. 실제로 무슨 일이 일어났는가?' 하고 물었습니다. 그리하여, 실제로 일어난 일은 매기 버클리가 살해되었다는 사실을 알았습니다.

바로 그겁니다! 그렇다면 누가 매기 버클리가 죽기를 원할 수 있었을까요? 여기에서 나는 다른 생각이 문득 들었습니다. 헤이스팅스가 불과 5분전에 한 몇몇 어리석은 말들이었죠. 그는 마거릿의 약칭은 매기, 마거트 등등 많이 있다고 했습니다. 그래서 나는 갑자기 매기 양의 본명은 무엇일까 궁금해지더군요. 그러자 단번에 그것이 떠오르는 거였습니다! 만일, 그녀의 이름이 맥덜러라고 가정해 본다면! 그것은 버클리 가(家)의 이름이라고 닉 양이 말한 적이 있었죠. 그러니 두 명의 맥덜러 버클리가 있다고 가정해 보면……?

나는 마음 속으로 마이클 세튼의 편지들을 대충 훑어보았습니다. 예. 불가능할 것도 전혀 없었습니다. 스카버러에 대한 언급이 있었으나 매기도 닉과 함께 스카버러에 갔던 적이 있습니다. 그녀의 어머니가 그렇게 말하더군요. 그것이 한 가지 나를 난처하게 만들었던 일을 설명해 주었습니다. 편지가 왜 그렇게 조금밖에 없었을까 하는 것 말입니다. 만일 한 아가씨가 연애 편지를 간직하고 있다면, 그녀는 그것들을 죄다 가지고 있을 텐데 말이오. 이렇게 조금밖에 골라내지 않은 이유가 어디 있을까? 또한, 거기엔 어떤 특징이 있었는가?

그러다가 그 편지들엔 아무런 이름도 언급되어 있지 않았다는 사실이 생각났습니다. 그 편지들은 모두 서두가 달랐지만, '사랑'을 표시하는 용어로 시작되고 있었죠. 어디에도 그, 닉이라는 이름이 없었습니다. 그리고 그밖의 다른 것도 있었지요. 내가 단번에 알아차려야 할 건데, 그것은 진실을 큰소리로 외치고 있는 것이었습니다.」

「그게 뭡니까?」

「바로 이것이오. 닉 양은 지난 2월 27일날 맹장염 때문에 수술을 받았습니다. 거기엔 3월 2일자로 된 마이클 세튼의 편지가 한 통 있었는데, 병에 대한 걱정이라든가 평소와 다른 아무것도 언급되어 있지 않았던 겁니다. 그것은 그 편지를 전혀 다른 사람에게 쓴 거라는 사실을 의미할 수밖에 없는 거겠죠.

그런 다음, 나는 내가 만들었던 문제의 명단을 샅샅이 검토해 보았습니다. 그리고 새로운 관점에서 해답을 구했던 겁니다. 몇몇 질문들을 제외한 모든 문제에서 단순하고 납득이 가는 결론이 나오더군요. 그리고 내가 일찍이 궁금했었던 다른 문제에 대한 해답도 얻었죠. 닉 양은 왜 검은색 드레스를 샀을까?

그 해답은, 그녀와 그녀의 사촌이 비슷하게 차려 입어야 했다는 거였습니다. 그 빨간색 숄은 마무리로 더 보탠 거겠죠. 그것 또한 정확하고 납득이 가는 해답이었습니다. 자기의 약혼자가 죽었다는 것을 알기 전에 상복을 살 아가씨는 없을 테니까. 그렇게 한다면, 그녀는 진실이 아니거나, 기피하는 것으로 보일 겁니다.

그리하여 나는 차례차례 내 작은 연극을 공연했습니다. 그러자 바로 내가 기대했던 일이 일어났소! 닉 버클리는 그 비밀 패널 문제에 관해 매우 격렬한 반응을 보였었소. 그녀는 그런 것은 절대로 없다고 주장했습니다. 그러나 만일 그렇다면—나는 엘렌이 왜 그런 얘기를 꾸며냈는지 이해가 안 가더군요.—정말로 닉만은 그것을 알고 있어야 했습니다. 왜 그녀는 그렇게 격렬하게 모른다고 했을까요? 그녀가 거기에다 권총을 감추었을 가능성이 있을까? 그것을 사용하고 나서 나중에 누군가에게 혐의를 뒤집어 씌울 속셈으로?

나는 그녀에게 사태가 부인에게 아주 불리한 상황이라고 느끼게끔 했지요. 그것은 그녀가 계획한 대로였습니다. 내가 예견했듯이, 그녀는 너무 불안해서 그 최고의 증거물을 그대로 놔둘 수가 없었던 겁니다. 게다가 그게 그녀 자신을 위해서는 더 안전했죠. 혹시라도 엘렌이 비밀 패널과 그 속에 든 권총을 발견해 낼지도 모르지 않습니까! 우리는 모두 여기에 앉아 있습니다. 그녀는 밖에서 신호를 기다리고 있습니다. 그녀는 권총을 그 비밀 장소에서 꺼내어 부인의 코트에 넣기에 절대로 안전한 기회라고 생각합니다만……. 그러나, 마지막에 그녀는 실패하고 말았죠.」

프레드리커는 바들바들 떨었다.

「그렇다면…….」

그녀가 말했다.

「나는 그녀에게 내 시계를 잘 주었던 것 같아요.」

「그렇습니다, 부인.」

그녀는 그를 재빨리 올려다보았다.

「당신은 그것도 알고 계세요?」

「엘렌은 어떻습니까?」

나는 끼여들어 물었다.

「그녀는 무언가 알고 있었거나, 아니면 의심하고 있었습니까?」

「아닐세. 내가 그녀에게 물어보았지. 그녀 말로는 '무언가가 일어날 거 같았기' 때문에 그날 밤 집안에 남기로 결정했다고 말했다네. 닉은 불꽃놀이를 구경하라고 그녀에게 좀 지나칠 정도로 말했던 모양이야. 그녀는 닉이 라이스 부인을 싫어한다는 것을 익히 헤아리고 있었지. 그녀는 나에게 '뭔가 일어날 것 같은 직감'이 라이스 부인에게 일어나리라고 생각했다고 하더구먼. 그녀는 닉 양의 성격을 잘 알고 있어서, 항상 이상한 아가씨였노라고 내게 말했다네.」

「그랬군요.」

프레드리커가 중얼거렸다.

「그래요, 그녀를 그렇게 생각하기로 해요. 이상하고 깜찍한 여자. 자기 자신을 어찌할 수 없었던 이상하고 깜찍한 여자……. 나는 그러겠어요. 어쨌든.」

포와로는 그녀의 손을 잡고 자기 입술에 부드럽게 갖다 대었다.

찰스 바이스가 불안하게 움직였다.

「아주 불쾌한 일이 되겠군요.」

그는 묵묵히 말했다.

「그녀를 위해 어쨌거나 변호를 맡아야 할 테니까요.」

「그럴 필요는 없을 것 같습니다.」
포와로가 상냥하게 말했다.
「내 추측이 옳다면 말이지요.」
그는 갑자기 챌린저 쪽을 향했다.
「그것이 그것을 넣는 곳인가요?」
그가 말했다.
「손목 시계 속 말이오.」
「저…… 저.」
그 해군은 말을 더듬었다. 무척이나 당황해 하면서.
「나를 속이려 들지 마시오 그렇게 친절하고 점잖은 태도를 하고서. 그것이 헤이스팅스는 속였지만, 나는 속지 않소이다. 당신은 그것으로 한몫 봤지. ─마약을 거래해서─당신과 할리 가에 있는 당신의 삼촌이 함께 말이오.」
「포와로 씨!」
챌린저는 일어섰다.
나의 작달막한 친구는 침착하게 그를 흘끗 바라보았다.
「당신은 쓸모 있는 '남자 친구'였소. 하고 싶으면 부정해 보시오. 그러나 그 사실들이 경찰의 손아귀에 들어가는 게 싫다면, 진심으로 충고하겠는데, 이젠 그만 가보시지.」
그러자 대단히 놀랍게도 챌린저는 가버렸다. 그는 번개처럼 방을 빠져나간 것이다. 나는 입을 벌린 채 그의 뒤를 빤히 쳐다보았다.
포와로가 웃었다.
「내가 그렇게 말했었지, 여보게. 자네의 직감은 항상 틀리는구먼. 놀라운 일일세!」
「코카인이 그 손목 시계에 들어 있었다니…….」
내가 말을 꺼내기 시작했다.
「글쎄, 그렇다니까. 닉 양은 그것을 아주 간편하게 요양소로 가져 갔던 거지. 그리고 초콜릿 상자에 그것을 다 채워 넣은 다음, 방금 전에 라이스 부인의 시계에 가득 차 있었던 것을 달라고 요구한 거라네.」

「그럼 그녀가 그거 없이는 살 수 없다는 겁니까?」

「아니, 아닐세. 닉 양은 상습 복용자는 아닐세. 가끔—장난삼아—먹었을 뿐이지. 그러나 오늘밤 그녀가 필요로 한 것은 다른 목적이 있어서라네. 이번에는 몽땅 입에다 털어 넣을걸세.」

「그럼……?」

나는 숨을 몰아쉬었다.

「그게 가장 좋은 방법이지. 교수형 집행인의 밧줄보다는 훨씬 나을 걸. 그러나 잠깐! 법과 질서밖에 모르는 바이스 씨 앞에서 그런 말을 해서는 안 되지. 공식적으로 나는 아무것도 모르오. 그 손목 시계의 내용물에 관한 것은—내 편에서 봐도 가장 단순한 추측에 불과하오.」

「당신의 추측은 항상 옳았잖아요, 포와로 씨?」 하고 프레드리커가 말했다.

「나는 가봐야겠습니다.」

찰스 바이스는 아주 불만스런 목소리로 말하고는 방을 나갔다.

포와로는 프레드리커에서 래저러스에게로 시선을 옮겼다.

「당신들은 결혼할 예정입니까?」

「가능한 한 빨리 할 생각입니다.」

「그리고 실은, 포와로 씨.」

프레드리커가 말했다.

「나는 당신이 생각하고 있는 것처럼 그런 마약 복용자는 아니에요. 나는 양을 굉장히 줄였어요. 나는 이제—내 앞에 행복이 놓여 있으니—더 이상 손목 시계가 필요하지 않을 거예요.」

「행복을 빕니다, 부인.」

포와로가 상냥하게 말했다.

「당신은 고통을 너무 많이 겪었소. 그런데 당신이 겪은 그 모든 것에도 불구하고, 당신의 마음속에는 여전히 자비로움이 남아 있군요…….」
「내가 그녀를 돌봐 줄 겁니다.」
래저러스가 말했다.
「비록 지금은 사업이 어려운 상태에 놓여 있긴 하지만, 나는 어려움을 헤쳐나가게 되리라 믿습니다. 그리고 내가 해내지 못하더라도—글쎄요, 프레드리커는 가난 따위는 신경쓰지 않을 겁니다. —나와 함께라면.」
그녀는 웃으며 머리를 흔들었다.
「시간이 좀 늦었군요.」
포와로는 시계를 보며 이렇게 말했다.
우리는 모두 일어섰다.
「우리는 이 이상한 집에서 이상한 밤을 보냈군요.」 하고 포와로가 계속했다.
「이 집은, 엘렌이 말한 대로 불길한 집인 것 같습니다…….」
그는 고 니콜라스 경의 초상화를 쳐다보았다.
그러더니 갑자기 그는 래저러스를 끌어당겼다.
「미안하지만, 내가 만든 질문 중에서 여전히 해답을 구하지 못한 게 하나 있소. 저 그림을 왜 50파운드에 사겠다고 했는지 말해 주겠소? 그것을 알려 주면 대단히 기쁠 거요. 아다시피, 그러면 해답을 구하지 못한 것이 하나도 안 남으니까 말이오.」
래저러스는 잠깐 동안 멍한 얼굴로 그를 바라보았다.
그리고는 빙그레 웃었다.
「아시다시피, 포와로 씨.」
그가 말했다.
「나는 장사꾼입니다.」
「물론이죠.」
「저 그림은 기껏해야 20파운드 정도 가치밖에 없습니다. 나는 내가 그녀에게 오십을 제의하면, 그녀가 곧 더 값이 나가는 게 아닌가 의심을 하여 다른 곳에 가서 값을 알아볼 줄 알았습니다. 그러면 그녀는 내가 실제의 가치보다 훨씬 더 후하게 제의했다는 것을 알게 되겠죠. 그래서 그 다음 번에 내가 그림을 사겠다고 제의하면, 그녀는 값을 알아보러 다니지 않을 겁니다.」
「예, 그래서요?」
「저쪽 벽에 있는 그림은 적어도 5000파운드의 가치는 되지요.」
래저러스는 온화하게 말했다.
「아!」
포와로는 길게 숨을 들이마셨다.
「이제 나는 모든 것을 다 알게 되었소.」 하고 그는 즐겁게 말했다.

<끝>

■작품 해설■

'엔드 하우스의 비극'은 애거서 크리스티(Agatha Christie, 영국, 1891~1976)의 열두 번째 장편이며, 에르큘 포와로가 등장하는 장편으로서는 '푸른 열차의 죽음'에 이어 다섯 번째이다.

영국의 추리소설 평론가인 줄리언 시몬스는 이 '엔드 하우스의 비극'을 크리스티 여사의 몇 개 안 되는 역작 중 하나라고 높이 평가하고 있다. 한편, 미국의 잭 바전과 같은 권위 있는 비평가들은 이 작품이 멜로 드라마적이라고 해서 높이 평가하지는 않고 있지만, 이 작품이 지나칠 정도로 트릭을 구사하고 있다는 점에는 모두의 의견이 일치하는 듯하다.

'엔드 하우스의 비극'의 배경인 세인트 루는 콘월 해안의 피서지이다. 포와로의 '와트슨' 역인 헤이스팅스 대위가 이 사건에서도 등장한다.

엔드 하우스에서 1주일간 휴가를 보내게 된 포와로와 헤이스팅스는 맥덜러 버클리 양을 알게 된다. 그녀는 오래된 저택인 엔드 하우스의 주인이며 최근에 목숨을 잃을 뻔한 사고를 몇 차례 겪었다.

포와로는 이 사고가 버클리 양에 대한 살해 시도임을 깨닫는다.

그렇지만 실제 피살자는 의외로 버클리 양의 사촌이다. 여기에 마약 문제가 따르고 버클리 양의 주위에는 수수께끼가 많다.

주위의 혐의자들에게는 버클리 양을 죽일 만한 동기가 없다.

그러나 명탐정 포와로는 그의 비범한 두뇌로 수수께끼를 풀어낸다.

이 소설은 크리스티의 어느 소설 못지 않게 구성이 완벽하고 결말이 기상천외하다. 줄리언 시몬스의 평가대로 이 소설은 크리스티의 걸작 중 하나가 틀림없다.